Valentina F. war erst fünfzehn Jahre alt, als sie die Geschichte ihrer ersten großen Liebe geschrieben hat. Inzwischen ist sie siebzehn, lebt in Rom und schreibt in jeder freien Minute an neuen Romanen.
Bei der Fischer Schatzinsel ist von ihr bereits ›HDGDL – Hab dich ganz doll lieb‹ (Bd. 80787) erschienen. Weitere Titel sind in Vorbereitung.

Valentina F.

ZDOZM

Zu Dir Oder Zu Mir

Aus dem Italienischen
von Ulrike Schimming

Fischer Taschenbuch Verlag

generation
www.fischergeneration.de

2. Auflage: Dezember 2009
Deutsche Erstausgabe
Veröffentlicht im Fischer Taschenbuch Verlag,
einem Unternehmen der S. Fischer Verlag GmbH,
Frankfurt am Main, Juli 2009

Die italienische Originalausgabe erschien 2008
unter dem Titel ›Il mio cuore x te‹
bei Fanucci Editore, Rom

Satz: Pinkuin Satz und Datentechnik, Berlin
Druck und Bindung: CPI – Clausen & Bosse, Leck
Printed in Germany
ISBN 978-3-596-80903-5

Nach den Regeln der neuen Rechtschreibung

Für Marco

6 • 7

»Marta, Marta, hörst du mich?«

»Vale? Wo bist du?«

Ich schließe die Augen und bemühe mich, ruhig zu sprechen.

»Ich weiß nicht, wo ich bin.«

»Aber was …«

Ich lasse sie nicht ausreden.

»Ich hab's vermasselt, Marta. Ich hab es ihm gesagt, ja. Ich weiß, sag nichts, bitte … Es war ganz schrecklich. Er … zuerst war er ganz still, dann hat er mir mein Geschenk entgegengeschleudert und ist gegangen. Und dann hat er Sachen gesagt … es war fürchterlich, Marta. Ich spüre immer noch seinen Blick auf mir«, schluchze ich, während ich die Stirn an ein Auto lehne.

»Wieso hast du das nur gemacht?«

»Ich konnte nicht anders«, antworte ich mit erstickter Stimme.

»Aber wo bist du jetzt?«

»Ich weiß es nicht. Ich kenne die Gegend nicht. Wir

sind mit dem Mofa hergefahren, und ich habe nicht auf die Straßen geachtet. Mir ist so schlecht, Marta, ich muss mich übergeben.«

»Beruhige dich, Vale! Atme mal tief durch. Dann rufst du deine Eltern an, damit sie dich abholen. Es ist schon spät, Vale, du kannst da nicht allein durch die Gegend laufen. Das ist gefährlich. Bitte, frag jemanden, wo du bist. Ich glaub's nicht, dass dich dieser Idiot alleine gelassen hat. Das sieht ihm gar nicht ähnlich. Was hast du ihm denn genau gesagt?«

»Ich weiß nicht mehr, Marta. Ich weiß es nicht. O Gott, ist mir schlecht … ich schaff das nicht, ich kriege keine Luft mehr, ich fühle mich ganz elend«, sage ich mehr zu mir selbst.

»Vale! Vale, sag mir, wo du bist! Bitte, leg nicht auf, wo bist du …«, doch plötzlich ist Martas Stimme weg. Der Handyakku ist leer! Langsam rutsche ich auf den Boden.

Minuten vergehen, vielleicht Stunden, ich bleibe sitzen, so als wäre ich in einer anderen Dimension.

Das kann nicht wahr sein, bitte sag, dass das nur ein Albtraum ist. Er kommt gleich wieder, und alles ist wie vorher.

Stille, nur der Wind säuselt leicht, und in der Ferne bellt ein Hund. Plötzlich höre ich eine Stimme aus einem Nachbarhaus:

»Gut, meine Herrschaften, wer kann mir sagen, was ein Gelseminum ist? A, ein Vogel, B, eine Pflanze, C, eine

Käsesorte … Piep. Signora Carla war am schnellsten, herzlichen Glückwunsch! … Also, Antwort C. Ganz sicher? Augenblick noch, dann kommt die Auflösung. Wenn Signora Carla recht hat, bekommt sie 1200 Punkte.«

Das ist kein Käse, sondern eine Pflanze, denke ich und schüttele den Kopf. Schwerfällig erhebe ich mich vom Bürgersteig und versuche, mich zu orientieren. Doch es ist dunkel und die Laternen sind so zugewachsen, dass sie nur wenig Licht spenden. Ich verharre am Straßenrand, versuche, mich zu entscheiden, als mich ein Auto überholt, abbremst, zurücksetzt und direkt auf mich zufährt. Das Blut gefriert mir in den Adern, panisch drehe ich mich zur anderen Seite und renne los, ohne mich umzuschauen. In meinen Schläfen hämmert es, und mein Herz pocht mir bis zum Hals. Ich bin eine Idiotin, ja, ich bin echt eine Idiotin. Blind renne ich weiter, und als ich nach links abbiege, bemerke ich aus dem Augenwinkel, dass die Scheinwerfer des Autos mir Zeichen geben. Meine Beine geben nach, wer kann das sein? Und was will der von mir? O Gott … und was mache ich jetzt?

Der Campingplatz

ACHT MONATE ZUVOR, ENDE JUNI.
Ich warte auf Marco. Heute ist Sonntag, und wir wollen ans Meer fahren. Ich habe den Badeanzug an, den meine Freundinnen mir zum Geburtstag geschenkt haben, den mit den Fischen. Es ist das erste Mal, dass wir zusammen zum Baden fahren, und es ist mir peinlich, mich vor ihm umzuziehen und nur im Badeanzug vor ihm zu stehen. Trotzdem freue ich mich irrsinnig, denn mit Marco ist alles so schnell gegangen, dass ich es gar nicht glauben kann. Er ist der Bruder meiner besten Freundin und hat sich total in mich verknallt. Das ist so phantastisch! Und dann … dann ist er auch noch echt süß! Hübsch, groß, blond, blaue Augen.
Ich hätte nie gedacht, dass so etwas möglich wäre. Vor allem nicht nach der Enttäuschung mit Ale, meiner ersten und bis jetzt einzigen schlechten Erfahrung mit Jungs. Aber dafür hat Marco mich ausgewählt, Vale, das schüchterne, zerstreute Mädchen, das immer irgendwie Chaos anrichtet. Und seit wir zusammen sind, seit fast dreißig unglaublichen Tagen, lacht

mich das Leben wieder an wie noch nie. Vielleicht ist es sein Lächeln, seine himmelblauen Augen, die wie ein Frühlingstag leuchten, oder vielleicht sind es seine Zärtlichkeiten oder seine liebevollen Worte, bei denen ich jedes Mal wie Eis in der Sonne dahinschmelze. Oder vielleicht seine Küsse, diese zarten, sanften Küsse! Und natürlich seine kräftigen Umarmungen und wie er an meinem Nacken knabbert, hmmm ... jetzt weiß ich endlich, was Liebe ist ... Er ist es! Und er heißt Marco.

Als ich hinuntergehe, steht er schon vor der Tür. Kaum dass er mich sieht, lächelt er, und tausend Schauer laufen mir den Rücken hinunter. Ich renne zu ihm, ich bin im siebten Himmel! Er umarmt mich fest, und mit seinen weichen Lippen knabbert er tatsächlich an meinem Nacken!!! Ich gebe mich seiner Umarmung hin und hoffe, dass er nicht merkt, wie ich rot werde.

»He, bist du bereit für die lange Reise?«, fragt er strahlend.

»Aber logo! Wohin fahren wir?«, entgegne ich, noch ganz aufgewühlt von diesen Gefühlen.

»An den Strand von Ostia, einverstanden?«

»Wie du willst«, sage ich und füge im Stillen hinzu, es reicht mir, dass ich bei dir bin!

Ich steige auf das Mofa, setze den Helm auf und lehne den Kopf an seinen Rücken, während ich ihn fest umklammere: Endlich kann ich ihn umarmen. Er lacht.

»Was ist so lustig?«, frage ich, ohne ihn loszulassen.

»Nichts. Ich mag es, wenn du dich an mich klammerst.«

Ich lache und lege das Kinn auf seine Schulter.

»Weißt du noch, als du mich zum ersten Mal mit dem Mofa zur Schule gebracht hast und ich so spät dran war?«

»Nein, wann war das?«

»Ach, komm, das weißt du genau.« Ich knuffe ihn in die Seite.

»Aua, schon gut, stimmt. Ich erinnere mich, na und?«

»Habe ich dir schon gesagt, dass ich in dem Moment gemerkt habe, dass ich dich mag? Ich stieg auf das Mofa, umklammerte dich, und in meinem Kopf drehte sich alles. Das war das Ende.«

»Du meinst, der Anfang!«, lacht er und lehnt sich leicht zurück.

Wir fahren am Tiber entlang, über den Viale Marconi, gelangen zum EUR-Viertel und erreichen endlich die Straße zum Meer.

Mare, mare, mare
Ma che voglia di arrivare lì da te, da te
Meer, ans Meer, ans Meer,
wie sehr sehn ich mich nach dem Meer.

Aus vollem Hals singe ich den alten Schlager von Luca Carboni, und Marco macht mit. Meine Euphorie kennt keine Grenzen, nichts und niemand kann diesen

Augenblick zerstören. Die ganze Welt ist wunderbar. Das Meer, die Sonne, die Stadt, der Verkehr, die Hitze. Hmmm … ich sehe mich schon auf dem Handtuch am Strand liegen und in der Sonne brutzeln, mit den Füßen im Sand. Ich liebe den Sommer!
»Und, bereitest du dich schon auf das freudige Ereignis vor? Los, erzähl mal, ich bin neugierig. Wie hast du davon erfahren?«
Ach ja, vielleicht bin ich auch so glücklich, weil abgesehen von Marco noch etwas passiert ist, beziehungsweise demnächst passieren wird, was absolut s e n s a t i o n e l l ist!!!

Aber der Reihe nach. Vor etwa zwei Wochen, an einem Samstagabend, als wir in einer Pizzeria zu Abend aßen, haben meine Eltern mir eröffnet, dass ich in Kürze ein Schwesterchen bekommen werde. Ja, wirklich, eine Schwester aus Fleisch und Blut! Ich wäre vor Überraschung fast vom Stuhl gefallen, als sie es erzählten. Ich habe zuerst meine Mutter und dann meinen Vater angesehen, doch ihre Gesichter ließen keinen Zweifel aufkommen, dass sie es ernst meinten. Da bin ich vor Freude aufgesprungen und habe sie umarmt.
Das ist alles so unglaublich, wer rechnet denn mit so was? Ewig habe ich gebettelt, eine Schwester oder einen Bruder zu bekommen, aber immer war die Antwort, dass das nicht geht, dass es zu aufwendig und zu

anstrengend wäre. Und jetzt kommen sie mit dieser Hammernachricht!

In den ersten Tagen war ich ganz durcheinander, alles kam mir so sonderbar vor, so unwirklich. Dann habe ich mich langsam an den Gedanken gewöhnt, und jetzt kann ich es eigentlich gar nicht mehr abwarten, bis es so weit ist. Endlich bekomme ich eine Schwester!

»Wann ist es denn so weit?«, fragt Marco weiter.

»Im November.«

»Stört es dich nicht, dass du dann deine Sachen mit jemandem teilen musst?«

»Vielleicht, aber jetzt bin ich einfach nur glücklich. Freust du dich nicht, eine Schwester zu haben?«

»Ich weiß nicht. Bei mir ist das anders. Marta war immer da, seit ich denken kann. Und außerdem sind wir Bruder und Schwester. Vielleicht hätte mir ein Bruder besser gefallen, einfach weil wir dann anders gespielt hätten. Nicht, dass ich das mit Marta nicht gemacht habe, aber manche Dinge gingen mit ihr einfach nicht.«

»Was denn?«

»Hm, zum Beispiel prügeln. Marta hätte bestimmt nicht gekniffen, im Gegenteil. Sie hat mich ja auch immer provoziert. Aber meine Eltern haben da einen Riegel vorgeschoben. Sie meinten, ich könnte ihr wehtun. Als wir acht oder neun waren, haben wir immer Chemiker gespielt. Wir haben uns neue Formeln ausgedacht, sonderbare Mixturen angerührt aus

Blättern vom Balkon, Ameisen und toten Eidechsen, die wir in Spiritus getaucht haben. Das hört sich jetzt echt eklig an, aber wir hatten ein edles Ziel. Wir wollten einen magischen Trank erfinden, um die Welt zu retten.«

Ich muss kichern, während ich mir Marta und Marco als Kinder vorstelle. Ich seufze, mir hat immer jemand zum Spielen gefehlt. Als ich kleiner war, habe ich mich oft gelangweilt und meine Freundinnen beneidet, bei denen zu Hause immer etwas los war. Meine Eltern waren zwar oft da und haben viel Zeit mit mir verbracht, aber das ist einfach nicht das Gleiche.

Während wir das Mofa anschließen, klingelt mein Handy. Es ist Marta.

»He, wo steckst du?«, will sie sofort wissen.

»Ich bin am Meer mit deinem Bruder, erinnerst du dich? Hab ich dir gestern erzählt.«

»Ja, ich weiß, aber das gilt nicht. Jetzt unternimmst du viel lieber was mit ihm als mit mir«, schmollt sie.

»Was redest du da! Bist du jetzt etwa eifersüchtig auf deinen Bruder!?!«, entgegne ich und drehe mich um, damit Marco es hört.

»Das war ein Scherz! Aber ich finde es wirklich etwas schade, dass wir nicht mehr die ganze Zeit zusammen verbringen, so wie früher. Aber hör mal, ich rufe an, weil ich doch nächste Woche mit meiner Mutter auf den Campingplatz nach Sperlonga fahre. Willst du nicht mitkommen?«

»Himmel, Marta, das wäre wundervoll, aber ich weiß nicht, ob das geht. Ich muss meine Eltern fragen. Wie lange bleibt ihr dort?«

»Eine Woche, vielleicht auch zehn Tage. Los, komm bitte mit und lass mich nicht allein.«

»Darauf hätte ich echt Lust. Ich werde das zu Hause mal antesten und sag dir dann Bescheid. Aber jetzt muss ich los, dein Bruder drängelt. Bis dann. Küsschen!«

»Verbrenn dich nicht zu dolle.«

Dafür ist es zu spät! Für ihn brenne ich schon lichterloh!

Der Gedanke an den Campingplatz macht mich ganz irre. Ich habe noch nie gecampt. Natürlich tut es mir ein bisschen leid, dass ich Marco dann eine ganze Woche lang nicht sehe, aber er verspricht, dass er am Wochenende nachkommen wird, nach seinem Wasserballtraining.

Am Strand setzen wir uns ganz dicht ans Wasser, an eine Stelle, wo wenig Menschen sind. Ich breite mein Handtuch auf dem Sand aus, dann sehe ich mich um. Eigentlich warte ich nur auf den richtigen Moment, um mich ausziehen zu können. Marco wühlt im Rucksack herum, und so nutze ich die Gelegenheit, schnell aus der Jeans zu schlüpfen und mich auf dem Handtuch auszustrecken. Aufgestützt auf die Ellenbogen liege ich jetzt da. Er schert sich um gar nichts, zieht sich T-Shirt und Jeans aus. Ich gebe der Versuchung nach und schiele zu ihm hinüber ... Leute, was für ein Body! Verlegen schaue ich weg. Was soll er bloß denken, wenn er merkt, dass ich ihn so anstarre. Daher tue ich so, als beobachtete ich das Meer, aber ich kann mich nicht konzentrieren. Sein Körper ist mittlerweile nur einen halben Millimeter von mir entfernt. O Gott, er schaut auf meinen Bauch. Neeeeinn, er betrachtet meine dicken Schenkel! Ich muss sofort eine Diät machen. Heute Abend gibt's keine Nudeln, nur noch Gemüse. Das ist sehr wirksam, habe ich in einer Zeitschrift gelesen. Allerdings wird das hart, denn Gemüse finde ich ziemlich ekelhaft! Okay, macht nichts, ich schaff das. Gute Vale, da musst du tapfer sein! Jedenfalls sagt mein Vater immer, dass man sich die Dinge verdienen muss, auch wenn man dafür große Opfer bringen muss! Genau!

»Das ist ein hübscher Badeanzug mit diesen Fischen. Der steht dir!«

»Meinst du?«

»Darf ich mal genauer nachschauen, um was für Fische es sich handelt?«, fragt er und wirft sich, ohne die Antwort abzuwarten, auf mich drauf.

Ich muss lachen, und das peinliche Gefühl verschwindet sofort. Seinen nackten Körper zu spüren, fühlt sich sonderbar an, seine glatte Haut, seine Brust kitzeln mich. Das ist mir alles ganz neu. Ich könnte stundenlang so liegen bleiben, aber Marco will unbedingt baden gehen: Hand in Hand stehen wir auf und stürzen uns in die Wellen. Das Wasser ist eiskalt. Ich mache ein paar Schwimmzüge, um warm zu werden, doch irgendjemand zieht mich am Fuß. Ich drehe mich um und sehe Marco neben mir. Lauter kleine Wassertropfen perlen aus seinem Haar, und seine Augen sind jetzt blauer als das Meer. Wir umarmen uns, küssen uns, er schmeckt nach Salz und Erdbeeren. Ich schließe die Augen und öffne sie wieder, um ihn anzusehen. Dann löse ich mich aus seiner Umarmung und tauche wieder unter, doch er ergreift mich an der Taille, und so schweben wir unter Wasser mit offenen Augen und sehen uns an. Ich umarme ihn und küsse ihn, wieder und wieder.

Schließlich schwimme ich an die Oberfläche, um Luft zu holen.

»Los, wer als Erstes an der Boje ist«, ruft er und zeigt auf einen nicht allzu weit entfernten Punkt.

»Okay, aber du musst mir ein bisschen Vorsprung geben, sonst gilt das nicht.«

»Ist gut, ich zähle bis fünf, dann schwimme ich los. Wer verliert, gibt ein Eis aus.«

Ich schaff das, ich kann gewinnen, sage ich mir, während ich mich auf meine Armzüge konzentriere. Plötzlich bewegt sich das Wasser neben mir und ich drehe mich langsam um, ohne meinen Rhythmus zu unterbrechen. Marco kommt immer näher. Mist, das gilt nicht, er schwimmt viel zu schnell. Ich will beschleunigen, aber er überholt mich schon. Also kralle ich mich an seine Badehose und ziehe sie ihm runter. Er stoppt, und ich nutze sein Zögern, um als Erste an der Boje anzuschlagen.

»Gewonnen, gewonnen«, brülle ich.

Mit zwei Zügen ist er bei der Boje, umfasst meine Taille und drückt mich unter Wasser. Vollkommen überrascht verschlucke ich mich. Er zieht mich hoch, lässt mich kurz atmen, dann drückt er mich wieder hinunter. Ich schlucke wieder Wasser, er lässt mich los und entfernt sich ein paar Millimeter.

»Was soll das denn!«, huste ich empört.

»Das kommt davon, wenn man nicht verlieren kann! Ich wusste gar nicht, dass du so ehrgeizig bist.«

»Bin ich aber, und dafür musst du mich nicht gleich ertränken. Das geht auch netter.«

Wortlos schwimmt er zum Ufer.

Kurze Zeit später bin ich wieder bei ihm und lasse mich auf das Handtuch neben ihn fallen. Er tut, als würde er schlafen.

»Du brauchst gar nicht beleidigt sein. Ist schon gut, entschuldige, ich spendiere das Eis«, sage ich und kitzele ihn.

»Du musst mindestens zwei ausgeben«, erwidert er und rollt sich auf mich drauf.

Den restlichen Nachmittag verbringen wir damit, uns zu berühren, zu umarmen und zu küssen, im Stehen, auf dem Handtuch, im Wasser, im Sand. Rot wie eine Paprika komme ich nach Hause, die Lippen sind ge-

schwollen wie ein Schlauchboot, aber ich bin megaglücklich.
Kommt das von der Sonne oder den Küssen?

Meine Eltern haben nichts dagegen, dass ich mit Marta campen gehe. Und so verbringe ich die ganze Woche mit Reisevorbereitungen, und am Samstagmorgen, dem Reisetag, liegt auf meinem Schreibtisch ein Haufen Klamotten.
»Ist das nicht etwas übertrieben? Du fährst doch bloß eine Woche weg. Wozu brauchst du all diese Kleider?«, fragt meine Mutter, während sie sich setzt.
Fünf Jeans, vier Shorts, vier Röcke, drei Kleider, massenhaft T-Shirts. Eigentlich habe ich nur den Kleiderschrank ausgeleert … Ist das zu viel? Eine Stunde verbringe ich mit Aussortieren, und am Ende verschließe ich zufrieden den Rucksack. Als Marta klingelt, schnappe ich mir noch ein Sweatshirt und verabschiede mich rasch von meinen Eltern.
Die Fahrt vergeht wie im Flug, und nachmittags kommen wir auf dem Campingplatz an. Marta und ich sind völlig aufgedreht. Das ist unser erster Urlaub in diesem Jahr, und was noch viel lustiger ist: Ihre Mutter hat beschlossen, dass wir alleine schlafen sollen!
Wir bauen das Zelt auf und verstauen die Rucksäcke.
»Was ist? Ziehst du dich nicht um?«, fragt Marta und sieht mich verdutzt an, während sie sich entkleidet.
»Von außen kann man alles sehen.«

»Ach was, man sieht nur Schatten. Aber wenn es dir lieber ist, machen wir das Licht aus.«
Die ersten Ameisen krabbeln bereits ins Zelt. Rasch verschließe ich den Rucksack und inspiziere jeden Winkel. Ich habe keine Lust, dass hier irgendwo eine Schabe herumkriecht oder irgendein anderes widerliches Insekt. Als ich endlich mit dem Ergebnis zufrieden bin, setze ich mich auf den Schlafsack und sehe Marta an.

»Wollen wir duschen gehen? Dann können wir auch gleich checken, wie weit die Toiletten weg sind?«
Stimmt, daran habe ich gar nicht gedacht.
»Aber was ist, wenn ich nachts mal muss?«, frage ich.
»Dann nimmst du das hier und gehst«, erklärt sie und wedelt mit einer Rolle Toilettenpapier vor meiner Nase herum.
Fassungslos verstumme ich.
»Vale, es geht nicht anders. Und was meinst du denn, wie die anderen das machen?«
Es interessiert mich nicht die Bohne, was die anderen machen! Okay, ruhig Blut, alles ist unter Kontrolle. Es ist nutzlos, sich wegen so einer Lappalie aufzuregen, denke ich, während wir loslaufen.
»Vale, komm, da ist gerade eine Dusche frei. Duschen wir zusammen. Ich hab auch einen Jeton mit.« Sie zieht an meinem Handtuch. Wie, einen Jeton? Läuft die Dusche nur eine bestimmte Zeit? Verdammt, ich

kann es nicht glauben … und ich steh doch immer stundenlang unter dem heißen Wasserstrahl. Hiiiilfe, ich will nach Hause!

Zum Glück beruhigt mich das Duschen, und endlich kann ich wieder lächeln.

»Du hast mir noch gar nicht erzählt, wie mein Bruder so küsst«, platzt Marta unvermittelt heraus.

Mir fällt die Seife aus den Händen.

»Marta, was ist das denn für eine Frage?«

»Warum? Was habe ich gesagt?«

»Hör auf, du weißt genau, dass mir das peinlich ist.«

»Ach komm schon, das ist doch gar nicht so schlimm.«

Nicht so schlimm, nicht so schlimm … Wie soll ich mit der Schwester meines Freundes über die Gefühle sprechen, die seine Berührungen bei mir auslösen? Ganz zu schweigen von dem, was ich fühle, wenn er mich küsst und an sich drückt. Ja, natürlich ist sie meine beste Freundin, aber trotzdem bleibt sie immer noch seine Schwester. Das war auch das Erste, was mir durch den Kopf schwirrte, als ich mit ihm zusammenkam: Und wie verhalte ich mich jetzt gegenüber Marta? Sie lässt das völlig unberührt. Anscheinend findet sie es sogar lustig, dass wir über ihren Bruder sprechen.

»Was für ein Getue. Also, küsst er gut oder nicht?«

Ich werde rot und lächele gequält.

»Er küsst nicht schlecht«, gebe ich schließlich zu.

»Dachte ich's mir doch. Und wonach schmeckt er?«
Fragend sehe ich sie an.
»Jeder Mensch hat einen eigenen Geschmack. Der hängt wahrscheinlich davon ab, was man isst«, plappert sie lachend weiter.
»Du bist verrückt«, stelle ich fest und bespritze sie mit Wasser.
In diesem Moment bemerke ich aus dem Augenwinkel eine Bewegung über uns, aber ich bin zu langsam, um irgendwas zu erkennen.

»Hast du das gesehen?«, frage ich besorgt.
»Nein, was denn?«
»Ich weiß nicht.«
»Das war bestimmt eine Maus.«
»O je, sag nicht so was …«
Als sie mein Gesicht sieht, lacht sie laut los.
»Das war ein Scherz.«
»Marta, mach das nie wieder. So was finde ich nicht lustig. Das ist eklig! Mir wird schon ganz schlecht, allein beim Gedanken daran.«
Kaum habe ich es ausgesprochen, als ich wieder eine Bewegung bemerke. Ich reiße den Kopf hoch und blicke in zwei dunkle Augen.
»Marta, da ist ein Spanner«, kreische ich und versuche, mich mit den Händen zu bedecken.
»Wo? Ich seh niemanden. Bist du sicher, dass du dir das nicht nur eingebildet hast?«, erwidert sie, während sie in die Richtung schaut, die ich ihr zeige.

»Ich schwöre es! Da waren zwei dunkle Augen, die uns von oben beobachtet haben«, beharre ich und deute auf den Spalt zwischen Wand und Decke.
»Wirklich? Wie sahen sie aus?«
»Na, was weiß ich. Gott, wo hast du mich hier bloß hingeschleppt?« Mit einem Schlag bin ich völlig erschöpft.
»Beruhig dich. Wir sind doch gerade erst angekommen«, sagt sie, öffnet die Tür und greift die beiden Handtücher, die vor der Kabine hängen.
»Du hast also bereits jemandem den Kopf verdreht. Hoffentlich sieht er gut aus«, fährt sie fort.
»Ich mag keine Spanner«, antworte ich gereizt und schaue mich nach diesen Augen um, die anscheinend im Nichts verschwunden sind. Die habe ich mir absolut nicht eingebildet, da bin ich ganz sicher. Campen ist wohl doch nichts für mich. Als wir wieder im Zelt sind, rufe ich sofort meine Eltern an, um mich ein bisschen wohler zu fühlen.

Am nächsten Vormittag wasche ich mit Marta gerade das Frühstücksgeschirr ab, als zwei Jungen in unserem Alter auftauchen und sich an das Waschbecken neben uns stellen. Ich beobachte sie im Spiegel und habe das Gefühl, den einen irgendwie zu kennen. Also schaue ich genauer hin, unsere Blicke treffen sich und … aber klar, das ist der Spanner. Ich drehe mich zu Marta um, die mich fragend anschaut.

»Der Typ neben dir ist der Spanner von gestern Abend«, flüstere ich ihr zu.
Sie dreht sich abrupt zu ihm um, mustert ihn, wendet sich wieder zu mir und zwinkert mir zu.
»Ich verstehe die Leute nicht, die in den Duschen spannen gehen«, sagt sie mit lauter Stimme und wäscht dabei in aller Seelenruhe eine Tasse ab.
Überrascht reiße ich die Augen auf.
»Meiner Meinung nach haben die tierische Probleme. Würdet ihr so etwas machen?«, fragt sie die beiden Jungs und sieht sie unschuldig an.
Die Typen werden rot und stottern etwas Unverständliches. Dann schnappen sie sich ihre noch schmutzigen Teller und flüchten genauso schnell, wie sie gekommen sind.
Wir lachen uns fast scheckig.
»O Gott, Marta, hast du ihre Gesichter gesehen? Während du mit dem Typen geredet hast, hat er sich aufgeblasen wie ein Luftballon. Ich dachte schon, er platzt gleich. Wo nimmst du bloß immer den Mut für solche Sachen her?!«, sage ich und schüttele den Kopf.
»Also, wenn die wenigstens ansehnlich gewesen wären, aber das waren ja ganz hässliche Vögel mit fiesen Gesichtern. Denen bleibt wohl nichts anderes übrig, als zu spannen und den Leuten hinterherzuspionieren«, antwortet sie, während wir zum Zelt zurückgehen und immer noch Tränen in den Augen haben vor Lachen.

Zehn Minuten später liegen wir in der Sonne.
»Wie hast du auf der Isomatte geschlafen?«
Ich verziehe das Gesicht.
»Ich bin tausendmal aufgewacht. Ständig habe ich irgendein neues Geräusch gehört, echt gruselig. Und die im Nebenzelt haben unglaublichen Krach gemacht. Der eine hat geschnarcht wie ein Sägewerk!«
Marta schüttelt sich vor Lachen.
»Ich weiß ja nicht, wie man das aushält mit einem, der so extrem schnarcht«, fahre ich fort.
»Meine Mutter schläft zu Hause mit Ohrstöpseln, denn mein Vater schnarcht wie unser Nachbar hier«, erzählt sie und zieht eine Augenbraue hoch.
Einen schnarchenden Mann möchte ich nicht. Gewisse Dinge sind einfach wichtig. Die muss man wissen, bevor man zusammenzieht. Es ist zwar bestimmt nicht einfach, einen Jungen zu fragen: Sag mal, schnarchst du? Wenn du nämlich schnarchst, dann trennen wir uns besser, denn so würde es doch nie mit uns funktionieren. In diesem Moment durchfährt mich blitzartig ein Gedanke: Was ist, wenn Marco schnarcht?
»Vale, sieh mal den Typen dort hinten, der sich gerade das grüne T-Shirt auszieht. Dreh dich nicht gleich um, sonst merkt er, dass wir ihn anstarren.«
Ich lasse ein paar Sekunden verstreichen, dann drehe ich mich wie zufällig in die Richtung und blicke in zwei grüne Augen. Schnell schaue ich weg und wende mich wieder Marta zu.

»Der ist ja richtig lecker. Himmel, Marta, gut erkannt!«
Sie kichert vergnügt.
»Vale, du wirst es nicht glauben, aber er hat mir zugelächelt.« So wie sie sich benimmt, hat also endlich mal jemand ihr Interesse geweckt.
Ich lächele, schließe die Augen und schlafe sofort ein.
Martas Stimme weckt mich. Ich bleibe noch etwas liegen und versuche zu verstehen, wovon sie redet. Schließlich zwingt mich ein Schmerz im Arm, mich zu drehen und mich aufzusetzen.
»Willkommen zurück.«
»Habe ich lange geschlafen?«, frage ich Marta und grinse unbeholfen.
»Eine Weile. Den Spuren auf deinem Gesicht nach zu urteilen, zu viel. Das ist Roberto, das ist Valentina, ihre Freunde nennen sie Vale«, stellt sie uns augenzwinkernd vor.
Verdammt! Ich bedecke die Wange mit der Hand und betrachte den Jungen, der mich anlächelt. Marta hat keine Zeit verloren. Das ist der Typ von vorhin! Er ist groß, hat kurze schwarze Haare und grüne mandelförmige Augen. Der Hammer! Der ist mindestens achtzehn Jahre alt, wenn nicht sogar neunzehn. Ich erwidere das Lächeln, dann stehe ich auf und laufe noch leicht schlaftrunken zum Meer. Mit den Füßen im Wasser drehe ich mich zu Marta. Sie redet auf Roberto ein, während sie ihn mit den Augen verschlingt. Er

streicht sich mit der Hand durch die Haare. Er weiß, dass er richtig cool aussieht, auch wenn er für meine Verhältnisse ein bisschen übertreibt. Er streckt die Beine aus, lange, magere Beine. Plötzlich, so als ob er sich beobachtet fühlt, dreht er sich zu mir und lächelt mich an. Ich senke den Blick, ertappt. Dann drehe ich mich wieder zum Wasser und gehe baden.

»Vale, hast du den Hammertyp gesehen?«, bestürmt mich Marta, die zum Glück alleine zu mir ins Wasser kommt.

»Phantastisch! Wie hast du ihn kennengelernt?«

Während ich schlief, hat sie einen Spaziergang gemacht. Sie ist bis zum Kiosk weiter hinten am Strand gelaufen und hat sich ein Eis gekauft. Als sie dort das Eis aß, hat sich der coole Obermacker plötzlich neben sie gesetzt. Dann hat es nur noch einen Augenblick gedauert und sie kamen ins Quatschen, erzählt Marta begeistert.

»Wenn du Lust hast, gehen wir um sechs wieder hin. Er ist zu der Zeit ganz oft mit seinen Freunden da. Was meinst du?«

»Ist er nicht viel zu alt?«

»Mag sein, aber er ist nett und voll in Ordnung. Warum kuckst du so skeptisch?«

»Nur so. Du weißt, was ich davon halte.«

Doch Martas Blick sagt mir, dass sie die Finger nicht von ihm lassen wird. Und wenn sie sich einmal was in den Kopf gesetzt hat, dann ist sie nicht mehr auf-

zuhalten. So wie vergangenes Jahr, als sie es auf Luca abgesehen hatte. Sie hat alles dafür gemacht und getan, bis sie mit ihm zusammen war.
Wir kommen aus dem Wasser und legen uns auf die Handtücher. Mit geschlossenen Augen hänge ich meinen Gedanken nach. Marcos Gesicht taucht vor mir auf. Ich seufze, ich weiß nicht, warum, aber ich will keinen anderen, mir genügt er. Vielleicht ist das übertrieben, aber so ist es. Dann drehe ich mich auf den Bauch und genieße die Wärme der Sonnenstrahlen.

»Schläfst du?«, holt mich Martas Stimme in die Realität zurück.
Schweren Herzens öffne ich die Augen.
»Du hast an Marco gedacht. Das sehe ich an dem Lächeln, das dir ins Gesicht gebrannt ist.«
Ich lache. So ist das, wenn man richtig befreundet ist. Gute Freundinnen verstehen sich auch ohne Worte.
»Ich habe Hunger«, entgegne ich, bevor sie mich wieder mit ihren »harmlosen« Fragen bombardieren kann.
»Dann schauen wir mal, ob meine Mutter was vorbereitet hat«, sagt sie und hakt sich bei mir unter.

Mitten in der Nacht schaue ich auf die Uhr: Es ist eins. Die Zikaden zirpen wie verrückt, so als ob sie sich zu einem Mega-Rockspektakel verabredet hätten. Nervös wälze ich mich im Schlafsack herum. Bitte nicht, ich will jetzt nicht aufs Klo. Ich bemühe mich, den Drang zu ignorieren, und schlummere wieder leicht ein. Doch nach zehn Minuten ist er wieder da. Genervt schäle ich mich aus dem Schlafsack, ziehe die Sporthose an und krieche aus dem Zelt. Ich gähne, und die frische Luft lässt mich erzittern. Warum habe ich nicht das Sweatshirt übergezogen? Um mich herum ist es ganz still, nur ein paar leise Stimmen sind zu hören. Mit gesenktem Kopf gehe ich zügig Richtung Toiletten, als ich meinen Namen höre. Ich dreh mich um und sehe Roberto. Schnell verstecke ich das Klopapier unter dem Handtuch, das ich glücklicherweise mitgenommen habe.

»Vale, ciao, was machst du um diese Uhrzeit noch auf den Beinen?«

Ich schaue mich verlegen um, aber mir fällt keine gute Geschichte ein.

»Ehrlich gesagt, muss ich aufs Klo«, antworte ich schüchtern.

»Ich begleite dich.«

Aufs Klo?

»Das brauchst du nicht, danke.«

»Ich muss eh in dieselbe Richtung.«

Und ohne eine Antwort abzuwarten, läuft er neben mir her. Vielleicht muss er ja auch!

Schweißperlen laufen mir den Rücken herunter, und der Drang wird immer stärker. Ich möchte am liebsten loslaufen, doch stattdessen bleibe ich ruhig und lächele, als sei gar nichts.

»Morgen früh fahre ich mit Alessio und Giacomo in

einem großen Schlauchboot hinaus. Erinnerst du dich noch an die beiden? Du hast sie heute Nachmittag kennengelernt.«

Ich nicke und starre auf meine Füße.

»Warum kommt ihr nicht mit? Dann gehen wir weiter draußen baden.«

»Ich weiß nicht, wann fahrt ihr denn los?«

Wo zum Teufel sind die Toiletten abgeblieben? Ich schwitze noch etwas mehr …

»So gegen zehn, vielleicht auch später.«

»Hm … ich frage Marta und sag dir morgen Bescheid.«

Endlich entdecke ich das Licht der Waschräume und fasse mich kurz.

»Okay, also bis morgen«, sage ich.

»Ich warte hier auf dich.«

Erschrocken mache ich einen Satz nach hinten. Wie, er wartet? Ich weiß doch gar nicht, wie lange ich brauche. Und außerdem will ich allein sein.

»O bitte nicht, das ist nicht nötig. Geh schon«, beharre ich und kralle mich in das Handtuch.

»Ich bin nicht müde, außerdem ist es so schön draußen. Ich rauche eine und warte, bis du wiederkommst«, fährt er fort und wirft mir einen einnehmenden Blick zu. Doch in diesem Moment finde ich seine Augen überhaupt nicht faszinierend, ich bin mit den Gedanken ganz woanders. Rasch drehe ich mich um und verschwinde in den Waschräumen. Nach ein paar Schritten merke ich, dass die Damentoiletten abgesperrt sind. Irgendjemand putzt die Toiletten … Um ein Uhr nachts? Verzweifelt blicke ich mich um, während Panik in mir aufsteigt.

Was soll ich tun? Ich könnte zu den anderen Waschräumen laufen, die näher am Strand sind. Nein, das schaffe ich nicht. Kleine Schweißperlen treten mir auf die Stirn. Und wenn ich mich hinter einen Busch setzen würde? Vale, spinnst du, du bist auf einem Campingplatz!

Ich gehe nach draußen. Roberto erhebt sich.

»Da wird gerade geputzt. Ich kann nicht rein.«

»Dann geh aufs Männerklo«, sagt er achselzuckend.

Entsetzt sehe ich ihn an, aufs Männerklo???

»Mach nicht so ein Gesicht, um diese Uhrzeit ist da kein Mensch. Pass auf, ich begleite dich und passe auf, dass niemand reinkommt.«

Meine Augen werden immer größer. Ist er jetzt völlig verrückt geworden?! Nein, das geht nicht, ich kann nicht, denke ich, während die Schmerzen stärker werden und meine Beine zu zittern anfangen.

»Denk dir nichts dabei. Los, geh schon«, fügt er hinzu und zieht mich am Arm.

Schließlich stehe ich auf der Männertoilette und blicke fassungslos auf das Loch im Boden. Ich seufze verzweifelt. Das hat gerade noch gefehlt, ein Stehklo … Ich drehe mich um, und die Klopapierrolle fällt in das Loch.

»Neeein!«, heule ich auf und schlage sofort die Hände auf den Mund.

»Vale, was ist los?«

Nein, nein, nein. Ich bin verzweifelt. Warum muss immer mir so etwas passieren? Gott, ich bin so ein Trottel!

»Vale, was ist? Geht's dir nicht gut?«

»Nein … also, ehrlich gesagt … es gibt ein kleines Problem.«

»Und was?«

Ich seufze und lege die Stirn an die Kabinentür.

»Mir ist das Toilettenpapier in die Kloschüssel gefallen«, sage ich atemlos.

Stille.

»Roberto?«, frage ich leise.

»Ja, ja, ich bin noch da. Gott, entschuldige, Vale, aber ich muss lachen … Entschuldige, das ist keine Absicht, aber das ist einfach zu komisch.« Dann kann er sich nicht mehr halten.

»Das ist überhaupt nicht lustig«, entgegne ich empört. Daran ist nur dieser verdammte Campingplatz schuld. Sobald ich wieder im Zelt bin, erwürge ich Marta. Wie peinlich, Gott, so eine Schande, morgen wird es der ganze Campingplatz wissen.

»Ja, Entschuldigung, du hast recht. Warte, ich suche Ersatz«, fügt er hinzu, bemüht, ernsthaft zu klingen. Doch mittlerweile hat er komplett die Beherrschung verloren und kringelt sich vor Lachen.

Nach zehn Minuten verlasse ich endlich die Toilette. Ich habe nicht den Mut, ihm ins Gesicht zu blicken, grüße rasch und flüchte.
»Vale, wo warst du denn? Ich habe mir schon Sorgen gemacht. Ich bin ein paar Mal aufgewacht und habe dich nicht gesehen, was ist passiert?«, bestürmt mich Marta, als ich in das Zelt krieche.
Ich werfe mich erschöpft auf die Isomatte und erzähle ihr alles.
»Ein Ausflug im Schlauchboot … das ist obercool, Vale. Was für ein Glück, dass ihr euch getroffen habt.«
Ich schlage die Hände vors Gesicht.
»Marta, was sagst du da? Begreifst du, was ich gerade durchgemacht habe? So was Peinliches hat mir gerade noch gefehlt! Nicht mal in meinen schlimmsten Träumen hätte ich mir das ausmalen können. Gott, wie peinlich! Am besten fahre ich morgen nach Hause.«
»Du übertreibst! Immer diese Melodramatik. Denk nicht mehr dran. Das ist vorbei. Außerdem kann das jedem passieren«, gibt sie zu bedenken, dreht sich auf die andere Seite und schläft sofort ein. Warum zum Teufel ist bei ihr alles immer so einfach?

Am nächsten Morgen finde ich einen Zettel von ihr.

Bin früh aufgestanden, habe eine Verabredung am Strand.
Wenn du wach bist, schick mir eine SMS. Küsse.
PS: Sag meiner Mutter nichts.

Ich döse noch ein wenig im Schlafsack, dann schreibe ich Marco eine SMS. Er fehlt mir jetzt schon. Wer weiß, wo Marta gerade steckt, denke ich, während ich mich räkele. Gestern Abend hat sie mir gar nicht erzählt, dass sie sich mit Roberto trifft. Sie verliert aber auch keine Zeit.

Gegen zehn gehe ich an den Strand, ich lege mich nahe ans Wasser, schicke Marta eine SMS und schalte den iPod an.

»Allein hier?«

Roberto steht vor mir.

Ich denke an die Szene von gestern Abend und werde knallrot. Verdammt, sollte er nicht mit Marta zusammen sein? Und wollte ich nicht eigentlich nach Rom zurückfahren?

Während ich mich umblicke, nicke ich.

»Möchtest du baden?« Er lächelt mir einladend zu. Zum Glück sagt er nichts zu dem Desaster von gestern.

»Also, ich bin grad erst gekommen, vielleicht später. Und Marta?« Ich kann der Versuchung nicht widerstehen, nach ihr zu fragen.

»Ich habe sie vor ein paar Minuten gesehen«, erzählt er zerstreut und setzt sich, ohne zu fragen, auf mein Handtuch. Für meinen Geschmack hockt er viel zu dicht neben mir.

Ich weiß nicht, was ich noch sagen soll. Seine Nähe macht mich nervös. Ohne es mir anmerken zu lassen, rücke ich unmerklich etwas von ihm ab, doch er rutsch sofort auf den frei gewordenen Platz. All meine Sinne schlagen Alarm. Ich möchte aufstehen und weglaufen. Auf der anderen Seite habe ich keine Lust dazu. Etwas in mir flüstert, dass ich ihm nicht nachgeben darf. Oder ist es etwas anderes? Meine Stimme hört sich beim Reden erstickt an, hoffentlich merkt er das nicht.

»Marta hat erzählt, dass du in Rom wohnst. Wo denn da?«

»In der Nähe vom Viale Libia. Kennst du die Gegend?«

Ein bisschen, denke ich, nicke aber mit dem Kopf.

»Und auf welche Schule gehst du?«, frage ich weiter.

»Ich habe vor einem Jahr Abi gemacht!« Ich erschaudere. Wusste ich's doch, dass er zu alt ist!!!

Mein Unbehagen wächst.

»Fühlst du dich nicht gut?«, will er wissen.

Ich muss ein fürchterliches Gesicht gemacht haben.

»Nein, es ist nichts, das muss die Hitze sein.«

Er rückt noch näher, und mit dem Bein berührt er fast meines. Ich zucke weg, als hätte ich mich verbrannt.

»Ich beiße nicht«, grinst er.

Uff, was für eine Nervensäge! Warum kommt Marta nicht? Dabei sollte ich happy sein, Roberto ist ziemlich cool. Aber ich fühle mich einfach nicht wohl, und außerdem bin ich mit Marco zusammen!

In diese Gedanken versunken merke ich viel zu spät, dass er noch näher gerückt ist und mit einer meiner Haarsträhnen spielt.

»Was machst du?«, schreie ich und springe auf.
Er bleibt auf dem Handtuch sitzen und schaut mich ruhig an.
»Komm schon, Vale, setz dich wieder hin. Du bist so hübsch. Ich will dich doch nicht fressen.«
Wie von der Tarantel gestochen ergreife ich die Flucht. Das hat gerade noch gefehlt. Im nächsten Augenblick renne ich aufgewühlt in Marta hinein.
»Wo zum Teufel hast du bloß gesteckt?«, frage ich sie leicht beleidigt.
»Oh, Vale, du hast ja keine Ahnung. Mir ist etwas ganz Phantastisches passiert, das ist Liebe auf den ersten Blick«, erwidert sie verträumt.
Mir stockt das Blut. Bitte sag, dass das nicht wahr ist!
»Als ich ihn gesehen habe, wusste ich sofort, dass er der Richtige ist.«
»Das heißt?«
»Er ist so nett und süß. Und bei ihm ist es genauso!!!«
Ja, klar, denke ich sarkastisch.
»Bist du sicher, dass du es nicht wie üblich ein bisschen übereilst?«, frage ich.
»Und du? Warum ziehst du so eine Trauermiene?«
»Nur so, es könnte ja sein, dass du dich täuschst. Lass es sein, Marta.«
»Wie kannst du das nur sagen? Was weißt du schon? Heute Morgen war er total süß. Wir haben so doll geknutscht, dass ich immer noch seinen Geschmack auf den Lippen spüre.«

»Hör mal, ich meine es nur gut mit dir. Er will dich doch nur ins Bett kriegen.«

»Was ist denn mit dir los? Warum bist du so feindselig ihm gegenüber, wenn du ihn nicht mal kennst? Und selbst wenn, was wäre dabei?«

Während ich meine Hände knete, finde ich nicht die Kraft, ihr in die Augen zu sehen. Los, sag es ihr, sei mutig, sonst bist du keine echte Freundin.

»Nein, also … ich hab ja nichts gegen ihn, es ist nur, dass er dir wehtun könnte!«

Feigling!!!

Gerührt umarmt mich Marta.

»Es ist so schön, dass ich auf dich zählen kann. Aber du solltest glücklich sein, ich bin im siebten Himmel!«

Wir laufen zu meinem Handtuch zurück, und ich schweige. Neben Roberto haben sich dort nun auch Alessio, Giacomo und ihre Freundin Giada eingefunden.

»Mädels, seid ihr bereit, können wir los?«, fängt Roberto an, als er uns sieht.

Wohin sollen wir? O Gott, der Ausflug im Schlauchboot, den habe ich komplett vergessen!

Das riesige Schlauchboot ähnelt mehr einem Ruderboot mit Motor. Wir klettern an Bord und drängen uns zusammen, damit wir alle raufpassen. Nachdem auch unsere Rucksäcke, ein großer Beutel und die Handtücher verstaut sind, rudern wir los.

Wir fahren ziemlich weit raus und ankern schließlich

an einer Stelle unweit der Küste. Roberto holt eine Harpune aus dem großen Rucksack, einen Gummiballon, lange Schwimmflossen und einen Taucheranzug.

»Ich drehe eine Runde. Und wenn ich eine Brasse fange, dann grillen wir die heute Abend am Strand, was haltet ihr davon?«

Wir nicken und machen ihm Platz, damit er sich in den Anzug quetschen kann.

Es ist wie bei einer Filmpremiere. Ich, Marta, Alessio, Giacomo und Giada sind die Zuschauer. Und Roberto ist der Hauptdarsteller. Die Entscheidung des Regisseurs, eine Großaufnahme von Robertos muskulösen Schultern zu zeigen, wird vom weiblichen Publikum begrüßt, das sich viel sagende Blicke zuwirft.

Nach zwanzig Minuten, als alle schon leicht ungeduldig werden, ist er endlich fertig. Mit einem Salto rückwärts springt er ins Wasser. Im selben Augenblick bäumt sich das Boot auf, und wir stürzen völlig überrascht ins Wasser.

»Aaah«, kreischen wir im Chor, während das Schlauchboot auf uns kracht.

Unter Wasser fuchtele ich mit den Armen und versuche, mich zu orientieren. Ich schwimme an die Oberfläche und sehe, dass die anderen das Gleiche tun.

»Alles in Ordnung, Mädels?«, fragt Giacomo.

»Jaaa!!!«, rufen wir alle gleichzeitig wie schnatternde Gänse.

»O Gott, die Rucksäcke«, fällt Giada ein.
»Neeeein, die Handys«, kreischt Marta.
Wir tauchen sofort wieder in die Fluten, und ich erwische gerade noch ein Handtuch, das langsam Richtung Meeresboden gleitet.
Als wir endlich wieder auftauchen, haben wir alles gerettet. Wir klammern uns an das Schlauchboot, das immer noch kieloben auf dem Wasser treibt, und brechen in Gelächter aus. Wir sehen aus wie Schiffbrüchige.
Angelockt von dem Drunter und Drüber taucht Roberto auf.
»Was ist denn hier passiert?«, grinst er und zieht sich die Tauchermaske ab.
Wir sehen uns an, dann werfen wir ihm das nasse Handtuch ins Gesicht.
Nachdem wir wieder am Strand sind, stellen Marta und ich fest, dass alle Telefonnummern, Bilder und Nachrichten in unseren Handys gelöscht sind. Eine Tragödie. Und wer erklärt das jetzt meinen Eltern, denke ich geknickt, während wir zum Zelt zurücklaufen. Das ist schon das zweite Mal, dass ich ein Handy versenke, und ich muss an die Geschichte mit Sara im Hundesalon denken.

Es ist zehn Uhr abends. Wir sitzen alle gemeinsam am Strand und haben ein Lagerfeuer angezündet. Alessio spielt Gitarre, und wir hören entspannt zu, während er ein paar Lieder singt. Marta hockt neben Roberto und Giacomo. Ab und zu drehe ich mich um und sehe, wie ihre Augen glänzen und sie versonnen in das Feuer schaut.

»Lasst uns schwimmen gehen!«, ruft Giada plötzlich.

Erschreckt greife ich Martas Arm.

»Was ist?«, fragt sie.

»Ich habe keinen Badeanzug dabei«, flüstere ich.

»Was soll's, es ist doch dunkel, das merkt doch keiner«, erwidert sie lachend. Dann steht sie auf und zieht mich an der Hand hoch. Angesteckt von der allgemeinen Begeisterung ziehen wir uns rasch aus und laufen ins Wasser, nur mit Slip und BH bekleidet.

Ich lasse mich von der leichten Wellenbewegung schaukeln und betrachte den Himmel, der vom Mond erhellt wird.

»Sieh nur die vielen Sterne, Marta.«

»Phantastisch. Ist das nicht lustig hier?«

»Ja, sehr.«

»Dann hast du dich ein bisschen eingelebt?«

Ich nicke glücklich.

»Wir haben uns verabredet«, sagt Marta.

»Wirklich?«

»Ja, er hat mich gefragt, ob wir uns später noch allein treffen.«

»Später, wann? Es ist schon halb elf, wir müssen bald zurück.«

»Ja, ich weiß. Wir treffen uns gegen Mitternacht, wenn meine Mutter schläft.«

»Und wo?«, frage ich besorgt.

»Hier. Wir machen einen Strandspaziergang unter dem Sternenhimmel!«, erklärt sie verzückt.

»Wie romantisch!« Ich tue so, als ob ich mich für sie freue.

»Oh! Vale, ich weiß gar nicht, was mit mir los ist. Ich fühle mich wie auf einem anderen Stern. Ist es so, wenn man sich verliebt?«

»Ja, ich glaube schon. Jedenfalls ist mir das mit Marco so ergangen.« Und während ich seinen Namen ausspreche, kribbeln meine Lippen: Ich wünsche mir so sehr, dass er hier wäre! Ich schließe die Augen und lasse mich auf dem Wasser treiben.

Plötzlich versetzt mir etwas einen Stoß. O Gott, was ist das bloß … Man sollte nachts doch besser nicht baden! Als ich mich aufrichten will, drückt mich irgendetwas nach unten. Ich rudere mit den Armen, Wasser dringt mir in die Nase. Was zum Teufel … Endlich tauche ich auf und stelle bestürzt fest, dass mein BH weg ist. Roberto, der plötzlich aus dem Nichts auftaucht, sieht mich triumphierend an und wedelt mit dem Teil vor meiner Nase herum.

»Ich glaube, du hast etwas verloren.«

Elender Mistkerl! Ich suche nach Marta, doch sie ist nicht mehr in der Nähe.

»Was fällt dir ein? Das ist überhaupt nicht lustig. Gib

ihn sofort zurück!«, entgegne ich, bemüht, meine Angst zu vertuschen.
»Komm und hol ihn dir«, antwortet er grinsend, während er ihn immer noch hin und her schwenkt.
Vorsichtig schwimme ich auf ihn zu, immer mit dem Oberkörper im Wasser.
»Mach schon, Roberto, bitte.«
Er kommt immer näher und schwenkt weiter den BH. Verunsichert überlege ich, was ich tun soll. Eigentlich möchte ich ihm eine knallen, aber ich bin wie gelähmt. Jetzt überragt er mich vollständig und ist nur noch zwei Millimeter von mir entfernt. Seine muskulösen Schultern und der flache Bauch sind wie die Sirenen aus der Odyssee. Verschämt wende ich den Blick ab, stehe abrupt auf und schnappe mir den BH. Doch in diesem Moment drückt mich Roberto an sich und küsst mich.
Salz, Wasser, Geschmack von Alkohol und Tabak. Für den Bruchteil einer Sekunde gebe ich mich hin. Grob, energisch, kräftig, mein Busen berührt seine Brust. Dann besinne ich mich zum Glück wieder und stoße ihn mit aller Kraft weg.
»Wie konntest du nur?«, sage ich mehr zu mir als zu ihm.
»Scheinbar fandest du es gar nicht so schlecht«, antwortet er und verschlingt mich mit Blicken.
Glücklicherweise verdeckt die Dunkelheit meine Scham.

»Da hast du was falsch verstanden. Das hat mir überhaupt nicht gefallen«, erwidere ich ärgerlich und entferne mich so schnell wie möglich von ihm, wobei ich den BH an mich drücke. Tränen schießen mir in die Augen.

Hoffentlich hat Marta das nicht gesehen. Vorsichtig sehe ich mich um.

Das Glück scheint auf meiner Seite zu sein, und unbehelligt erreiche ich meine Klamotten.

Eine halbe Stunde später liegen Marta und ich im Zelt, aber ich kann ihr nicht in die Augen schauen.

Sie ist total aufgeregt. Ständig dreht sie sich auf der Isomatte hin und her. Ich möchte sterben. Selbst wenn ich es leugnen wollte: Dieser Kuss hat mir gefallen. Ich habe Gewissensbisse, zum einen wegen Marco, zum anderen wegen Marta. Was bin ich nur für ein schlechter Mensch. Ich verdiene keinen von beiden und fange fast an zu heulen.

Mein einziger Ausweg ist, Marta zu erzählen, was Roberto für ein Typ ist. Ich sehe sie an, und die Worte bleiben mir im Hals stecken. Das wird ihr das Herz brechen.

»Du weißt gar nicht, wie er küsst, Vale. Er saugt dich ein, und seine Zunge … steht nicht einen Moment still.«

Ich kann mich nicht aufraffen. Vielleicht warte ich besser noch einen Augenblick. Ihre Offenheit schmeichelt mir.

»Was macht er damit?«, frage ich und bin neugierig, ob sie das Gleiche empfunden hat wie ich.
»Das kann ich dir gar nicht genau sagen, aber er bewegt sie wie eine Mühle. Er zwirbelt sie um meine Zunge, ganz sonderbar.«
»Das hört sich fast etwas gruselig an«, kichere ich. Bei mir hat er das nicht gemacht.
»Ach was, das ist genial. Du fühlst dich wie in einem Karussell«, fährt sie fort und drückt sich das Kissen auf die Brust.
Ich besinne mich wieder: Jetzt oder nie!
»Marta, ich muss dir etwas sagen.«
»Hmm …«, entgegnet sie zerstreut.
»Marta, hörst du mir zu? Das ist wichtig.«
»Himmel, wenn du in diesem Ton sprichst, ist ›es‹ wirklich wichtig. Los, spuck's aus, ist was mit Marco?«
Ja, ja, ja, mit ihm hat es auch zu tun!
»Also?«, drängt sie mich.
»Du darfst nicht zu dieser Verabredung gehen!«, sage ich entschlossen, ziehe mich hoch und setze mich im Schneidersitz hin.
»Du bist verrückt. Schon wieder diese Geschichte.«
»Nein, warte. Während wir gebadet haben, hat Roberto versucht, mich zu küssen«, erzähle ich ihr in einem Atemzug.
So. Ich hab's gesagt. Es ist raus! Gut, Vale, so macht man das. Man muss die Dinge beim Namen nennen, auch wenn sie wehtun.

»Du hast mit Roberto geknutscht und erzählst mir das erst jetzt?«

Mit einem Ruck setzt Marta sich auf und sieht mich an. Keine Ahnung, was ihr Blick zu bedeuten hat.

Ich stammele etwas.

»Los, erzähl schon. Ich bin ja so gespannt. Gott, was für ein Urlaub«, plappert sie weiter.

Verwirrt sehe ich sie an und verstehe gar nichts mehr.

»Aber bist du denn nicht wütend?«

Jetzt sieht sie mich irritiert an.

»Warum sollte ich? Etwa wegen meines Bruders?«

Ich raffe überhaupt nichts mehr, so als ob ich einen Filmriss hätte.

»Warte mal. Es interessiert dich also nicht die Bohne, dass deine ›Liebe auf den ersten Blick‹ vorhin versucht hat, mich zu küssen?«

»Aber das ist doch nicht er … hast du etwa geglaubt, es wäre Roberto?«

»Klar. Als wir ihn kennengelernt haben, hast du doch noch gesagt, wie cool du ihn findest. Oder hab ich das falsch verstanden?«

»Ja, er ist echt cool, und ich denke auch noch an ihn. Aber man verliebt sich doch nicht nur in die Süßen, oder?«, antwortet sie.

Mit einem Schlag fällt die Anspannung von mir ab.

»Also, wer ist es dann?«

Marta sieht mich an und lacht.

»Los, streng dich ein bisschen an, rate mal.«
Ehrlich gesagt gibt es nicht viel Auswahl, es bleiben nur Alessio und Giacomo. Aber keiner von beiden scheint mir Martas Typ zu sein. Ich rate blind drauf los.
»Giacomo?«
Marta lächelt und legt einen Finger auf die Lippen.
Ihrem Gesichtsausdruck nach habe ich ins Schwarze getroffen.
»Aber wie ist das denn passiert? Und warum verheimlicht ihr das?«
»Du bist die Einzige, die nichts mitbekommen hat. Die anderen haben es sofort geschnallt. Du warst so sehr davon überzeugt, dass es Roberto sein muss, dass du gar nicht gemerkt hast, wie wir uns ansehen, seit wir uns kennengelernt haben. Oder wie er meinen Arm gestreichelt hat auf dem Schlauchboot. Und heute Abend waren wir immer beieinander, nur nicht, als wir ins Wasser gesprungen sind.«
Ich schweige. Das stimmt. Ich war so davon überzeugt, dass es Roberto sein muss, dass ich nichts anderes bemerkt habe. Wie ist das nur möglich?
»Da du dich jetzt wieder eingekriegt hast, kannst du mir ja endlich erzählen, wie es mit dem Süßen lief, oder?«
Ich werfe ihr das Kissen an den Kopf und kitzele sie durch. Die nächsten zwanzig Minuten lachen wir uns schier kaputt, während ich ihr die Geschichte mit dem

BH erzähle. Und als Marta aus dem Zelt schlüpft, fühle ich mich wieder mit der Welt im Einklang. Zumindest teilweise, denn ich habe immer noch ein bisschen Gewissensbisse gegenüber Marco. Ich drehe mich im Schlafsack um. Schade, dass ich ihm nicht mal mehr eine SMS schreiben kann. Sobald ich wieder zu Hause bin, muss ich mir unbedingt ein neues Handy kaufen. Ohne kann ich nicht leben.

»Also?«, frage ich Marta am nächsten Morgen, als wir auf dem nassen Sand liegen. Ich sterbe vor Neugierde.

Sie schließt die Augen und lächelt.

»Oh, Vale, das war ein galaktisch schöner Abend! Hmm ... ich bin bis über beide Ohren verknallt. Es ist so völlig verwirrend, wenn ich mit ihm zusammen bin. Gestern haben wir bis ein Uhr die Sterne angeschaut.«

Die Glückliche, zu der Zeit muss ich immer aufs Klo.

»Weißt du, was ich am meisten an ihm mag?«

»Was?«

»Alles!!!«, lacht sie und legt den Kopf auf den nassen Sand.

Als hätte er es gehört, taucht Giacomo auf.

»Ciao, Mädels, wie geht's?«, fragt er und hat nur Augen für Marta.

Sie senkt verschämt den Blick und errötet leicht. Verstohlen betrachte ich Giacomo. Ich kann mir die beiden nicht zusammen vorstellen. Eigentlich gefallen ihr die hübschen Jungs. Aber er wirkt so zerstreut, mit seinen ungekämmten Haaren, und außerdem trägt er eine Brille! Allerdings, wenn er lacht, verwandelt er sich. Dann bekommt er kleine Grübchen neben den Mundwinkeln und zeigt seine perfekten, weißen Zähne. Jetzt streicht er ihr eine Haarsträhne aus dem Gesicht, sie schließt die Augen und lächelt.

Ich fühle mich überflüssig, stehe auf und mache einen Spaziergang am Strand. Meine Gedanken wandern zu Marco, in ein paar Stunden liege ich endlich wieder in seinen Armen.

Alle paar Sekunden sehe ich auf die Uhr und zähle die Minuten, die mich noch von ihm trennen. Jetzt ist es sieben, und er steigt vermutlich gerade aus dem Zug. Ich stelle mir seine Mutter vor, die ihn erwartet und ihm zuwinkt. Er rennt fast auf sie zu und lächelt sie an. Immer wieder klemmt er seine zerzausten Haare hinter die Ohren.

Ich lächele, während ich mir den Rock glatt streiche, den ich zur Feier des Tages angezogen habe. Sieben Uhr zehn, ich kämme mir nochmal die Haare, auch wenn es nicht nötig ist. Ich überlege, womit ich mich beschäftigen könnte. Er soll mich nicht untätig antreffen. Also ziehe ich das Buch heraus, das ich gerade lese, setze mich an den Tisch und schlage es auf. Es heißt *Alicia und das verlorene Herz* und gefällt mir sehr. Dieser Roman erzählt eine verwickelte Liebesgeschichte, die ans Herz geht, sexy und … scharf! Aber heute ist nichts zu machen, die Worte ziehen schnell vorbei, ohne dass ich ihren Sinn begreife. Ständig lese ich Sätze nochmal, doch ich kann mich einfach nicht konzentrieren. Ich bin aufgeregt, meine Hände zittern ein bisschen. Von meinem Platz kann ich die Einfahrt sehen. Marta ist noch mit Giacomo am Strand, und ich bin früh weggegangen, um Roberto nicht zu begegnen. Ja, Roberto, ich vertreibe diesen lästigen Gedanken. Marta musste mir schwören, dass sie Marco nichts erzählt, und ich habe beschlossen, diese Episode komplett zu vergessen. Das war ein Fehler. Ich liebe Marco, alles andere zählt nicht.

Endlich sehe ich ihn kommen, mit seinem kleinen Rucksack über der Schulter. Er redet mit seiner Mutter und drückt sie zärtlich an sich.

Der Himmel wird mit einem Schlag noch freundlicher, das Herz galoppiert, und in den Ohren pfeift es. Ich werde ganz kribbelig, ich möchte vom Stuhl aufspringen, ihm entgegenrennen und ihm die Arme um den Hals schlingen. Aber ich kann nicht. Da ist seine Mutter und all die Leute drum herum, das wäre peinlich. Doch mein Lächeln straft meine äußerliche Ruhe Lügen.

»Da sind wir«, sagt seine Mutter, als sie bei mir ankommen.

Marco und ich schauen uns einen Sekundenbruchteil an.

»Hallo.«

»Ciao, wie war die Fahrt?«, frage ich und weiß nichts anderes zu sagen.

»Gut. Wo ist Marta?«, antwortet er verlegen.

»Sie ist noch am Strand, kommt aber gleich.«

Bis jetzt habe ich überhaupt nicht daran gedacht: Wo schläft Marco eigentlich?

Als ob er meine Gedanken lesen kann, stellt er den Rucksack auf die Erde, kriecht in das Zelt seiner Mutter und kommt kurz darauf mit einem Beutel wieder. Zwei Minuten später baut er sein kleines Iglu-Zelt vor unseren beiden auf.

»Zeigst du mir nach dem Abendessen das Meer?«, flüstert er mir zu, während ich ihm helfe, Rucksack und Schlafsack zu verstauen.

Aufgeregt lächele ich und nicke.

»Okay, dann erwarte ich dich um neun am Strand.«

»Ich bin froh, dass du da bist.«

»Ich auch.« Und dann küssen wir uns schnell.

Wir gehen Hand in Hand, unsere Füße versinken in dem noch warmen Sand.

»Endlich. Ich hab es ohne dich kaum noch ausgehalten«, sagt er und drückt meine Hand ganz fest.

»Wem sagst du das. Es war Folter, dich während des Essens nicht anfassen zu können«, erwidere ich und spüre die Wärme seiner Finger, die sich mit meinen verflechten. Wir setzen uns und betrachten das Meer und die Dunkelheit um uns herum. Und es ist, als ob nur wir beide hier wären. Kein Laut, kein Geräusch ist zu hören, nur Marco und Vale.

Er sitzt hinter mir und umarmt mich fest, wobei er den Kopf auf meine Schulter legt. Endlich fühle ich mich wohl, jetzt, wo er bei mir ist. Nun erst begreife ich, wie sehr er mir gefehlt hat.

Wir bleiben eng umschlungen sitzen, nur umgeben vom Meeresrauschen. Er küsst mein Ohr, und tausend kleine Schauer durchlaufen mich. Dann sitzen wir uns gegenüber. Ich sehe ihm in die Augen, die im Mondlicht silbern funkeln.

Wie konnte ich dies alles auch nur eine Sekunde vergessen? Wie?

Ich küsse ihn überall, auf die Augen, die Nase, die Stirn. Dann den Hals, die Ohren, die Lippen. Er riecht nach Pinien und Bonbons. Er liebkost mich mit der Zunge, und ich lasse es zu. Ich schließe die Augen. Ich bin so glücklich. Noch fester drücke ich mich an ihn und schiebe die Hand unter sein T-Shirt. Er zieht es aus, und ich küsse seine Brust. Ich öffne die Augen, um sicher zu gehen, dass ich nicht träume, dass er wirklich ist. Mir ist, als würde ich angehoben und wie ein Ball geworfen, als ob ich in einem Karussell säße. Er streichelt meinen Rücken, während unsere Münder unersättlich einander suchen.

»Du weißt gar nicht, wie glücklich ich bin, hier mit dir zu sein. Ich habe so oft an dich gedacht in diesen

Tagen und habe die Stunden gezählt bis zu unserem Wiedersehen. Du bist das Schönste, das mir je passiert ist. Ich mag alles an dir, dein Lächeln, deine Augen, deinen Mund. Und mir gefällt, wie du die Hände bewegst, wie du die Augen aufreißt, jedes Mal wenn du etwas siehst, das dir gefällt, wie du die Nase kraus ziehst. Ich mag alles an dir, sogar deine Füße.«

Ich sehe sie an.

»Warum? Was ist mit meinen Füßen?«

»Na ja, besonders hübsch sind sie nicht.«

Belustigt kichere ich. Dann werde ich plötzlich ernst und sehe ihn an.

»Ich will niemals aufhören, dich zu lieben«, sage ich ganz leise.

»Ich auch nicht«, antwortet er und schaut mir in die Augen.

Und alles ist wieder wie vorher.

Eine schöne Überraschung

RASCH LAUFE ICH DIE STRASSE ENTLANG, doch der Wind bremst mich. Oktober ist ein sonderbarer Monat, weder Fisch noch Fleisch. Ich weiß nie, was ich anziehen soll. Aber vielleicht liebe ich einfach nur die warme, sonnige Jahreszeit, und jetzt kündigt sich eben schon der Winter an. Heute musste ich sogar das Mofa stehenlassen, weil der Wind mich ins Schleudern bringt … oder kann ich nicht richtig fahren?

Seit Wochen bin ich total aufgedreht, nächsten Monat kommt endlich mein Schwesterchen zur Welt. Meine Mutter ist schon ziemlich nervös und schiebt eine gewaltige Kugel vor sich her. Sie kommt nur noch langsam die Treppen hoch und hat Mühe, die Einkäufe zu schleppen. Ich und mein Vater helfen ihr, aber das scheint sie nicht besonders zu beruhigen. In den ersten Monaten soll der Neuzugang im Elternschlafzimmer nächtigen, danach soll ich mein Zimmer mit ihm teilen. Wir haben auch schon einen Namen für sie: Giulia. Ich hätte Martina schöner gefunden, aber ich bin trotzdem glücklich.

Immer öfter beobachte ich meine Mutter. Ich betrachte ihren Bauch. Es ist wirklich sonderbar, sich vorzustellen, dass da ein lebendiger Mensch herauskommen wird, der in den vergangenen Monaten dort drin gelebt hat, der uns zugehört hat, ohne selbst etwas sagen zu können. In einem Monat wird Giulia sich endlich zeigen. Ich laufe durch die Wohnung und kann sie mir nicht darin vorstellen. Doch was mich noch mehr verwirrt, ist, dass wir ab dann nicht mehr zu dritt, sondern zu viert sein werden, und zwar für immer. Da ich keine Ahnung habe, was ich zu diesem Ereignis beitragen kann, sammele ich für sie jetzt Spielsachen und Dinge, die ich nicht mehr benutze. Bevor ich jetzt etwas wegschmeiße, denke ich darüber nach, ob sie das mögen oder gebrauchen könnte.

Das ist meine Schwester Giulia. Ja, sie ist gerade erst auf die Welt gekommen. Nein, sie ist ganz lieb. Ab und zu weint sie, aber das ist normal. Ich bleibe oft zu Hause und passe auf sie auf. So kann ich meine Eltern entlasten. Natürlich bin ich froh, eine kleine Schwester zu haben, führe ich in Gedanken die kommenden Gespräche.

Während ich durch das Schultor renne, treffe ich Sara.

»He, endlich sehe ich dich mal wieder. Wo hast du gesteckt?«, frage ich sie und nehme immer zwei Stufen auf einmal.

»Entschuldige, aber ich komme zu überhaupt nichts mehr.«

»Alles Ausreden. Seit du mit diesem Andrea zusammen bist, bist du von der Bildfläche verschwunden!«, werfe ich ihr leicht gekränkt vor.

Aber es stimmt. Nur eine Woche nach meiner Party hat sie sich mit dem Sohn des Drogisten zusammengetan, den sie so süß fand. Seitdem haben Marta und ich sie nicht mehr zu Gesicht bekommen. Ich verstehe wirklich nicht, warum sich die Leute, sobald sie einen Partner haben, nicht mehr mit ihren Freunden treffen.

Sofort muss ich an Giò denken. Sie hat sogar die Schule gewechselt, seit sie bei ihrem Vater wohnt. Eine Katastrophe. Gleich zwei Freundinnen auf einen Schlag zu verlieren, ist echt hart.

Ich betrete den Klassenraum und lasse den schweren Rucksack auf den Boden fallen.

»Du siehst ja völlig fertig aus«, empfängt mich Marta.

»Das bin ich auch. Dieser ätzende Wind macht mich immer schrecklich nervös«, erkläre ich und ziehe das Lateinvokabelheft und das Geschichtsbuch heraus. »Außerdem haben wir heute zwei Fächer, die ich absolut nicht abkann.«

»Übertreib mal nicht. Geschichte magst du nur nicht, weil du dich mit dem Lehrer nicht verstehst.«

»Ist das etwa nichts? Aber davon mal abgesehen, pennt man bei ihm schon in der ersten Minute ein, wenn er mit seinen Monologen anfängt.«

Ich drehe mich um und schaue in die Runde. Lauter bekannte Gesichter. In diesem Schuljahr sind auch die Unzertrennlichen, Federica und Claudia, wieder dabei. Doch glücklicherweise ignorieren wir uns gegenseitig, das ist ein ungeschriebenes Gesetz. Ich und Marta auf der einen, die beiden auf der anderen Seite. Zu den bekannten Gesichtern gehören auch Ale und Luca, auch wenn ich zu ihnen nicht mehr den geringsten Kontakt habe. Aus sicherer Quelle weiß ich, dass Ale immer noch an seinem Rekord arbeitet, seine Freundin so schnell wie möglich zu wechseln, und das befriedigt mich sehr. Dann bin ich wenigstens nicht die Einzige, die er so mies betrogen hat. Doch das ist Schnee von gestern: Mir kommt es vor, als sei diese Geschichte Lichtjahre her, dabei war es gerade mal vor einem Jahr. Liegt das vielleicht daran, dass ich so heftig in Marco verliebt bin?

Die Einzigen, mit denen wir uns noch treffen, sind Filippo, in den Giò mal verliebt war, und Matteo.
»Also, wie läuft es mit Giacomo?«, frage ich Marta in der Pause.
Ja, denn Marta ist noch immer mit dem Jungen vom Campingplatz zusammen. Und scheinbar verstehen die beiden sich großartig, abgesehen davon, dass ihre Eltern nichts davon wissen.
»Ich bin superglücklich. Heute Morgen hat er mich mit dem Auto abgeholt, und wir haben vor der Schule noch einen Puddingkrapfen gegessen.«

»Wirklich? Da hättet ihr mir ja einen mitbringen können!«, lache ich.
»Habe ich tatsächlich, aber mit Nutella drin«, antwortet sie und zieht eine Tüte aus dem Rucksack.
»O Gott, Marta, das war ein Scherz. Danke, das ist echt lieb.« Dann schlinge ich ihr die Arme um den Hals.
Ich freue mich so für sie, man sieht es ihr an, dass es ihr mit Giacomo richtig gut geht. Natürlich sehen wir uns nicht mehr so oft wie früher, und auch zu viert können wir nicht weggehen, denn Marco und er können sich nicht ausstehen. Aber wahrscheinlich ist das nur eine Schutzhaltung von Marco gegenüber seiner Schwester, und er tut nur so, als verstünden sie sich nicht. Doch ich muss zugeben, dass ich auch nicht viel dazu beitrage, gemeinsam wegzugehen. Es gibt einfach zu viele Dinge, die uns trennen. Vielleicht, weil Giacomo schon arbeitet und wir noch zur Schule gehen, oder vielleicht, weil er so viel Geld hat durch seine Arbeit, während wir chronisch pleite sind.
Es ist bestimmt faszinierend, mit einem älteren Jungen zusammen zu sein, aber ich könnte das nicht. Das fände ich irgendwie schräg. Er hat schon alles hinter sich, was man selbst noch bewältigen muss. Da würde ich mich nicht wohlfühlen.
Für Marta hat der Altersunterschied auch Vorteile. Sie betont immer wieder mit Wonne, dass sie dadurch das Desaster des ersten Males vermeidet: Er wird sich um alles kümmern. Vielleicht hat sie recht, keine Ahnung.

Jedenfalls bin ich froh, mit Marco zusammen zu sein, der nur ein Jahr älter ist als ich. So können wir die gleichen Erfahrungen machen … In mir steigt ein Verdacht auf: Ob Marco schon mal mit einem Mädchen geschlafen hat?

Samstagnachmittag gehe ich mit meiner Mutter einkaufen. Wir wollen Sachen für Giulia besorgen: zum Beispiel den Kinderwagen, den man aus reinem Aberglauben wohl nicht zu früh kaufen sollte. Wir betreten ein Babygeschäft, und ich bin begeistert von all den bunten Kleidern und Gegenständen, Schnullern und Nuckelflaschen mit lustigen Tierchen drauf. Es gibt bunte Bienen mit einer Spieluhr im Bauch, Leibchen und Mützen mit Bärenohren. Es sieht aus wie in einem Spielzeugladen. Eine Stunde später verlassen wir das Geschäft mit zwei randvollen Tüten. Zum Glück liefern sie den Kinderwagen direkt nach Hause, sonst hätten wir Verstärkung anfordern müssen.

Zu Hause kommt uns mein Vater entgegen, und während wir die Treppen hinaufgehen, legt er stützend einen Arm um meine Mutter. Doch sie schüttelt ihn unwirsch ab und murmelt, dass sie es auch allein schaffe. Aber ich spüre, dass sie innerlich glücklich über seine Fürsorge ist. Für eine Sekunde fühle ich mich außen vor, doch dann schaut mich mein Vater an und lächelt.
Ich gehe in mein Zimmer und rufe Marta an.

»Was machst du gerade?«, frage ich.
»Ich brezel mich etwas auf und treffe mich gleich mit Giacomo. Meinen Eltern habe ich allerdings gesagt, dass ich mit dir ins Kino gehe.«
»Schon wieder! Marta, so kann das nicht weitergehen. Warum sagst du es ihnen nicht? Was soll denn groß passieren?«
»Was, wenn sie mir verbieten, ihn zu sehen?«
»Ach komm, sobald sie ihn kennenlernen, werden sie glücklich sein, dass du mit so einem netten Jungen zusammen bist.«
»Ich denke nicht daran, ihn meinen Eltern vorzustellen. Dann macht sich Giacomo womöglich aus dem Staub.«
»Du übertreibst. Du machst dir das Leben unnötig schwer. Entspann dich.«
»Vielleicht hast du recht. Aber ich bin so aufgeregt, weil ich zum ersten Mal einen Jungen wirklich mag und ich ihn nicht verlieren will. Wer weiß, was er denken könnte.«
»Was redest du da bloß? Das ist ja schon fast paranoid. Was er wohl denkt, was sie wohl sagen könnten. Das hört sich ja fast an, als ob du etwas Falsches tun würdest.«
Stille.
»Bist du noch dran?«, will ich wissen.
»Ja, ja, ich bin noch da. Na gut, ich versuche, keine Angst zu haben.«

Wir quatschen noch ein bisschen, dann verabschieden wir uns. Ich mache Musik an und lege mich aufs Bett. Die ersten Takte von Beyoncé reißen mich mit, und ich singe aus vollem Halse das Lied mit:

Yes! It's so crazy right now!
Most incredibly, it's ya girl B
It's ya boy, Young
You ready
Uh oh, uh oh, uh oh, oh no no …

Unzufrieden klettere ich vom Hochbett und fange an zu tanzen, mitten im Zimmer. So vergeht eine halbe Stunde, bis das Handy klingelt.
»Giò, wie schön, dich zu hören. Ich hab neulich an dich gedacht. Wie geht's? Was machst du gerade? Wo bist du?«
Sie lacht mit diesem ansteckenden Lachen. Allein dabei geht mir das Herz auf.
»Ich bin zu Hause. Ich dachte, ich komme mal rum und wir drehen eine Runde. Hast du Lust? Oder bist du mit Marco verabredet?«
Ich beiße mir auf die Zunge. In einer halben Stunde will er tatsächlich vorbeikommen, aber ich bin so froh, ihre Stimme zu hören, dass ich nicht weiß, was ich machen soll.
»Warum kommst du nicht mit? Wir könnten zu dritt irgendwohin gehen. Wie wäre es mit Kino?«

»Nein, macht nichts. Ich wusste schon, dass du wohl keine Zeit hast. Dann einfach ein anderes Mal.«

»Wie wär's denn mit morgen? Komm zum Mittagessen, und dann verbringen wir den ganzen Nachmittag zusammen, was meinst du? Ich sage auch Marta und Sara Bescheid.«

»Das wäre toll. Wie in alten Zeiten!«

»Wie in alten Zeiten, darauf kannst du Gift nehmen!«

»Warte, ich frage meinen Vater, ob das in Ordnung ist«, sie verschwindet, um gleich wieder am Apparat zu sein. »Geht klar. Also morgen dann so gegen eins?«

»Ich erwarte dich. Freu mich schon, dich zu sehen.«

»Ich auch. Küsschen.«

Glücklich beende ich die Verbindung. Wie der Blitz flitze ich ins Bad und springe unter die Dusche. Fürs Haarewaschen bleibt keine Zeit, außerdem sind sie noch nicht so fettig. Zwanzig Minuten später verlasse ich das Bad und treffe meine Mutter.

»Für morgen habe ich Giò zum Mittag eingeladen, und vielleicht kommen auch Marta und Sara.«

»Aber wir sind bei meiner Freundin Antonella und ihrem Mann eingeladen.«

»Bitte, Mama, darf ich hier bleiben? Du weißt doch, dass ich Giò gar nicht mehr sehe, seit sie zu ihrem Vater gezogen ist. Ihr beide geht dahin, und ich koche etwas für die Mädels.«

Sie sieht etwas unschlüssig aus.

»Mama, mach dir keine Sorgen um uns. Wir sind mittlerweile groß genug, um uns alleine was zu essen zu machen.«

»Okay, aber stellt nichts an.«

Vielleicht macht sie sich berechtigt Sorgen. Auf meiner Geburtstagsparty sind die Saftkaraffen auf dem Balkon umgekippt, und alles lief auf den Balkon im Stockwerk drunter. Der Mieter hat geschimpft wie ein Bekloppter.

»Versprochen.«

Ich drücke ihr einen Kuss auf die Wange und verschwinde in mein Zimmer, um mich anzuziehen.

Zehn Minuten später liege ich schon in Marcos Armen.

»Was machen wir?«, frage ich ihn.

»Meine Eltern sind weg. Was hältst du davon, für ein Stündchen zu mir raufzukommen?«, antwortet er mit unschuldigem Blick.

Ohne zweimal nachzudenken, sage ich Ja, und wir rennen die Treppen hinauf. Keuchend kommen wir vor seiner Wohnungstür an. Er lässt mir keine Zeit, Atem zu schöpfen, sondern küsst mich leidenschaftlich. Vergnügt lache ich.

»Ich krieg keine Luft, Marco, warte.«

»Ich kann nicht, ich kann nicht. Ich kann nicht von dir lassen.«

»Aber hier können uns alle sehen«, fahre ich fort, kann aber dabei nicht ernst bleiben.

»Ja, alle sollen uns sehen. Ich will, dass es alle wissen: ICH LIEBE DICH WIE VERRÜCKT!!!«, brüllt er wie von Sinnen. Das Echo schallt im Treppenhaus wider.
Erschreckt halte ich ihm den Mund zu, nehme ihm die Schlüssel aus der Hand und schließe die Tür auf.
»Du bist verrückt«, sage ich unter Lachen und ziehe ihn mit mir in die Wohnung.
»Ja, stimmt, du machst mich ganz verrückt. Das ist alles deine Schuld«, erwidert er mit glänzenden Augen.
Ich drehe mich von ihm weg, doch er greift meinen Arm und zieht mich an sich.
»Versprich mir, dass du mich nie verlässt. Versprich es.«
»Du weißt …«
»Versprich es.«
Es macht mir Spaß, ihn ein bisschen zappeln zu lassen. Ich lache und lehne mich etwas nach hinten. In diesem Moment lockert er seinen Griff und wir stürzen beide zu Boden. Verflucht, tut das weh! Jetzt vermischen sich die Tränen des Lachens auch noch mit denen des heftigen Schmerzes am Allerwertesten.
»Mist, jetzt bekomme ich bestimmt einen fetten blauen Fleck. Und du bist schuld«, tue ich entrüstet.
Ich will aufstehen, doch er drückt mich auf den Boden.
»Du hast mir nicht geantwortet.«
Ich atme tief durch.

»Okay, versprochen. Auch wenn ich sicher bin, dass du es sein wirst, der mich verlässt.«

»Was redest du da?«

»Du wirst mich irgendwann satt haben, das spüre ich.«

»So ein Quatsch.«

»Wollen wir wetten?«

»Klar. Um was wetten wir?«

Ich schweige und denke nach.

»Wenn ich gewinne, also wenn du mich verlässt, dann gibst du mir all die Küsse wieder, die ich dir bis zu dem Zeitpunkt gegeben haben werde.«

»Hmm … das gefällt mir, auch wenn es nicht sehr sinnvoll erscheint. Wenn ich hingegen gewinne, heißt das, dass wir uns nie verlassen und du bis an das Ende deines Lebens an mich gebunden bist.«

»Das ist übertrieben. So hört sich das ja fast wie eine Strafe an! Ich weiß nicht, ob ich das akzeptieren kann.«

Er grummelt etwas, dann lässt er mich frei. Endlich kann ich die Jacke ausziehen. Mir bricht schon der Schweiß aus.

Wir setzen uns aufs Sofa. Er erzählt mir, dass das Wasserballtraining immer anstrengender wird, da ein paar Wettkämpfe im November anstehen. Zwischen Training und Schule hat er kaum noch Zeit, irgendjemanden zu treffen.

»Nicht mal mich?«, frage ich immer noch scherzhaft.

»Nicht mal dich.«

Mit einem Schlag werde ich ernst.

»Wage es ja nicht, verstehst du?« Dann werfe ich ihm ein Kissen an den Kopf, doch lachend fängt er es in der Luft und drückt mich auf das Sofa.

»Na gut, für dich finde ich immer Zeit, unter einer Bedingung.«

»Keine Bedingungen«, erwidere ich rebellisch.

»Na, dann habe ich keine Zeit für dich.«

Ich knicke sofort ein. »Und wie wäre diese Bedingung?«

Er wirft sich auf mich. »Dass du mich jedes Mal, wenn wir uns sehen, mit Küssen überhäufst.«

Lachend drücke ich ihn an mich.

»Solche vielleicht?«, und ich küsse ihn auf die Stirn.

Er schüttelt den Kopf.

»Solche?«, ich küsse ihn auf die Nase.

Er schweigt und rümpft die Nase.

»Also solche.« Und ich küsse ihn auf den Mund.

Er atmet schneller. Also werde ich mutiger und schiebe meine Zunge in seinen Mund. Er rührt sich nicht und hat die Augen geschlossen. Ich bewege die Zunge weiter und suche die seine. Tausend Glöckchen klingen in meinem Kopf, und ich drücke mich noch fester an ihn, um ihm zu zeigen, wie sehr ich ihn mag. Mein Kopf wird federleicht. Es ist, als ob mich jemand ohne Fallschirm aus großer Höhe heruntergestoßen hat. Mein Atem wird schneller, mein Herz schlägt wilder, in den Ohren pfeift es, als ob ein Hurrikan mich hinwegfegt. Für eine Sekunde entfernt sich Marco von meinen Lippen, und ich fühle mich verlassen, aber nur ganz kurz. Dann ist er wieder bei mir, zusammen mit mir. Gemeinsam rennen, fliegen, schwimmen wir. Unsere Atemzüge vermischen sich, und ich bin betäubt von unserem Duft, der immer stärker und intensiver wird. Jetzt entferne ich mich leicht von ihm. Das ist zu viel, denke ich erschrocken. Dieses unbekannte Gefühl macht mich fast krank. Ich entferne mich noch ein Stück.

»Was ist?«, flüstert er mir zu.

Ich sehe ihn an und jeglicher Zweifel verschwindet.

Er küsst meine Lippen, drückt mich und streichelt meinen Rücken. Er ist total aufgeregt, und das gefällt mir und amüsiert mich. Da ich nicht widerstehen kann, berühre ich ihn genau da und merke, dass er erregt ist. Er verspannt sich.

Verlegen nehme ich die Hand weg.

»Entschuldige, ich wollte nicht, dass du sie wegnimmst. Ich mag es, wenn du mich anfasst, aber ich habe Angst, dass ich mich nicht beherrschen kann«, sagt er verschämt. Ich kichere und weiß nicht genau, was ich machen soll.

Zärtlich nimmt er meine Hand und legt sie wieder auf die Jeans. Durch die Jeans berühre und drücke ich ihn. Er folgt meinen Bewegungen. Ich bin erleichtert, dass wir das Licht nicht angeschaltet haben. Jetzt bewege ich die Hand weiter, mit mehr Nachdruck, bis er seinen Gürtel aufschnallt. Doch es gelingt ihm nicht schnell genug, die Hose zu öffnen. Er atmet noch schneller, und gleich darauf bemerke ich, dass seine Hose nass ist. Ich werde rot bis zu den Haarwurzeln. Das also passiert dann? Unbeweglich verharre ich und wage es nicht, etwas zu sagen. Dann nehme ich so sacht wie möglich die Hand weg.

Er setzt sich auf und ist genauso beschämt wie ich.

»Entschuldige, ich geh kurz ins Bad.« Dann verschwindet er in der Dunkelheit.

Stille, Dunkelheit, Wasserrauschen aus dem Bad. Ich stehe auf und schalte die Stereoanlage und eine kleine Lampe ein. Vor dem Spiegel bringe ich meine Haare in Ordnung und ziehe mir das verrutschte T-Shirt wieder zurecht. Am liebsten würde ich Marta eine SMS schreiben, aber ich halte mich zurück. Überrascht stelle ich fest, dass das, was gerade passiert ist, mir überhaupt nicht leid tut. Ich habe es für ihn getan, das ist normal und hat mich außerdem nicht gestört. Ich kann zwar auch nicht behaupten, dass es mir gefallen hat, aber was sollte ich dabei auch schon empfinden?

Das Quietschen auf dem Boden verrät mir, dass Marco hinter mir steht. Ich drehe mich um und sehe seine azurblauen Augen, mit denen er mich genau ansieht.

»Hör mal …«

»Sch … Sag nichts, ist gar nicht nötig. Ich bin froh, dass es passiert ist. Jetzt haben wir eine weitere Stufe in unserer Beziehung erreicht. Und es war auch Zeit, dass ich endlich mal …« Ich beende den Satz nicht, sondern blicke ihn nur vielsagend an. »Vielleicht hätten wir ihn fragen sollen, ob er zufrieden ist, endlich meine Bekanntschaft zu machen«, fahre ich kichernd fort und bemühe mich, locker zu bleiben.

Marco umarmt mich. »Zufrieden? Er ist superglücklich. Er hat schon so lange darauf gedrängt, dich zu sehen, auch wenn ihm ein Treffen ohne Barriere noch lieber wäre.«

Ich berühre zart Marcos Haar. »Jetzt werd aber nicht übermütig. Legst du gleich wieder los?«

Dann ziehe ich ihn in die Küche. All diese neuen Erfahrungen haben mich hungrig gemacht.

Verteufelter Schlaf

Ravioli mit Ricotta-Sauce.
Hamburger und Pommes.
Schokoladenkuchen.
Sobald ich zu kochen anfange, bin ich echt gut!!!
Okay, ich geb's ja zu, das ist gelogen. Die Sauce hat mein Vater heute Morgen vorbereitet, als ich noch im Bett lag. Den Schokokuchen hat Sara mitgebracht, und Hamburger und Pommes haben wir schließlich doch nicht gemacht. Wir haben uns die Ravioli reingeschoben und uns dann auf den Kuchen gestürzt.
Jetzt sitzen wir vier im Wohnzimmer, vollgefuttert und zufrieden. Ich und Marta hocken auf dem Teppich vor dem Sofa, auf dem Sara und Giò sitzen oder, besser gesagt, lümmeln.
»Unglaublich, dass wir wieder vereint sind«, sagt Giò.
»Stimmt, das ist wie eine Zeitreise in die Vergangenheit«, entgegnet Marta.
»Das müssten wir viel öfter machen.«
»Sagt die Richtige. Du lässt doch nie von dir hören«, protestiert Sara.

»Also, wer fängt an? Ich will all eure Geschichten hören«, fordert Giò.
Etwas zögerlich beginnt Marta zu erzählen.
»Unglaublich, Marta ist verliebt. Das ist ja mal eine Neuigkeit.«
»Was hast du so gemacht?«
»Dies und das«, antwortet sie vage.
»Erzähl schon. Als Erstes, wie küsst er?«
»Ich weiß es! Wir haben ihn den Karussellmann getauft«, platze ich atemlos heraus.

Sara und Giò sehen uns verständnislos an.
Marta berichtet in allen Einzelheiten von Giacomos sagenhaftem Kuss. Giò schaut angewidert, Sara hingegen ganz verzückt.
»Und was macht Marco?« Alle schauen mich neugierig an.
Ich werde rot wie eine Tomate.
»Das weiß ich gar nicht so genau.«
»Lügnerin. Komm, sag schon.«
Rasch blicke ich zu Marta, dann wende ich mich den beiden anderen zu.
»Okay, aber eigentlich gibt es Dinge, die privat bleiben müssen.«
»Ach, hör auf. Jetzt tu nicht so schüchtern!!!«
Marta flüstert Giò etwas ins Ohr.
»Ach, sieh mal einer an, da tut sie immer so brav, aber jetzt kommt's raus … Wer küsst denn nun besser, Marco oder Roberto?«

Ich werfe Marta das Kissen an den Kopf.
»Fiese Verräterin, du hast versprochen, es niemandem zu sagen. Das gilt nicht.«
Doch mittlerweile haben sich alle drei gegen mich verschworen. Schließlich gebe ich nach.
»Ich habe zwar nicht so viele Erfahrungen damit, um vergleichen zu können. Aber ich sage mal, dass Marco ganz gut küsst … ähm … wir … äh … mit Zunge … also wir bewegen sie schon viel.«
Die Mädels springen auf und machen die La-Ola-Welle. Sie sind völlig durchgeknallt.
»Zum Glück! Stell dir vor, ihr würdet beide zu Salzsäulen erstarren.«
Das Lachen steckt an und kippt ins Hysterische. Wir gackern wie vier alberne Hühner.
Als ich mich wieder beruhige, erzähle ich weiter: »Aber der von Roberto war auch nicht schlecht.«
»Ja, los, Vale, raus damit. Erzähl's schon …«
»Sein Kuss war ziemlich aggressiv, aufdringlich, aber aufregend. Es fühlte sich an, als würde ich angesaugt von …«
»Von einer dunklen Macht«, beenden die anderen den Satz im Chor, »so als wärst du im *Herr der Ringe*.«
»Ja, super, veräppelt mich ruhig. Für meine Gefühle dabei hatte ich monatelang Gewissensbisse gegenüber Marco. Selbst jetzt schäme ich mich noch dafür.«
»Ach komm, er hat dich doch nur geküsst … oder?«, versucht Marta, mich zu beruhigen.

Ich brumme nur und wechsele das Thema, um mein wachsendes Unbehagen zu überspielen.
»Giò, das ist aber nicht nett. Wir erzählen dir alles, und du hast noch gar nichts berichtet.«
So ist sie: Immer erst die anderen anstacheln, aber von sich selbst nur ganz wenig preisgeben.
Einen Augenblick zögert sie, dann offenbart sie uns, dass sie sich mit einem neuen Mitschüler trifft. Er heißt Massimo und ist sehr nett. Sie ist glücklich, denn er ruft sie ständig an, schreibt ihr Nachrichten und außerdem scheint er ihre – sagen wir mal – »Rundungen« zu mögen, vor allem die oberen, also die Brüste. Typisch Mann, denke ich. Sie treffen sich fast jeden Tag, auch wenn sie erst seit ein paar Wochen zusammen sind. Doch Giò strahlt, endlich fühlt sie sich wie die anderen und kann sagen, dass sie einen Freund hat.

»Es gibt nur einen Haken.«
»Und der wäre?«, fragen wir.
»Sagen wir mal, er ist ein bisschen aufdringlich.«
»…«
»Also, immer wenn wir allein sind, dann will er mich überall anfassen und macht Fotos mit dem Handy.«
Wir kichern.
»Er ist halt scharf auf dich.«
»Ja, aber ich fühle mich ständig beobachtet. Ich schäme mich so.«
»Schon gut. Er wird dich doch nicht etwa in sonderbaren Positionen fotografieren, oder?«

»Natürlich nicht, das fehlte noch. Aber er denkt irgendwie nur an Sex.«

»Wie alle Jungs«, bemerkt Sara.

»Mag ja sein. Vielleicht bin ich auch zu unerfahren darin. Aber ich bin echt glücklich, ich mag ihn so sehr …«

Der Nachmittag vergeht wie im Flug, und ohne dass wir es bemerken, ist es auf einmal acht Uhr.

Als Marta und ich dann allein sind, reden wir über den Nachmittag. Giò war richtig gut drauf. Sara war so wie immer, sachlich und ernst. Ich hole etwas zu trinken aus der Küche und als ich wiederkomme, sitzt Marta im Schneidersitz da. Ihre gerunzelte Stirn verrät, dass sie ein ernstes Thema anschneiden will.

»Ist es normal, wenn ich mit Giacomo ins Bett gehe?«

Von wegen ernst: mega-ernst!

»Ich weiß nicht. Vielleicht würde ich etwas warten, oder?«

»Er fängt an zu drängeln. Er ist immerhin schon neunzehn.«

»Und du bist fünfzehn. Da kann er ruhig etwas Geduld haben. Warum die Eile?«

»Keine Ahnung. Irgendwie würde ich es gerne tun. Aber ich will auch keine Dummheit begehen.«

»Du solltest deinem Gefühl folgen. Wenn du bereit dafür bist, dann tu es, auch wenn ich denke, dass du nichts überstürzen solltest. Warum soll man in solcher Hektik erwachsen werden?«

»Aber ich glaube nicht, dass man erwachsen wird, wenn man mit einem Jungen schläft.«
»Meiner Meinung nach ist das eine Frage der Wahrnehmung. Wenn du nicht mit ihm schläfst, bist du noch ein Mädchen.«
»Du und Marco, denkt ihr nicht darüber nach?«
Ich erzähle ihr von dem Ereignis am vergangenen Samstag und dass ich noch nicht bereit dafür bin. Vielleicht drängelt Marco deshalb nicht. Möglicherweise fühlen wir uns beide irgendwie noch als Kinder …

»Meinst du, dass Marco es schon mal gemacht hat?«, frage ich Marta.
»Ich bin mir nicht sicher, aber ich glaube schon. Vor Federica ist er für einige Zeit mit einem Mädchen zusammen gewesen, das ein paar Jahre älter war.«
»Wirklich?«
Das hätte ich jetzt nicht unbedingt vermutet. Nicht, dass er es nicht kann, aber er ist immer so tollpatschig. Sobald ich auch nur den kleinsten Widerstand leiste, verkrampft er total, als wäre er geschockt. Aber vielleicht liegt das nur an seinem überaus korrekten Charakter. Wenn er manchmal ein bisschen forscher und mutiger wäre … wer weiß!
Aber was denke ich da!?! Ich mag ihn doch gerade, weil er nicht nur an Sex denkt wie die anderen.
Bevor Marta sich verabschiedet, fragt sie noch, ob ich mit ihr und Tante Mapi in die Oper gehen will. Mittwochabend gibt es *La Traviata*. Erfreut sage ich

zu. Tante Mapi wollte ich schon zu Schulbeginn besuchen.

Bisher war ich erst ein einziges Mal in der Oper. In der siebten Klasse ist unsere Italienischlehrerin mal mit uns hingegangen, aber das zählt eigentlich nicht richtig.
Tante Mapi holt uns um sieben Uhr vor Martas Haus ab, zusammen mit einer Freundin, einer gewissen Eugenia. So wie die beiden miteinander reden, müssen sie alte Freundinnen sein. Später erfahre ich, dass sie sich seit der Schule kennen. Tante Mapi sieht aus wie immer, nichts an ihr hat sich verändert. Sie ist lebhaft und überschäumend, und um ihren Ruf ja nicht zu gefährden, legt sie gleich mit unzähligen Geschichten und pikanten Einzelheiten los. Eugenia, die alle Personen der Geschichten kennt, unterstreicht die Berichte, während Marta und ich uns köstlich amüsieren. Das Heftigste hat eine Freundin der beiden gebracht: Sie hat nach fünfundzwanzig Jahren Ehe beschlossen, ihren Mann zu verlassen, um mit einem französischen Kollegen zusammenzuziehen. Der scheinbar am Boden zerstörte Ehemann interessiert Mapi und Eugenia jedoch nicht, sondern nur, dass die Freundin mit ihrem neuen Partner nach Paris ziehen wird.
»Mapi, du musst aber zugeben, dass das eine gewagte Entscheidung ist. Sie verlässt alle. Und zwar wegen ei-

ner Liebe, von der sie nicht weiß, wie lange sie hält. Und das dann auch noch in unserem Alter.«

»Das siehst du mal wieder viel zu pessimistisch. Das ist kein Altersproblem. Du weißt eh nie, wie lange eine Liebe hält. Wenn ihr Herz ihr das gesagt hat, dann war das die richtige Entscheidung. Hier war sie unglücklich und hat sich mit ihrem Mann schon seit Jahren nicht mehr verstanden.«

»Ich weiß nicht. Mich würde das verrückt machen.«

»Weil du ein Angsthase bist!«, neckt Tante Mapi sie lachend.

»Und ihr, Mädels, was würdet ihr tun, wenn ihr euch Hals über Kopf in einen Jungen verknallt? Würdet ihr Rom verlassen und ihm folgen?«

Marta und ich sehen uns an.

Sie denkt keine Sekunde nach.

»Ja, absolut, das wäre so extrem aufregend. Denk nur, Vale, eine neue Stadt, andere Leute. Keiner kennt dich. Und du könntest machen, was du willst. Niemand kontrolliert dich und sagt dir, was du darfst oder nicht darfst. Ja, ich würde gleich morgen aufbrechen.«

»Und würdest all deine Freunde einfach so zurücklassen?«, will ich wissen.

Sie lacht und umarmt mich.

»Aber du würdest doch mitkommen, oder?«

»Nimm mich nicht auf den Arm. Du würdest das tatsächlich machen. Ich würde es mir auch überlegen. Aber jetzt, in diesem Moment meines Lebens, würde ich es nicht machen. Ich bin gerne hier. Mein ganzes Leben ist hier, meine Eltern, die Freunde, mein Schwesterchen, das bald auf die Welt kommt. Es wäre sicher der Horror, auf eine große Liebe zu verzichten. Doch wenn ich alles aufgeben müsste, dann würde mich die Einsamkeit ganz krank machen. Ich reise gern und lerne neue Orte kennen, aber ich bin auch immer wieder froh, wenn ich nach Hause komme.« Zu Marco, denke ich, ohne es zu sagen.

Ja, aber wenn er mich darum bitten würde? Ich schiebe diesen Gedanken beiseite, bei dem ich mich gleich ganz unwohl fühle. Marco würde Rom nie verlassen, versuche ich mich zu beruhigen.

In der Zwischenzeit haben wir das Opernhaus erreicht. Die Fahrt dahin kam mir ewig vor, oder vielleicht ist Tante Mapi bei all dem Gequatsche ein paar Mal falsch abgebogen.

Kaum haben wir die Schwelle zum Foyer überschritten, tauchen wir ins Publikum ein, das hauptsächlich aus alten Leuten besteht. Alle schauen sich unablässig nach bekannten Gesichtern um, so als wollten sie beachtet werden oder als wären sie einsam. Die meisten tragen elegante Abendkleidung. Wir geben die Mäntel ab, steigen die Treppe hoch. Eine Angestellte weist uns den Weg durch den Flur, und dann stehen wir vor einer kleinen Tür.

Ich fühle mich in einen Kostümfilm über das 19. Jahrhundert versetzt. In der Loge stehen vier Stühle, zwei vorne, zwei dahinter. Die Wände sind mit Samt bezogen. Marta und ich lehnen uns an die Brüstung und schauen neugierig nach unten. Die Bühne ist rechts unten. Jede Loge ist durch dünne Wände von den anderen getrennt, sie geben jedoch den Blick auf die Nachbarn der vorderen Reihen frei. Sehen und gesehen werden. Ich stelle mir vor, wie hier die adligen Familien ankamen. Die Frauen in ihren langen Rüschenkleidern, mit Juwelen behangen. Die Damen vorneweg, die Herren hinterher, setzten sie sich, und noch bevor der Vorhang sich hob, begann das Spektakel. Dort, die Frau des Grafen mit ihren zwei Töchtern. Ja, heute ist auch der Baron mit seiner neuen Geliebten da. Verbeugungen, Lächeln, Augenzwinkern. Angedeutete Versprechen, sehnsüchtige Blicke. Neid, Eifersucht, gebrochene Herzen.

Gern wäre ich im 19. Jahrhundert geboren, auch wenn das sicherlich kein einfaches Leben war. Allein der Gedanke, dass die Familie den zukünftigen Ehemann der Tochter ausgesucht hat … Da wird mir ganz schlecht. Wenn sie dann einen alten Sabbergreis genommen hätten … Nein, da ist es heute schon besser, wo wir heiraten dürfen, wen wir wollen, arbeiten und mit Freundinnen weggehen können.

Tante Mapi und ihre Freundin lassen uns vorne sitzen. Auf den Stühlen finden wir ein kleines Heftchen und fangen an zu blättern.

La Traviata
Von Giuseppe Verdi
Nach einem Roman von Alexandre Dumas dem Jüngeren

Paris, Mitte des 19. Jahrhunderts. Auf einem Fest lernt die mondäne Violetta Valéry Alfredo Germont kennen, der ihr seine Liebe erklärt. Während eines Tanzes schenkt sie ihm eine Blume, eine Kamelie, und nimmt ihm das Versprechen ab, sie wieder zu besuchen, sobald die Blume verwelkt ist.
Ein paar Monate später leben Alfredo und Violetta glücklich in einer Villa vor der Stadt, als eines Tages Alfredos Vater, Giorgio Germont, Violetta unangekündigt einen Besuch abstattet. Er wirft ihr vor, dass sie seinen Sohn ins Verderben treibt und dass er seine andere Tochter aufgrund dieses skandalösen Verhältnisses nicht verheiraten kann, da ihr Ruf dadurch geschädigt ist. So entschließt sich Violetta, Alfredo zu verlassen.
Von seiner Eifersucht überwältigt, behandelt dieser sie auf einem Fest wie eine Prostituierte. Doch Violetta ist schwer krank, und als sich ihr Zustand endgültig verschlechtert, beschließt Alfredos Vater, dem Sohn die Wahrheit zu offenbaren. Dieser eilt an Violettas Krankenbett, bevor sie stirbt.

Marta und ich sehen uns vielsagend an. Himmel, was für eine Geschichte, ich habe jetzt schon einen Kloß im Hals.
Um mich zu fangen, lege ich den Kopf in den Nacken und schaue mir die Decke an. Unzählige Lämpchen

und riesige Lüster blitzen über uns. Was wohl wäre, wenn jetzt einer herunterfällt und die armen Leute im Parkett erschlägt. Ausgerechnet die, die am meisten für die besten Plätze bezahlt haben! Das wäre schrecklich. Ein ohrenbetäubender Krach, und Tausende von Glassplittern flögen durch den gesamten Zuschauerraum. Wie die hier wohl die Glühbirnen auswechseln, wenn eine durchbrennt? Und wenn man bedenkt, dass es früher noch keinen Strom gab. Wie haben die das gemacht? Tausend Kerzen auf einmal angezündet? Die mussten ja jede Stunde neue Kerzen aufstecken. He, du, was arbeitest du? Ich zünde jeden Tag tausend Kerzen an und lösche sie wieder! Gott, kaum zu glauben, wie stressig und langweilig.

Ganz in Gedanken verloren, habe ich nicht bemerkt, dass die Lichter ausgegangen sind und der Vorhang sich gehoben hat.

Wie vorauszusehen war, verstehe ich nichts von dem Gesang. Oper ist einfach unverständlich. Zum Glück hilft mir das Heftchen ein bisschen, die Geschichte zu verfolgen.

Nach dem ersten Akt gehen wir in die Bar, danach huschen Marta und ich auf die Toilette.

»Gehen wir morgen zum Mittagessen zu Filippo? Matteo kommt auch. Sie haben uns eingeladen.«

»Wirklich? Wie das?«, frage ich.

»Ehrlich gesagt war das reiner Zufall. Heute Morgen in der Pause habe ich mit Sara, Matteo und Filippo da-

rüber gesprochen, dass wir nachmittags ins Kino wollen. Da hat er uns alle zu sich nach Hause eingeladen. Seine Eltern sind eh nicht da. Nett, oder?«
»Ich muss noch Hausaufgaben machen.«
»Die kannst du auch nach dem Kino noch machen.«
»Na gut. Aber wollte dich Giacomo nicht nach der Schule abholen?«
»Du hast recht. Ich muss ihm morgen Vormittag Bescheid sagen.«
Als wir wieder in die Loge zurückkehren, sind Tante Mapi und ihre Freundin schon auf ihren Plätzen.
»Wir haben uns schon Sorgen gemacht.«
Im gleichen Augenblick verlöschen die Lichter und der Vorhang hebt sich.

»Vale … Marta … he, Mädels … los, aufwachen, die Vorstellung ist zu Ende. Was ist? Kommt ihr mit oder wollt ihr hier übernachten?«
Erschrocken rappele ich mich hoch, Marta ebenso. Ich werde rot vor Scham. Wie peinlich, wir sind eingeschlafen.
»Die Oper hat euch so sehr begeistert, dass ihr euch bestimmt ein Abo zulegen werdet, oder?«, kichert die Freundin von Tante Mapi.
Wir wissen nicht, was wir sagen sollen, und stottern nur herum.
»Wir sind erst am Ende eingeschlafen.«
Die beiden Frauen lachen immer noch vergnügt.

»Ehrlich gesagt hat sich unser Nachbar in der Mitte des zweiten Aktes über den Krach beschwert.«
»Aber Tante Mapi, wir schnarchen doch nicht!«
»Na schön, macht nichts. Wenn ich euch das nächste Mal ins Theater mitnehme, dann habt ihr hoffentlich mehr Spaß.«
Mag sein, aber wo soll da schon der Unterschied sein?, denke ich bei mir, sage aber nichts, denn das war heute schon peinlich genug!

»Giacomo hab ich gesagt, dass er nicht kommen braucht, weil wir eine Stunde später Schluss haben.«
»Und warum hast du ihm nicht die Wahrheit gesagt?«
»Na ja, als ich mit ihm telefoniert habe, bekam ich Schuldgefühle. Er ist doch so eifersüchtig.«
»Giacomo ist eifersüchtig? Auf wen?«
»Ehrlich gesagt auf alle. Er schöpft sofort Verdacht, wenn ich mit einem Mitschüler rede. Also habe ich das Problem vermieden und ihm eine Notlüge aufgetischt«, erklärt Marta.
»Aber das ist doch Unsinn. Er hat überhaupt keinen Grund, eifersüchtig zu sein«, brumme ich, wenig überzeugt von Martas Entscheidung.
Am Schultor begrüßen uns Matteo und Filippo erfreut.
»Mädels, da seid ihr ja, gehen wir?«
»Jawohl. Aber wo ist Sara?«

»Sie kommt nicht. Sie hat gerade einen Anruf von zu Hause bekommen. Wir treffen sie vor dem Kino.«

Schwatzend machen wir uns auf den Weg. Wir sind ganz aufgedreht wegen dieser außerplanmäßigen Verabredung, zumal wir jetzt schon wissen, dass es sehr lustig wird. Denn wir verstehen uns gut mit den Jungs. Wir sind richtige Freunde, und keiner von uns vieren fühlt sich von irgendeinem irgendwie angezogen. Auch wenn ich nach meiner Geburtstagsfeier eine Zeit lang dachte, dass zwischen Marta und Matteo was laufen könnte. Aber das ist Schnee von gestern.

Bis zur Bushaltestelle müssen wir ziemlich weit an der Straße entlanglaufen. Matteo erzählt gerade von dem Englischtest, den er komplett versemmelt hat. Wir gehen dicht beieinander und lachen über die komischen Beschreibungen, die Matteo abliefert, und die ständigen Kommentare von Filippo dazu. Aus dem Augenwinkel bemerke ich, dass ein Auto neben uns bremst und der Fahrer zu uns herüberstarrt.

Rasch schaue ich auf den Boden und halte den Atem an. Ich zupfe Marta am Arm und flüstere es ihr ins Ohr. Ruckartig dreht sie den Kopf und blickt genau in Giacomos Augen, der uns aus dem Auto taxiert.

Wir bleiben stehen und spüren Martas Anspannung, die bis zu den Haarwurzeln rot geworden ist. Giacomo hält den Wagen an, zieht den Zündschlüssel ab, steigt aus und wirft die Tür zu. Mit einem Schlag sind Matteo und Filippo verschwunden. Ich weiß nicht, was ich

tun soll. Marta sieht Giacomo immer noch an, ohne etwas zu sagen. Mit ruhigem Blick kommt er auf sie zu, lächelt und grüßt uns beide.
»Ciao, Giacomo. Marta, ich gehe schon mal …«, sage ich und zeige auf die Bushaltestelle.
»Ich komme gleich nach«, flüstert sie mir zu.
Wie der Blitz verziehe ich mich hinter die nächste Ecke und hole die beiden Feiglinge Filippo und Matteo ein.
»Ihr seid ja tolle Helden!«
»Ja, stimmt schon, das war ätzend. Aber hast du sein Gesicht gesehen? Wenn er uns nun verprügelt hätte? Wir sind mit den Fäusten nicht so geschickt«, antworten sie beschämt.
»Jetzt übertreibt bloß nicht. Giacomo ist nicht so übel, er war bloß sauer, weil Marta ihn angelogen hat, um mit uns mittagessen zu können.«
»Siehst du, das ist es. Diese eifersüchtigen Typen sind gefährlich. Gut, dass wir abgehauen sind.«
Trotz allem muss ich lachen.
»Hab schon verstanden. Euch beiden kann man also nicht trauen.«
Zehn Minuten später kommt Marta angelaufen.
»Also, gehen wir?«
Wir sehen sie erstaunt an.
»Und dieser Othello?«, fragt Filippo.
Matteo und ich schütten uns aus vor Lachen.
Sie sieht uns schräg an, kann ein verschmitztes Lächeln aber nicht unterdrücken.

»Nichts ist mit Othello. Er ist gegangen. Er ist nur vorbeigekommen, um Hallo zu sagen«, erwidert sie geheimnisvoll.

Ohne ein weiteres Wort steigen wir in den Bus und machen da weiter, wo wir unterbrochen wurden.

Dabei ist gar nicht alles okay. Marta zwirbelt eine Haarsträhne, während sie mit uns redet und lacht, doch ihre Augen sagen etwas anderes. Angst, Furcht, Schuldgefühle, Bedauern, Frustration, eine Mischung aus all dem spiegelt sich in ihnen. Ich kenne sie zu gut. Sie möchte stark sein, doch sicherlich wäre sie am liebsten zu Giacomo ins Auto gesprungen. Auf der anderen Seite will sie sich auch nicht geschlagen geben, oder aber er hat es nicht gewollt. Meine Neugierde ist zu groß, daher schreibe ich ihr eine SMS:

War er wütend?

Sie antwortet in einer Nanosekunde: *Nein, er war nur genervt, dass ich ihn angelogen habe.*

Was denkst du?

Weiß nicht, fühle mich schuldig.

Ruf ihn doch an und lass dich später von ihm abholen.

Bereits geschehen. Sagte, er wolle mir nicht den Nachmittag verderben, und ist gegangen.

Dann war er also doch wütend.

Ich sehe sie an und entdecke eine kleine Träne in ihrem Augenwinkel. Aber schon eine Sekunde später lacht sie wieder über einen Witz von Matteo.

Ich begreife nicht, wie sie so ruhig bleiben kann. An

ihrer Stelle hätte ich ihn schon tausendmal angerufen und wäre jetzt mit Sicherheit nicht hier. Natürlich hat sie eigentlich keinen Grund gehabt, ihn anzulügen. Wir machen ja schließlich nichts Schlimmes. Man darf sich ja wohl mit seinen Freunden treffen – vor allem, wenn man in die gleiche Klasse geht.

Mittlerweile sind wir vor Filippos Haus angekommen. Er wohnt in der Nähe der Piazza Mazzini, in einer Allee, im zweiten Stock. Bevor wir zu ihm hochgehen, betreten wir das Lebensmittelgeschäft vor der Tür. Der Duft von Aufschnitt und Salami schlägt uns entgegen. Es ist zum Niederknien. Ich schlendere durch die Gänge und werde von einem Ecktresen angelockt. O Gott, nein, unglaublich: dampfende Reisbällchen und gefüllte Reiskroketten. Davor drängen sich die Leute. Das riecht so lecker, dass niemand widerstehen kann. Vielleicht machen sie das extra … Aus einer Durchreiche in der Wand schiebt eine lange Holzschaufel einen Streifen Pizza mit Mozzarella auf den Tresen. Jetzt wird's echt kriminell!!!

Ich drehe mich nach den anderen um. Alle drei haben irgendwelchen Süßkram in den Fingern. Ich winke sie her, und schließlich lassen wir uns von der ofenfrischen Pizza und den gefüllten Reiskroketten verführen. Zufrieden bummeln wir zum Ausgang.

»Ich hätte alles kaufen können.«

»Wem sagst du das. Solche Läden sollten verboten werden«, fügt Marta hinzu.

»Wie hältst du das bloß aus, Filippo? So ein Laden genau vor der Haustür!«, sage ich.
»Das ist meine obligatorische Anlaufstelle. Immer, wenn ich von der Schule komme, mache ich hier halt und kaufe mir ein Stück Pizzabrot, eine Reiskrokette oder ein Salamibrötchen.«
Als wir seine Wohnung betreten, sind Pizza und Reiskroketten bereits vernichtet. Das eigentliche Mittagessen besteht aus einem phantastischen Auberginen-Parmesan-Auflauf, den Filippos Mutter vorbereitet hat.
Gegen halb drei treffen wir Sara vorm Kino. Der Nachmittag vergeht ratz-fatz. Nach dem Film gibt's Schokoladencrêpes und noch mehr Gequatsche. Es ist bereits acht, als ich schließlich nach Hause komme, und die Hausaufgaben kann ich knicken. Ich gehe in mein Zimmer, schließe die Tür und werfe mich auf mein Bett, müde, aber überaus befriedigt. Wie viel Kilo ich heute wohl zugenommen habe? Sofort nehme ich mir vor, Diät zu halten.
Eine SMS von Marco piept auf meinem Handy: *Wo bist du abgeblieben?*
Ich rufe ihn an und erzähle ihm von dem Tag. Aber irgendetwas stimmt nicht. Eigentlich mag ich den Klang seiner Stimme, sprudelnd wie ein Wasserfall, cremig wie Schokolade, spritzig wie eine Cola. Aber jetzt hört er sich komplett anders an, seine Stimme ist tief und düster. Er ist sauer, weil wir uns seit zwei

Tagen nicht gesehen haben und er den heutigen Nachmittag mit mir verbringen wollte. Doch ich habe den ganzen Tag nichts von mir hören lassen. Ich versuche, ihn zu beruhigen, aber er hört mir scheinbar nicht zu. Während er mir ins Ohr brüllt, schließe ich die Augen.

Stille, ich öffne die Augen wieder und stehe in einem Wald. Was ist denn bitte jetzt los? Was mache ich in einem Wald? »Marco«, versuche ich zu rufen, doch aus meinem Mund kommt kein Ton. Es duftet nach feuchter Erde, also habe ich vorher wohl geträumt? Um mich herum entdecke ich nur Bäume und Pflanzen. Ich habe keine Ahnung, was ich machen soll, dann gehe ich los. Die Blätter der Bäume streifen mein Gesicht. Immer noch Stille, nichts bewegt sich, nur mein Atem produziert weiße Kondenswolken. Ab und zu höre ich einen Vogel, der durch meine Schritte aufgeschreckt wird. Jetzt gehe ich schneller, so als hätte ich ein genaues Ziel. Ich folge einem Weg, der hin und wieder ansteigt, dann eine Kurve nach links macht, einen Fels hinaufklettert, plötzlich aus meinem Blick verschwindet, um dann wieder weiter vorne aufzutauchen. Was mache ich hier in meinem weit ausgeschnittenen Sommerkleid und den leichten Schuhen? Vielleicht habe ich mich verlaufen, aber ich habe keine Angst. Ich gehe, mehr nicht. Ich gehe schnell, als müsste ich zu einer Verabredung. Da, jetzt höre ich etwas und atme schneller, hektischer. Jetzt erkenne ich es, es sind Stimmen. Plötzlich bleibe ich stehen, halte den Atem an und sehe mich um. Ja, jetzt weiß ich, warum sie hier sind, ich erinnere mich. Das Fest von Giacomo und Marta, ich habe mit Marco gestritten und ohne groß nachzudenken bin ich losgegangen. Ja, aber warum habe ich mit Marco gestritten? Ich entsinne mich nicht. Es tut mir auch nicht besonders leid, also kann es keine große Sache sein. Die Geräusche kommen immer näher, jetzt sind sie nur noch einen Schritt entfernt. Ich verstecke mich hinter einem Baum, recke den Hals, um besser sehen zu können, ich blicke zwischen den Blättern hindurch, halte den Atem an und …

»Vale, Vale, warum ziehst du dich nicht aus und gehst ins Bett?«

Verständnislos öffne ich die Augen. Wo bin ich?

Mein Vater sieht mich an.

»Ist alles in Ordnung?«

Ruckartig erhebe ich mich.

»Wie spät ist es?«, frage ich verwirrt.

»Neun. Isst du mit uns oder willst du lieber weiterschlafen?«

Neun Uhr??? Ich verstehe gar nichts mehr. Neun Uhr wann? Und was habe ich im Wald gemacht? Und vorher? O Gott, ich habe mit Marco telefoniert. Und was ist dann passiert? Warum erinnere ich mich an nichts mehr?

Ach ja, er hat geredet. Er war wütend auf mich und

dann, dann … Verdammt, ich muss eingeschlafen sein.

Wie kann denn das passieren? Verzweifelt suche ich das Handy, finde es aber nicht. Gott, unglaublich, dass mir so was passiert. Ich bin eingeschlafen, während ich mit ihm telefoniert habe. Entgeistert springe ich vom Hochbett auf den Boden.

»Vale, was machst du denn da? Was ist los mit dir?«, fragt mein Vater erstaunt.

»Papa, du glaubst nicht, was mir passiert ist. Während ich mit Marco telefoniert habe, bin ich eingeschlafen. Verstehst du?«

Sein Versuch, ernst zu blieben, misslingt ihm.

»Ach komm, was macht das schon. Das heißt nur, dass er langweiliges Zeug erzählt hat«, scherzt er und reißt sich zusammen, um nicht in Gelächter auszubrechen.

»Das ist überhaupt nicht komisch. Und was soll ich ihm jetzt sagen?«

»Die Wahrheit!«

»Machst du Witze?«

Endlich finde ich das Telefon unter einem Kopfkissen. Ich erschrecke: fünf Anrufe und drei SMS. Ich wage es kaum, sie zu lesen. Doch dann halte ich es nicht mehr aus und öffne die erste: *Wenn du keine Lust mehr hast, mich zu sehen, sag es einfach.*

Jetzt bin ich dir nicht mal eine Antwort wert?

Was ist los mit dir?

Ich wähle seine Nummer, doch sein Handy ist ausgeschaltet. Als ich bei ihm zu Hause anrufe, geht Marta an den Apparat.
»Vale, wieso rufst du mich denn auf dem Festnetz an?«
Verängstigt erkläre ich ihr, was passiert ist. Sie bricht in schallendes Gelächter aus. Was finden die nur alle so komisch daran? Für mich ist das ein echtes Unglück …
»Vale, ich glaub's ja nicht. Du schläfst ein, noch während du mit ihm redest. Gott, das ist zu komisch. So was habe ich noch nie gehört«, fährt sie unerschütterlich zwischen einem Lachanfall und dem nächsten fort.
»Hör schon auf. Sag mir lieber zwei Dinge. Erstens, ist Marco da? Und zweitens, was würdest du ihm sagen?«
»Also, erstens, er ist nicht da. Zweitens, ich würde ihm sagen, dass dein Handy den Geist aufgegeben hat. Das hört sich nicht so schlimm an.«
»Das geht nicht. Er hat fünf Mal vergeblich angerufen. Wieso ist er nicht da? Wo ist er denn hin?«
»Das weiß ich nicht, warte, ich frage mal.«
Sie verschwindet und kommt kurz darauf wieder ans Telefon.
»Er hat nichts gesagt. Wenn du willst, lege ich ihm einen Zettel in sein Zimmer. Dann ruft er dich an, wenn er zurückkommt.«
Ich danke ihr und beende die Verbindung. Den ganzen

Abend warte ich, aber von Marco kommt nicht ein Lebenszeichen. Bevor ich ins Bett gehe, stelle ich mir den Wecker eine halbe Stunde früher. So kann ich ihn vor der Schule vor dem Haus abfangen.

Aber schon um zwanzig vor acht ist sein Mofa nicht mehr da. Ich klingele bei Marta und warte, dass sie herunterkommt.
»Ich hab eine schlechte Nachricht für dich«, platzt sie heraus. »Marco hat heute Nacht nicht hier geschlafen. Und meine Mutter sagt, heute Morgen ist er ganz früh nach Mailand aufgebrochen wegen der Wettkämpfe. Er kommt erst nächste Woche wieder.«
Ich sage kein Wort. Ich sterbe. Wie nächste Woche? Stimmt, ja, er hatte was davon gesagt, dass er bald wegfahren müsste, aber doch nicht so bald! Doch nicht schon heute …
Verstört sehe ich Marta an.
»Hat er dir nicht gesagt, dass er fährt?«
»Nein … doch, ja, aber schon vor einiger Zeit. Ich dachte nicht, dass es schon so bald wäre. Dann haben wir nicht mehr darüber gesprochen und dann … dann bin ich gestern Abend eingeschlafen. Vielleicht wollte er mich sehen und sich verabschieden, und ich … o Gott, ich bin eingeschlafen. Ich bin so eine Katastrophe«, stottere ich unzusammenhängend unter Tränen.
Marta versucht, mich zu trösten, doch ohne großen Erfolg. Den ganzen Tag lang probiere ich immer wie-

der, Marco zu erreichen, doch sein Handy ist ständig ausgeschaltet.

Verzweifelt gehe ich nach Hause. Ich muss mit ihm reden, ich muss ihn hören. Ich muss wissen, ob alles in Ordnung ist, ob er mich noch liebt.

MARCO WILL NICHT MIT MIR REDEN. Seit zwei Tagen ist er fort und hat sich noch nicht gemeldet. Ans Handy geht er nicht, er lässt es klingeln oder schaltet es sogar aus. Ich bin verzweifelt. Hunderte SMS habe ich ihm geschickt, aber auf keine hat er – auch nur kurz – geantwortet. Er ist also stinksauer. Was mich am meisten quält, ist die Ungewissheit, was hier eigentlich passiert. Hat er Schluss gemacht? Will er einfach nur nicht mit mir reden? Vielleicht will er lieber warten, bis er wieder zu Hause ist und das persönlich besprechen kann. Dieses Schweigen macht mir Angst. Nicht zu wissen, wie man sterben wird, nagt an einem wie ein Holzwurm. In mir steigen tausend Zweifel und Unsicherheiten auf. Auf der einen Seite halte ich das ja für völlig übertrieben. Ich bin zwar eingeschlafen, während wir gesprochen haben, aber das habe ich nicht absichtlich gemacht! Das weiß er nur leider nicht und denkt wahrscheinlich, dass ich mitten im Gespräch absichtlich aufgelegt habe. Wie peinlich! Das ist schon das zweite Mal, dass ich in völlig ungeeigneten Augenblicken einschlafe, und mir kommt der Opernbesuch mit Tante Mapi vergangene Woche wieder in den Sinn.

Ob das der Stress vor der Geburt meiner Schwester Giulia ist? Wohl kaum, den hat ja eher meine Mutter. Unschlüssig, was ich machen soll, schalte ich den CD-Spieler ein und rufe Marta an.

»Wo bist du?«, frage ich als Erstes.

»Unterwegs mit Giacomo. Gibt's was Neues?«

»Leider nicht«, antworte ich lakonisch.

»Hör mal, ich habe eine Idee. Wie wäre es mit einem verrückten Ausflug nach Mailand, um uns Marcos Wettkampf anzusehen?«

Mein Herz macht einen Sprung.

»Schön wär's. Aber wie stellen wir das an? An einem Tag hin und zurück ist unmöglich. Und ob uns unsere Eltern erlauben, alleine eine so lange Reise zu machen und auch noch woanders zu schlafen, weiß ich ja nicht.«

»Da wird uns schon was einfallen. Wir könnten mit Giacomo im Auto hinfahren. Und ich könnte meine Tante fragen, ob sie in Mailand jemanden kennt, bei dem wir pennen können. Wenn ich ihr dann noch erzähle, dass wir Marcos Wettkampf sehen wollen, dann ist das schon fast geritzt. Sie steht total auf ihn.«

»Wirklich? Das ist mir noch nie aufgefallen«, entgegne ich überrascht.

»Dann komm einfach mal zu einem Familienessen«, kichert Marta.
»Ach, wenn wir das hinbekämen, wär das phantastisch, selbst wenn wir Samstag Schule haben.«
»Einen Tag können wir auch mal fehlen. Ich ruf jetzt Tante Mapi an, und du fühlst bei deinen Eltern vor. Aber sag ihnen nichts von Giacomo, denk dir was anderes aus.«
Nach dem Gespräch läuft mein Hirn auf Hochtouren. Sobald Marta sich etwas in den Kopf gesetzt hat, ist sie echt teuflisch. Durch diese Reise treffe ich Marco wieder, und sie verbringt zwei Tage allein mit Giacomo. Nicht schlecht, zwei Fliegen mit einer Klappe! Ich würde Marco richtig gern überraschen, dann könnte ich mich endlich ordentlich entschuldigen. Vielleicht bringe ich ihm ein Geschenk mit. Ja, das ist eine gute Idee. Aber wenn er trotzdem nicht mit mir reden will und wütend wird, wenn er mich sieht? Ich beiße mir auf die Lippe.
Aber ich bin mit den Gedanken schon wieder viel zu voreilig. Wer weiß, ob wir das alles überhaupt organisieren können. Ich muss mir überlegen, was ich meinen Eltern sage. Natürlich die Wahrheit. Aber wenn sie mich dann nicht fahren lassen? Die Reise ist die Hürde, Marta hat recht.
Beim Abendessen ist nur meine Mutter da, Papa isst auswärts mit Kollegen. Ich helfe ihr beim Kartoffelschälen und erzähle von der Schule. Sie dreht mir

den Rücken zu. Während ich sie so ansehe, kommt sie mir von hinten vor wie eine Gleichaltrige. Klein ist sie, und die kastanienbraunen Haare fallen ihr auf die Schultern. Sie trägt ein langes schwarzes Kleid, in dem sie noch dünner aussieht. Man merkt nicht mal, dass sie schwanger ist. Meine Mutter gefällt mir: Sie hat einen lebhaften Blick und sieht das Leben immer von der positiven Seite. Morgens gleich nach dem Aufstehen ist sie zwar unausstehlich, dann darf man sie eine Stunde lang auf gar keinen Fall ansprechen. Doch danach ist sie wie ausgewechselt, fängt an zu lächeln und erzählt etwas. Sie hat ein paar Freundinnen, die sie noch aus der Schulzeit und von der Universität kennt. Oft redet sie stundenlang mit ihnen leise am Telefon, so wie Marta und ich. Manchmal schleicht Papa sich zu ihr, wenn sie lange wegbleibt, dann zieht er ein paar Grimassen, um ihre Aufmerksamkeit zu erregen: Sie lacht, hält den Telefonhörer zu, um nicht gehört zu werden. Die beiden sind echt wie zwei Kinder. Und müssen sich sehr lieb haben.

»Vale, kannst du dir vorstellen, in einem Monat ein Schwesterchen zu haben?«, unterbricht sie meine Gedanken.

»Ich kann's kaum noch erwarten. Obwohl ich zugeben muss, dass ich ein bisschen Angst habe.«

»Wirklich? Warum denn?«

Ich weiche etwas aus, aber sie drängt mich, es zu sagen. Schließlich gebe ich nach. »Was, wenn ihr mich dann gar nicht mehr mögt?«, sage ich in einer Mischung aus Spaß und Ernst.

Sie lacht und umarmt mich.

»Ach, was sagst du denn da, du bleibst immer an erster Stelle! Du wirst allerdings mit Giulia etwas Geduld haben müssen. Gerade am Anfang wird sie die Aufmerksamkeit von allen brauchen. Du musst bedenken, dass die ersten Monate schwierig sind. Wir müssen sie füttern, wickeln, schlafen legen. Denk nur, am Anfang braucht sie fünf, manchmal auch sechs Mal am Tag ihre Milch.«

»Wie war ich so, als ich geboren wurde?«

»Wunderschön, aber eine echte Nervensäge. Du hast immer geweint, wolltest immer nur auf dem Arm sein. Du hast wenig geschlafen. Dein Vater und ich haben drei Monate lang kein Auge zugetan. Wir dachten, das schaffen wir nie.«

Ich höre ihr schweigend zu und nehme mir noch ein Stück Braten und Kartoffeln.

»Bevor du kamst, haben wir immer sehr viel unternommen. Essen, Kino, Sport, Reisen. Wir waren praktisch nie zu Hause. Dann hat sich alles geändert.«

»Das tut dir wohl etwas leid.«

»Ach was, ich möchte im Leben nicht wieder zurück. Wir hatten nur nicht erwartet, dass sich alles so plötzlich ändert.«

»Habt ihr deshalb so lange mit einem zweiten Kind gewartet?«

Meine Mutter nickt lächelnd und macht eine undefinierbare Handbewegung. Ob es Zufall war oder ob sie es geplant hatten, muss ich also noch herausfinden.

»Vale, schnell, fühl mal. Giulia ist schon ganz ungeduldig, dich endlich kennenzulernen. Leg deine Hand hierhin.« Sie nimmt meine Hand und legt sie auf ihren runden, strammen Bauch. Ich spüre Tritte, dann eine leichte Bewegung, vielleicht eine Hand oder einen Fuß. Erschrocken ziehe ich die Hand weg, dann lege ich sie doch wieder auf den Bauch. Schließlich horche ich auch mit dem Ohr daran.

»Ich kann es mir gar nicht vorstellen, dass sich in mir jemand so bewegen könnte. Und dann ist der Bauch so riesig, und es ist so mühsam. Und erst mal die Geburt. Ich versteh gar nicht, wie du so ruhig sein kannst, ich würde vor Angst sterben«, plappere ich, während ich weiter an ihrem Bauch lausche.

»Na ja, ein bisschen Angst habe ich schon, aber es ist alles so aufregend!«

»Könnte ich nicht mit Papa bei der Geburt dabei sein?«

Sie lacht.

»Ich glaube nicht, dass das so schön anzusehen ist. Nein, besser, das bleibt eine Überraschung für dich, bis du mal ein Kind bekommst.«

»Bis dahin werden noch Lichtjahre vergehen. Und außerdem weiß ich gar nicht, ob ich Kinder will.«

»Und warum nicht?«

»Ich weiß nicht. Ich muss erst noch so viele andere Dinge machen, dass mir dieser Gedanke viel zu weit weg erscheint«, erkläre ich und setze mich wieder hin.

Meine Mutter erhebt sich mühsam. Außerdem will ich nicht so dick werden. Das sage ich ihr natürlich nicht, aber bei dem Gedanken, dass sich mein Körper so verformen könnte, würde ich verrückt werden. Meine Mutter passt in nichts mehr rein, ihre Beine sind geschwollen, und nach wenigen Schritten ist sie außer Atem. Ich finde es ungerecht, dass sie so eine Veränderung durchmachen muss. Warum ändert sich bei Papa nichts? Schließlich bekommt er auch ein Kind. Warum hat die Natur beschlossen, dass nur wir Frauen das ertragen müssen? Bei diesem Thema fühle ich mich echt kämpferisch, wie eine richtige Feministin!

»Wie läuft es mit Marco?«, wechselt meine Mutter das Thema, und ich erzähle ihr, was mir mit ihm passiert ist.

»Mach dir keine Sorgen. Sobald er wieder da ist, besprecht ihr das. Du hast ja nichts Schlimmes gemacht. Wenn du ihm das erklärst, wird er es verstehen, und ihr lacht zusammen darüber. Er ist ja kein nachtragender Typ.«

»Aber ich kann nicht warten, ich muss ihn sprechen. Dieses Schweigen macht mir unheimliche Angst.«

»Du hast keine andere Wahl, er ist fort und will nicht mit dir reden.«

Ich ergreife die Gelegenheit beim Schopf.
»Ich dachte, ich könnte ihn überraschen und zu seinem Spiel am Samstag fahren«, sage ich in einem Atemzug und schaue sie hoffnungsvoll an.
»Nach Mailand? So ein Unsinn!«, erwidert sie und nimmt mich überhaupt nicht ernst.
»Marta würde mitkommen, und wir würden im Auto von Giacomo fahren, ihrem Freund.« Zu spät. Ich sollte doch den Mund halten. Ihr Blick ändert sich mit einem Schlag.
»Wer ist denn dieser Giacomo? Wieso hat der schon ein Auto? Wie alt ist der denn?«
Ich beiße mir auf die Zunge: Na super, Vale, Glückwunsch, und was sagst du jetzt?
»Hm, ich weiß nicht genau. Ich glaube, achtzehn, auch wenn er viel jünger aussieht. Das ist ein ganz netter Typ, und Marta ist ganz irre in ihn verknallt.«
Meine Mutter sieht mich wortlos an.
»Was ist? Glaubst du mir nicht?«
»Ich möchte Marta nicht verurteilen. Aber ist der nicht ein bisschen zu alt für sie, was meinst du?«
Natürlich breche ich eine Lanze für Marta, Freundinnen halten doch zusammen!
»Was ist denn schlecht daran? Wichtig ist doch, dass er in Ordnung ist und dass sie sich mögen. Das habt ihr mir doch auch immer erzählt!«
»Sicher, aber du solltest ihr raten, vorsichtig zu sein. Sie hat doch hoffentlich noch nicht mit ihm geschlafen?«

»Mama, hör auf mit diesem Verhör. Was sind das denn für Fragen? Meinst du, dass ich dir so was erzählen würde?«

»Nun, früher oder später muss man über diese Themen reden. Das ist ja nicht verboten! Mit jemandem schlafen ist ein Zeichen von Liebe. Und genau deshalb sollte man es im richtigen Moment und mit der richtigen Person machen, das habe ich dir immer gesagt. Auch weil man sonst viel mehr Schaden anrichten kann, als man denkt.« Sie patscht mit der Hand auf den Kugelbauch. »Wichtig ist, es nicht zu übereilen und es nicht mit aller Gewalt zu wollen. Ich verstehe die Neugier, das Drängen eurer Freunde, aber du musst es spüren, wenn der richtige Moment gekommen ist. Einverstanden?«

Ich höre ihr zu und bekomme kein Wort mehr raus. Es ist nicht einfach, mit der eigenen Mutter über bestimmte Themen zu sprechen.

»Und wann hast du es zum ersten Mal gemacht?«

Sie kichert.

»O Gott, frag mich nicht, das ist schon ewig her. Da war ich sechzehn. Ich war damals mit einem gewissen Paolo zusammen. Der war achtzehn, und wir hatten uns in der Schule kennengelernt. Ich erinnere mich noch genau an ihn: dunkle Augen und Locken. Er war größer als ich. Ich ging ihm gerade mal bis zur Schulter. Wenn ich heute daran denke, weiß ich gar nicht, was ich an so einem ungeschickten Typen gefunden habe.

Doch damals fand ich seine Zerstreutheit einfach unwiderstehlich. Es ist in seinem Haus am Meer passiert. Mitten im Winter. Er hatte das Auto von seinem Vater genommen, und nachdem wir ein paar Lebensmittel eingekauft hatten, sind wir zu ihm gefahren. Es war lausig kalt und das Haus war unglaublich trist, aber das hat uns überhaupt nicht gestört. Mit leerem Magen haben wir uns auf das Bett seiner Eltern geworfen und haben uns unter mindestens zehn Decken verkrochen, sonst wär uns sofort alles abgefroren.«

Ich mag es sehr, wenn meine Eltern Geheimnisse beichten oder aus ihrer Vergangenheit berichten. Dann bin ich immer ganz still und höre fasziniert zu.

»Wir liebten uns wie verrückt und in dem Moment waren wir sehr glücklich, nichts und niemand hat uns noch interessiert. Deshalb dachten wir, es sei das Natürlichste auf der Welt, miteinander zu schlafen. Es war ein Geschenk an den anderen. Ich kann nicht sagen, dass der Akt an sich besonders aufregend war, aber alles andere war phantastisch. Sagen wir mal so, genau im wichtigsten Moment habe ich eigentlich gar nichts mehr begriffen, vielleicht war ich viel zu sehr darauf konzentriert zu warten, dass etwas passieren würde«, schloss sie lachend.

»Und …«

»Stattdessen ist gar nicht viel passiert, und innerlich habe ich all die Filme verflucht, die ich gesehen hatte, und die Liebesromane, die ich gelesen hatte. Die be-

schreiben das immer als eine wunderbare Sache. Aber das war nur für einen Moment, dann habe ich nichts mehr darauf gegeben, denn wir verstanden uns so gut.«

»Und du hast nur einmal mit ihm geschlafen?«

»Neeein, wir waren dann noch sechs Monate zusammen, bevor wir uns getrennt haben.« Scheinbar will sie darüber nicht reden.

»Und dann hast du dich in Papa verliebt?«

»Aber nein. Damals ging ich noch zur Schule, deinen Vater habe ich erst nach der Uni kennengelernt. Nach Paolo hatte ich noch ein paar andere Beziehungen, mal länger, mal kürzer.«

»Zum Beispiel?«

»Wen interessiert das noch? Ich hab mich eben ein bisschen amüsiert, bevor ich mit deinem Vater zusammenkam. Und du, fühlst du dich wohl mit Marco? Magst du ihn sehr?«, lenkt sie kurzerhand von sich ab.

Angesteckt von der Vertraulichkeit, die sich zwischen uns entwickelt hat, lasse ich meinen Gedanken freien Lauf.

»Mögen? Mama, er macht mich ganz verrückt. Mit ihm kann ich so sein, wie ich sonst nie bin: leidenschaftlich, mutig, romantisch, offenherzig. Er schafft es, meine tiefsten und intimsten Seiten hervorzuholen. Wenn wir zusammen sind, bin ich immer so glücklich. Es ist, als ob ich jedes Mal zu einer langen, phantastischen Reise aufbreche, zu neuen, unentdeckten Orten. Ich fühle mich wie ein Segelboot, das mit vollen Segeln ganz schnell über die Wellen gleitet, oder wie ein Drachengleiter, der sich vom Wind tragen lässt, ohne Angst vorm Absturz zu haben.

Außerdem reden wir über alles, wir erzählen von der Schule, von Freunden, unseren Problemen, den Ängsten und Sorgen. Und er … er ist so witzig, geistreich, intelligent.«

Ich verstumme plötzlich … habe ich etwa übertrieben?

Meine Mutter sieht mich belustigt an – ich habe mich gehen lassen. Um meine Verlegenheit zu überspielen, stehe ich auf und räume den Tisch ab. Leise tritt sie zu mir und wuschelt mir durch die Haare.

»Sieh mal einer an, mein kleines Mädchen ist verliebt!«

Ich umarme sie, um meine Scham zu verbergen, und Giulia macht sich zwischen uns bemerkbar.

Der Ausflug nach Mailand gestaltet sich schwierig. Meine Mutter hat seit vorgestern das Thema nicht mehr angesprochen, und solange ich nichts Neues von Marta erfahre, wage ich nicht, noch einmal zu fragen.

Marco setzt in der Zwischenzeit sein starrköpfiges Schweigen fort. Um mich abzulenken, mache ich mich auf die Suche nach einem Geschenk für ihn.

Vorher habe ich Giò angerufen, ob sie mich dabei begleiten will.
Der Tag ist wunderschön, die Sonne lacht, auch wenn die Luft kalt ist. Wie üblich habe ich ganz schnell eiskalte Hände und Füße. Giò hingegen strahlt mehr denn je. Sie ist entspannt, lächelt und scheint ein bisschen abgenommen zu haben.
»Du siehst blendend aus. Hast du ein Geheimrezept? Ich will das auch«, begrüße ich sie und nehme sie in den Arm.
»Wasser und Brot. Wenn du das eine Woche aushältst, dann bekommst du ein Megageschenk!«
»Du willst mich umbringen. Auch wenn ich vielleicht ein paar Kilo abnehmen könnte, so verzweifelt bin ich doch noch nicht.« Ich denke an die Ravioli mit Ricotta, die ich heute im Kühlschrank gesehen habe.
»Wem sagst du das. Mich rettet einfach nur, dass weder mein Vater noch ich Lust haben zu kochen. Er ist den ganzen Tag unterwegs, und ich habe zwischen Schule, Tanzunterricht und Hausaufgaben überhaupt keine Zeit. Zum Glück putzt bei uns zweimal die Woche eine Frau, und die kocht uns auch immer was. Das sind die besseren Tage.«
Verstohlen sehe ich sie an. Das Leben ist schon sonderbar; als sie noch bei ihrer Mutter lebte, war sie immer nervös, und ich wäre nie darauf gekommen, dass es für sie das Beste sein könnte, bei ihrem Vater zu wohnen. Bei solchen Dingen kann ich gar nicht

mitreden. Ich liebe meine Eltern über alles, aber das Verhältnis, das ich zu meiner Mutter habe, möchte ich nicht mit meinem Vater. Das ist nämlich völlig anders. Bei Giò scheint es genau andersrum zu sein. Die Vertrautheit zwischen ihr und ihrem Vater kann sie nicht mit ihrer Mutter haben. Sie hat so viel gelitten, dass es herrlich ist, dass sie endlich gelassen und glücklich wirkt. Schade nur, dass wir jetzt so weit voneinander weg wohnen.

Wir steigen in den halbleeren Bus und setzen uns ganz ans Ende. Unser Ziel ist der Campo de' Fiori.

»Und wie steht es mit deinem feurigen Freund?!«

»Also, der hat vor ein paar Tagen Schluss gemacht. Er weiß nicht, was er will, und ist sich nicht sicher.«

»Und wie ist es dir dabei gegangen?«

»Ehrlich gesagt, gar nicht so schlecht. Es hat mich bloß genervt, dass er es gleich darauf bei meiner Banknachbarin Alessia versucht hat. Und als ob das nicht schon reicht, hat sie auch noch angebissen.«

»Neeein, aber das ist ja schrecklich! Und wie hat sie das erklärt?«

»Angeblich hat sie es nur gemacht, weil wir uns ja getrennt haben.«

»Wie bescheuert.«

»Ganz genau. Ich weiß überhaupt nicht, was ich tun soll. Irgendwie ist es schade, dass ich den einzigen Menschen, mit dem ich auf der neuen Schule Freundschaft geschlossen habe, jetzt nicht mehr treffe. Und mir jetzt Alessias Geschichten mit Massimo anhören zu müssen …« Sie zieht ein vielsagendes Gesicht.

Schönes Dilemma, so viel steht fest.

Aber trotz allem scheint ihr die gute Stimmung nicht verhagelt zu sein. Ich an ihrer Stelle hätte mich vor einen Zug geschmissen. Wenn ich mir vorstelle, Marco würde mit Marta zusammen sein – immer vorausgesetzt, sie wären keine Geschwister … Nein, allein bei dem Gedanken wird mir schlecht. Und als ob ihr gerade die Ohren geklingelt haben, ruft Marta mich an.

»He, endlich, was machst du gerade? Ich bin mit Giò in der Innenstadt, willst du auch kommen?«

»Ehrlich gesagt bin ich gerade mit Giacomo zusammen. Ich wollte dir nur sagen, dass Tante Mapi für dieses Wochenende niemanden gefunden hat, bei dem wir in Mailand pennen könnten. Aber Giacomo hat dort Freunde und könnte sie anrufen.«

»Das war ja schon vorher schwierig, aber jetzt erst recht. Und was sage ich meinen Eltern?«

»Keine Ahnung. Eigentlich ist ja nur die Übernachtung problematisch. Sonst müssten wir eben so was in der Art erzählen, dass wir bei Giò übernachten. Ich glaube nicht, dass meine oder deine Eltern dann bei ihrem Vater anrufen würden, um zu hören, wie es uns geht.«

»Nein, nein, das ist zu riskant. Eine so fette Lüge würden mir meine Eltern im Leben nicht verzeihen.«

»Aber sie haben dir doch auch das Nasenpiercing verziehen!«

»Was hat das damit zu tun? Danach habe ich versprochen, nie mehr zu lügen.«

»Schon gut. Jetzt muss ich Schluss machen. Grüß Giò von mir. Wir hören uns später nochmal. Ich muss dir eine interessante Geschichte erzählen. Aber jetzt hab ich keine Zeit dafür. Kuss«, und schon kappt sie die Verbindung.

Wenn sie mich so abwürgt, hasse ich sie. Sie wirft mir einen Satz wie »Ich muss dir was erzählen« hin, meine Alarmglocken fangen an zu schrillen, und ich platze fast vor Neugierde. Dann schiebt sie hinter her: »Aber jetzt kann ich nicht.« In solchen Momenten würde ich am liebsten zu ihr fahren, sie mir schnappen und sie erst wieder gehen lassen, wenn sie alles erzählt hat.

Was könnte wohl passiert sein?

1. Sie hat mit Giacomo gestritten.
2. Sie hat mit ihm geschlafen.
3. Sie hat einen anderen kennengelernt.
4. Ihre Eltern haben alles herausbekommen.
5. Sie hat Neuigkeiten von Marco.

Eigentlich hörte sie sich nicht so an, als ob es etwas besonders Dramatisches wäre, aber Marta kann sehr gut schauspielern. Es kann also alles Mögliche sein.

Mittlerweile sind wir am Largo Argentino angekommen und steigen aus dem Bus. Wir laufen durch die engen Gassen der Innenstadt. Wie immer sind massenweise Menschen in den Fußgängerzonen unterwegs. Wir stürmen sofort in einen Laden mit ausgefallenen Klamotten und Schuhen. Ich probiere ein Paar an, aber ich fühle mich wie Daisy Duck in den Dingern und kaufe sie nicht.

Während wir weiterziehen, erzähle ich Giò von der Idee mit der Mailand-Reise. Sie findet das ebenfalls sehr kompliziert. Ich werde immer trauriger, trotzdem bummeln wir weiter, und schließlich finde ich sogar etwas für Marco: einen ganz coolen Kapuzenpullover. Wir erreichen den Campo de' Fiori und setzen uns für eine Weile an den Fuß der Statue, die sich in der Mitte des Platzes erhebt. Genau vor uns steht eine Menschentraube. Alle halten ein Glas in Händen. Vielleicht gibt es irgendein Fest auf der Piazza. Neugierig bahnen wir uns einen Weg durch die Masse und gelangen zu einem kleinen Lokal mit einem Tresen und vier Hockern: ein Weinhandel mit unzähligen Weinflaschen und einer Tafel, auf der die verfügbaren Sorten aufgeführt sind. Der kleine Laden ist vollgestopft mit Gästen, und die Kellner kommen nicht hinterher. Ein paar Jungs lächeln uns zu und heben zum Gruß ihre Gläser. Wir lächeln zurück, setzen aber unsere Bummeltour fort und gelangen auf die Piazza Navona, die sich in ihrer zauberhaften Schönheit vor uns auftut. Horden von Touristen bannen den Platz für die Ewigkeit auf Fotos. Familien, Pärchen, Jugendliche bevölkern die Piazza. Entlang der Bürgersteige stehen fliegende Händler, Straßenkünstler und Wahrsager. Ein Pantomime verharrt in einer unnatürlichen Haltung. Er sieht aus, als wäre er während des Laufens zu Stein erstarrt. Seine Haare sind zurückgestrichen, die Krawatte hängt in der Luft, ein Arm ist gebogen, während der andere nach hinten zeigt wie beim Rennen. Wir betrachten ihn eine Weile. Er sieht so unwirklich aus in seiner eingefrorenen Position. Die Leute gehen sogar ganz dicht an ihn heran, um zu überprüfen, ob er echt ist, und die Kinder springen lachend um ihn herum.

Als wir uns bereits auf den Rückweg machen, hat Giò noch eine Idee.

»Wegen dem Spiel am Samstag: Warum fragt ihr nicht die Eltern von den anderen Jungs der Wasserballmannschaft? Von denen wird sich doch sicher jemand die Partie ihres Sohnes anschauen. Ihr könntet euch ihnen anschließen und im selben Hotel übernachten.«

»Du hast recht. Das ist eine gute Idee, auch wenn ich keine große Lust habe, Marcos Eltern zu fragen.«

»Ja, das verstehe ich. Aber wenn du nicht warten willst, bis er wiederkommt …«, erwidert sie und sieht mich an.

Das Ganze ist einfacher als erwartet. Marcos Eltern hatten bereits beschlossen, sich das Spiel anzusehen, aber Marta, die zu sehr mit Giacomo beschäftigt war, wusste davon noch nichts. Und so kann ich mich ihnen ohne große Probleme anschließen. Martas teuflischer Plan löst sich in Luft auf, aber wir beide werden natürlich trotzdem fahren.

Manchmal machen wir uns das Leben echt schwer. Wir denken, dass alles viel komplizierter ist als in Wirklichkeit. Vielleicht gehen wir manches von der falschen Seite an?

Der Reinfall

Das Spiel beginnt um vier. Seit fünf Stunden sitzen wir im Zug, und ich bin völlig aufgeregt. Ob er wohl mit mir reden wird oder mich total ignoriert? Was soll ich ihm sagen, wenn ich ihn treffe? Es tut mir leid … nein, das ist nicht gut, das ist zu hart. Vielleicht sollte ich lieber die Gleichgültige spielen, so als wäre nichts geschehen. Das scheint mir eine gute Idee zu sein. Aber was sage ich da? Es stimmt ja nicht, dass nichts passiert ist! Seit einer Woche haben wir uns nicht mehr gesprochen. Er antwortet nicht auf meine Anrufe und ignoriert meine SMS. Da muss ich mir auf jeden Fall etwas anderes ausdenken. Ich blicke aus dem Fenster. Züge mag ich, in ihnen fühle ich mich wie im Kino, in dem die Bilder schnell an einem vorbeiflitzen: Landschaften, Städte, kleine Bahnhöfe, ab und zu mal ein Tunnel, und dann wieder Seen, Flüsse, Brücken und natürlich ganz viele Menschen. An jeder Haltestelle steigen Pärchen ein oder Familien aus. Dann kommen mal zwei Touristen und man denkt sofort: Die fahren bestimmt nach Florenz! Doch dann bleiben sie bis

Bologna im Zug oder fahren sogar bis nach Mailand. Und der Herr dort, der alleine reist und gerade telefoniert: Fährt er zur Arbeit oder nach Hause? Neugierig beobachte ich die Fahrgäste, wie sie angezogen sind, wie sie sich bewegen, was für unwillkürliche Gesten sie machen. Der Typ mit den Getränken kommt durch den Gang. Gerne hätte ich was gekauft, doch am Ende lasse ich es bleiben, vielleicht aus Nervosität. Martas Eltern lesen. Vergeblich versuche ich, den Titel des Buches zu erspähen, das ihr Vater in den Händen hält. Es sieht ziemlich langweilig aus.

Müde vom reinen Rumsitzen drehen Marta und ich eine Runde durch den Zug.

»He, du musst mir nochmal genau erklären, was neulich eigentlich passiert ist«, sage ich zu ihr, während ich sie am Arm greife.

Sie kichert. Unverkennbar hat sie Lust zu tratschen.

Meine Überlegungen werden sich wohl alle als falsch erweisen, denke ich auf dem Weg in den Speisewagen.

Sie erzählt mir, dass Giacomo sie neulich mit zu sich nach Hause genommen und seiner Mutter vorgestellt hat. Marta fand sie so sympathisch und umgänglich, dass sie gleich zum Essen dageblieben ist und auch die beiden jüngeren Schwestern kennengelernt hat. Nachmittags sind sie dann zu einem Freund von Giacomo gefahren.

Bis hierhin erschien mir diese Geschichte nicht so

besonders interessant. Doch Martas Blick verrät mir, dass das auch noch nicht alles ist, was sie mir erzählen will. Also sporne ich sie an: »Aber was ist denn nun so Besonderes passiert?«

Sie senkt die Stimme und flüstert mir etwas ins Ohr.

»Das glaube ich nicht. Du willst mich veräppeln.«

»Ich schwör's dir«, kichert sie.

Ich sehe sie an und weiß nicht, was ich erwidern soll. Doch dann siegt meine Neugierde.

»Und wie?«

»Das kann ich gar nicht sagen«, antwortet sie vage.

»Wie, du kannst das nicht sagen? Ich will alle Einzelheiten wissen, Marta, jetzt tu doch nicht so geheimnisvoll.«

Und so offenbart sie schließlich doch noch die pikante Neuigkeit. Der Zug ist vielleicht nicht der beste Ort für solche Geständnisse, aber ich halte es nicht mehr aus. Lachend und flüsternd erzählt sie mir, dass sie noch mit dem Auto auf den Monte Mario gefahren sind, bevor sie nach Hause kam. Von diesem Hügel aus hat man einen Blick über ganz Rom, und sie … hat ihn genau dort an delikater Stelle geküsst! Ja, ja, genau das. Dagegen ist das, was ich mit Marco gemacht habe, Kinderkram. Wie üblich hinke ich mal wieder hinterher.

Marta fährt nun ganz begeistert mit einer ausführlichen Beschreibung fort, die mir die Schamesröte ins Gesicht treibt. Ein junges Pärchen dreht sich um, und die Frau lächelt amüsiert. Ich werde noch röter und senke den Blick. Vielleicht haben sie alles mitbekommen, doch dann beruhige ich mich, das sind Ausländer. Gerade habe ich sie noch Englisch reden hören. Also erzählt Marta gute zehn Minuten weiter. Wir kichern ohne Ende, während sie auch die allerkleinsten Einzelheiten preisgibt. Ich trockne mir die Augen, und mein Bauch verlangt nach einer Pause.

»Und was ist dann passiert?«

»Vale, was soll denn passiert sein?«

Ich sehe sie vielsagend an, und Marta nickt.

»Genau das.« Mittlerweile flüstern wir nur noch aus Angst, dass einer der Mitfahrer unser Gespräch hören könnte.

»Und du, du …« Ich bringe den Satz nicht zu Ende.

Ein weiteres Mal nickt sie.

»Und wie ist es?«

Marta zieht eine komische Grimasse und fängt wie verrückt an zu lachen.

Genau in diesem Augenblick kündigt der Zugführer den Bahnhof von Mailand an. Rasch trinken wir unsere Säfte aus, als sich plötzlich das Touristenpärchen zu uns umdreht und immer noch lächelt. Die Frau beugt sich zu uns rüber und flüstert: »Mir hat das erste Mal mit dem Mund genauso sehr gefallen. Auf Wiedersehen!« Dann zwinkert sie uns zu und verschwindet mit ihrem Freund, der offensichtlich nichts verstanden hat.

Marta wird kreidebleich, dann puterrot. Entgeistert sehen wir uns an und brechen in schallendes Gelächter aus.

»O Gott, Marta, sie hat alles verstanden. Wie peinlich. Ich glaub's nicht, dass sie unsere gesamte Unterhaltung angehört hat.«

»Du lieber Himmel, echt blamabel! Aber vielleicht hat sie ja gar nicht alles gehört …«, erwidert Marta noch verstörter als ich.

»Aber sicher. Sie hat sich absichtlich von uns verabschiedet, um klarzumachen, dass sie alles geschnallt hat.«

Wir versuchen, uns an unsere genauen Worte zu erinnern. Und je mehr wir nachdenken, umso unangenehmer wird es mir. Wir drücken uns in eine Ecke, doch der Typ hinter der Bar fordert uns auf, zu unseren Plätzen zurückzukehren.

»Besser, wir warten noch ein bisschen. Ich habe keine Lust, denen nochmal zu begegnen. Tu mal so, als ob du eine SMS schreibst, dann vergeht noch ein bisschen Zeit«, zischt Marta.

Am Ende müssen wir in unseren Waggon zurückspurten, wo uns Martas Eltern schon ungeduldig erwarten.

Als wir aus dem Zug steigen, bin ich noch ganz benebelt von Martas Geschichte. Doch im Taxi, das uns zum Hotel bringt, machen sich auf einmal wieder die Angst und die Aufregung vor der Begegnung mit Marco in mir breit. Wie habe ich es nur eine Woche ohne ihn ausgehalten?

Ich trage einen schwarzen Cordrock, ein rosa T-Shirt und darüber den Pullover, den Marco so gerne mag, den rosanen mit der Kapuze. Es ist kalt, und daher habe ich schwarzrosa geringelte Strümpfe angezogen. Außerdem habe ich zu diesem besonderen Anlass etwas Make-up aufgelegt, etwas schwarzen Kajal um die Augen und ein bisschen rosa Lippgloss mit Pfirsichgeschmack. Hoffentlich sehe ich nicht zu bonbonmäßig aus. Als ich mit Marta das Hotelzimmer verlasse, zittern meine Knie.

»Das Geschenk nimmst du nicht mit?«, fragt sie mich.

»Nein, lieber nicht. Ich will erst sehen, wie er reagiert«, entgegne ich und sehe sie ängstlich an.

Sie nimmt mich in den Arm.

»Entspann dich. Du weißt doch, dass Marco ganz verrückt nach dir ist. Er ist nur sehr genau. Aber wenn er dich sieht, wird er sofort dahinschmelzen.«

»Hoffentlich. Vielleicht ist es ja auch ein Fehler herzukommen. Er will nicht mit mir reden. Und außerdem sind eure Eltern dabei. Ich weiß nicht. Ich hab Angst, dass es keine gute Idee war.«

Sie drückt mich noch stärker an sich, während wir zum Fahrstuhl gehen.

»Denk nicht daran. Dafür ist es jetzt eh zu spät. Ich geb dir einen Rat. Sobald du ihn siehst, tust du so, als sei nix passiert. Du begrüßt ihn, gibst ihm einen Kuss, so wie immer. Und vor allem: lächele. Wenn er deine schönen Augen sieht, dann kann er sich bestimmt nicht mehr zurückhalten. Er hat mir mal erzählt, dass es ihm durch und durch geht und er total den Kopf verliert, wenn du lächelst.«

Ich lache verlegen.

»Das stimmt nicht. Das sagst du jetzt nur so.«

Die Anspannung lässt langsam nach. Marta hat immer so eine beruhigende Wirkung auf mich.

»Tut es dir leid, dass Giacomo wegen deiner Eltern nicht mitkommen konnte?«

Marta seufzt.

»Unendlich. Aber das ging jetzt echt nicht. Außerdem bin ich gern mit dir zusammen. Ich bin so froh, dass du und mein Bruder miteinander geht. Ihr seid die wichtigsten Menschen für mich auf der Welt. Mein Bruder und ich verstehen uns so gut. Manchmal streiten wir zwar auch und können uns gar nicht ab, aber wenn ich ihn brauche, dann ist er für mich da und hilft mir. Und du … du bist meine beste Freundin, was könnte ich mir Schöneres wünschen? Ihr seid das perfekte Paar.«

Vor Rührung bekomme ich feuchte Augen. Wo gibt es noch so eine Freundin wie sie?

»Ich hab dich lieb, Marta.«

»Ich dich auch, Vale.«

Wir umarmen uns und verlassen dann den Fahrstuhl.

In dem Hotel übernachtet auch die gesamte Wasserballmannschaft. In der Lobby erkenne ich einige Eltern der Jungs wieder.
Das Spiel findet in der Schwimmhalle des Wasserballvereins von Mailand statt, ganz in der Nähe des Hauptbahnhofs. Wir steigen in das Auto eines Pärchens, das uns eine Mitfahrgelegenheit angeboten hat.
Während wir die Stadt durchqueren, sehe ich aus dem Fenster. Es regnet und es ist fast dunkel. Bis jetzt war ich erst einmal in Mailand auf der Durchreise. Es ist vollkommen anders als Rom, doch wie alle großen Städte hat auch diese Metropole ihre faszinierenden Seiten. Aber ich bin zerstreut. Ständig muss ich an das Gesicht denken, das Marco machen wird, wenn er mich sieht. O ja, er weiß nämlich nicht, dass sich seine ganze Familie das Spiel ansehen wird.
Kaum sind wir in der Schwimmhalle, schiebt mich Marta zu den Umkleidekabinen.
»Nein, Marta, besser nicht«, protestiere ich. Außerdem herrscht dort so ein Durcheinander, dass wir nicht einmal ganz hinkommen. So suchen wir uns erst mal einen Sitzplatz.
Als Marco mit den anderen Jungs der Mannschaft aus den Umkleideräumen kommt, verschlägt es mir die Sprache: Gott, sieht der gut aus! Wie kommt so ein schöner Junge nur dazu, mit mir zusammen zu sein? Nervös rutsche ich auf meinem Sitz hin und her. Ich möchte aufspringen und zu ihm laufen, doch stattdes-

sen senke ich den Kopf. Aber schließlich halte ich es nicht aus und muss doch wieder zu ihm hinsehen.

Als ob er es gespürt hat, hebt er den Kopf, und unsere Blicke treffen sich.

Ich fühle mich von seinen Augen durchbohrt, tausend Nadeln dringen in meinen Körper. Für den Bruchteil einer Sekunde ist sein Blick tief und intensiv. Er knetet seine Schwimmhaube mit den Händen durch und kommt auf uns zu. Ich halte den Atem an. Wie ein Blatt fange ich an zu zittern, während ich mich bemühe, ruhig zu bleiben. Marta fuchtelt mit den Armen, steht auf und umarmt ihn. Er lächelt sie glücklich an. Dann zeigt sie ihm ihre Eltern. Überrascht dreht er sich um, winkt und wirft ihnen eine Kusshand zu.

Ohne mich noch einmal anzuschauen, dreht er sich weg und kehrt zu seinen Kameraden zurück.

Am liebsten würde ich mich auf die Gleise binden und warten, dass der nächste Zug meinem Leiden ein Ende bereitet. Er will mich nicht, er will mich nicht mehr! Verzweifelt sehe ich Marta an.

»Er hat mich nicht einmal begrüßt«, presse ich mit dünner Stimme heraus und spüre, dass mir Tränen in die Augen schießen.

»Na ja, du ihn aber auch nicht.«

»Ich habe nicht ein Wort herausgebracht. Ich war wie gelähmt. Was sollte ich denn tun?«, frage ich traurig.

»Ich hab's dir doch gesagt. Strahlen solltest du. Ihn anlächeln, ihn umarmen, ihn küssen, ihm viel Glück

wünschen und vielleicht während der Umarmung zuflüstern, wie sehr er dir gefehlt hat.«
O Mann, warum hat sie immer so fabelhafte Ideen, während ich nur stocksteif dastehe? Warum ist mir denn nicht so etwas eingefallen?
Ich hätte ihn so gern berührt, geküsst, ihm gesagt, dass ich ihn lieb habe. Doch als er zu uns kam, war mein Hirn völlig ausgeschaltet und ich hab gar nichts mehr gerafft. Nur seinen kalten, distanzierten Blick habe ich gespürt. Ich möchte flüchten, verschwinden, im Boden versinken. Warum zum Teufel gibt es eigentlich keinen Trank, der unsichtbar macht?
Meine Augen brennen, ich schließe sie, reiße sie wieder auf, aber alles ist unverändert. Rasch, ohne dass es jemand bemerkt, trockne ich die Träne, die mir die Wange heruntersickert.
Ich möchte aufstehen und brüllen: Marco, ich liebe dich.

Während der gesamten Partie quälen mich dunkle Gedanken und das Verlangen, nach Hause zu fahren und mich zum Heulen aufs Bett zu werfen. Ich fühle mich wie eine Heldin in einem Melodram, in dem Moment, in dem sie das Gesicht mit einem Taschentuch verbirgt und um Fassung ringend sagt: »Ich möchte jetzt mit meinem Schmerz allein sein. Maria (warum hießen die Zimmermädchen zu der Zeit nur immer Maria?), bitte lösche das Licht und schließ die Tür. Und wenn jemand nach mir fragt, dann sag ihnen, dass die Herrin müde ist und niemanden empfängt.«

Seufzend sehe ich mich um. Ich kann nicht weg, ich muss bleiben. Mir wird warm. Ich ziehe Jacke und Pullover aus und knote sie mir um die Taille.

Okay, ich kann das wiedergutmachen. Sobald wir hier raus sind, muss ich einen Moment abpassen, um mit ihm zu sprechen. Dann kann ich erklären, was passiert ist. Und alles wird wieder wie vorher.

Endlich ist das Spiel zu Ende, und in der allgemeinen Begeisterung über den Sieg verlassen wir die Zuschauerreihen und umringen die Mannschaft. Zum Glück hat mich die Euphorie so angesteckt, dass ich mutig zu Marco gehe und ihn am Arm ziehe.

Er dreht sich um und umarmt mich, doch dann merkt er, dass ich es bin, und schiebt mich unsanft zurück.

»Warum bist du hier? Ich will nicht mit dir reden«, legt er sofort los und verkrampft sich.

»Ich bitte dich, Marco, lass es mich erklären. Es tut mir leid. Es ist nicht so, wie du denkst.« Doch es nützt nichts, die Freudenschreie sind so laut, dass meine Stimme darin untergeht.

Ich rücke wieder ein Stück an ihn ran.

»Marco?«

Er macht Anstalten zu gehen, doch ich folge ihm. Diesmal bin ich entschlossen, mir Gehör zu verschaffen. Als ich ihn schon fast erreicht habe, ertönt lautes Geschrei. Ich drehe mich um und sehe gerade noch, wie sich alle Spieler, ungeachtet meiner Anwesenheit, aus vollem Hals brüllend auf Marco stürzen. Sie rennen mich um, und gemeinsam landen wir allesamt im Wasser.

Sofort verschlucke ich mich und werde auf den Boden des Beckens gedrückt. Als ich hochschaue, bewegen sich tausend Beine und Arme über mir. Ich will nach oben schwimmen, doch meine Klamotten machen jede Bewegung zu einer Kraftanstrengung. Nur mit Mühe kann ich mich aus der Masse der Arme und Beine befreien und erreiche die Wasseroberfläche.

»Aaaaah!«, schreie ich, werde aber von den Freudengesängen der Mannschaft übertönt.

Wasser spritzt, und ich muss erneut schlucken. Da ich mich nicht oben halten kann, sinke ich langsam wieder zum Grund. Ich ertrinke, meine Zeit ist abgelaufen.

Schon breitet sich Panik in mir aus, als mich plötzlich jemand an der Taille packt und nach oben schiebt. Irgendjemand hat mich bemerkt!

»He, halt, hier ist ein Mädchen im Wasser. Helft mir mal und zieht sie raus«, höre ich jemanden rufen.

»Und süß ist sie auch noch«, fügt ein anderer hinzu.

Eine Sekunde später umringen mich alle und befördern mich an den Beckenrand.

»Aber das ist ja Vale«, höre ich eine Stimme, die mir die von Marta zu sein scheint.

»O Gott, das ist Vale, meine Freundin.«

Also bin ich immer noch seine Freundin, schießt es mir durch den Kopf.
»Marco, ist die nicht viel zu hübsch für dich?«
Er geht nicht darauf ein, sondern flüstert mir zu: »Entschuldige, Vale, ich habe nicht gemerkt, dass du hinter mir warst.«
Mir fehlt die Kraft zu antworten. Die Nase juckt wegen all des Wassers, das ich geschluckt habe, und das Chlor brennt in den Augen. Ich fühle mich vollkommen erschöpft.
Sie ziehen mich aus dem Wasser und legen mich neben den Beckenrand.
Das gilt nicht. So war das nicht geplant!
Warum laufen die Dinge nie so, wie sie sollten? So ein Sturz ins Becken in voller Montur hat mir gerade noch gefehlt. Jetzt sehe ich aus wie ein Monster, ganz zu schweigen von der Blamage vor allen Leuten. Ganz in Gedanken versunken, habe ich die Augen immer noch zugekniffen. Ich will niemanden sehen, geht alle weg, das ist mir so peinlich! Wäre ich doch bloß zu Hause geblieben.
»Sie muss Luft kriegen«, sagt jemand.
Irgendjemand macht sich an meinem T-Shirt zu schaffen. Hilfe, die wollen mich ausziehen! Und während ich die Augen aufschlage, überlege ich blitzartig, welche Unterwäsche ich heute angezogen habe.
»Da ist sie ja. Sie kommt zu sich. Wie geht's dir? Ist alles in Ordnung?«

Die gesamte Mannschaft starrt mich an wie ein Insekt auf dem Seziertisch. Warum schauen die mich alle nur so an? Haben die noch nie ein ohnmächtiges Mädchen gesehen? Verärgert versuche ich, mich aufzurichten.

»Aaah«, schreie ich und fasse mir an die Brust! Bis in die Haarwurzeln werde ich rot. Schande! Das haben sie sich also angesehen, meinen geblümten BH! Wie kann ich in einer so dramatischen Situation nur an so was denken? Und dabei heißt es immer, die Männer wären so sexbesessen.

Zum Glück kommt in diesem Augenblick der Trainer angelaufen, bedeckt mich mit einem Handtuch und schickt die Jungs weg.

»Wie fühlst du dich?«, fragt er.

»Nass, aber gut«, antworte ich mit dünner Stimme.

Das ist gelogen, ich fühle mich fürchterlich. Wieder versuche ich, mich aufzusetzen, doch die Klamotten hindern mich daran. Marcos Mutter erscheint, gefolgt von Marta und ihrem Vater.

»Vale, Kind, wie schrecklich. Wie geht's dir? Kannst du aufstehen? Komm, ich bring dich in die Umkleidekabinen. Dort kannst du dir was Trocknes anziehen. Marta, hilf mir mal«, fordert sie ihre Tochter auf.

Danach erinnere ich mich an gar nichts mehr. Anscheinend habe ich zwölf Stunden durchgeschlafen. Sonntagmorgen wache ich auf und bin wieder völlig die Alte. Sprich: Die Moral ist im Keller und die Laune extrem mies.

»He, endlich. Ich fürchtete schon, dass du heute den ganzen Tag im Bett bleiben würdest«, versucht Marta zu scherzen und setzt sich auf mein Bett.

Ich antworte mit einem Brummen.

»Hast du schlecht geschlafen?«

»Nein. Ich bin bloß mies drauf.«

Sie legt sich neben mich.

»Das ist nicht deine Schuld. Nimm's dir nicht zu Herzen. Sie haben dich aus Versehen ins Wasser gestoßen, weil sie dich nicht bemerkt haben. Gestern Abend beim Essen tat es allen total leid. Sie wollten sich persönlich entschuldigen. Schade, dass du nicht dabei warst.«

»Besser so. Sonst wäre gleich das nächste Unglück passiert.«

»Worauf hast du jetzt Lust? Auf ein galaktisches Frühstück? Komm, steh auf.«

Immer übellauniger krieche ich aus dem Bett und gehe duschen. Tolles Wochenende, aber ich wollte ja unbedingt mit. Als ich aus dem Bad komme, ist Marta nicht mehr da. Sie hat mir einen Zettel geschrieben: *Ich warte unten auf dich.*

Gerade als ich mir die Jeans anziehen will, klopft es an der Tür. Wahrscheinlich Marta. Ich öffne, und vor mir steht Marco.

Niemand von uns sagt ein Wort, und die Stille wird langsam unerträglich. Wir kümmern uns nicht darum

und schauen uns weiter an. Es ist mir egal, dass ich nur in Unterhose und Hemdchen vor ihm stehe. Ich sollte was sagen, aber mir fällt einfach nichts ein.
Ohne den Blick von mir abzuwenden, tritt er ein, schließt die Tür hinter sich und zieht mich an sich.
»Vale, Vale, was soll ich nur mit dir machen? Warum bist du gekommen?«
»Du gehst nicht ans Telefon, da dachte ich, dass du mich nicht mehr sehen willst.«
»Ich kann es nicht.«
»Was?«
»Ich schaffe es nicht. Ich hab es probiert. Aber ohne dich halte ich es nicht aus.«
»Warum solltest du?«
»Weil du mich quälst.«
»Das tut mir leid«, flüstere ich.
Ich lege das Gesicht auf seine Brust, und der vertraute Geruch bringt mich zum Lächeln.
»Es ist nicht, wie du denkst«, fahre ich fort.
»Ich weiß nicht, aber du hast dich ziemlich blöd benommen. Als ich dich gestern Nachmittag im Schwimmbad gesehen habe, ist mir das Blut in den Adern gefroren. Du … warst so süß und ich … ich war so dermaßen glücklich, dass du gekommen bist, um mich zu sehen. Da habe ich für einen Augenblick vergessen, warum ich wütend auf dich bin. Auf einmal begriff ich, dass diese Wut gar nichts bringt, und diese Erkenntnis hat mich nervös gemacht.«

»Aber warum bist du denn nur so sauer?«

Er hebt mein Gesicht und sieht mich an.

»Warum? Du beendest einfach das Telefonat, während ich dir gerade erkläre, dass ich mich ganz schlecht fühle, weil wir uns so wenig sehen. Und du fragst, warum?«

»Das stimmt so nicht. Ich habe das Telefonat nicht beendet.«

»Natürlich hast du das. Und dann hast du nicht mal mehr auf die nächsten Anrufe und die SMS reagiert. Kannst du mir das bitte mal erklären?«

Ich seufze, und schweren Herzens mache ich mich von ihm los.

»Also gut, ich sag's dir. Aber du musst versprechen, nicht zu lachen.«

»Weiter!«

»Ich bin eingeschlafen, während wir telefoniert haben.«

Jetzt ist es raus. Ja, ich hab's gesagt!

Auf seinem Gesicht zeigen sich tausend Gefühlsregungen: Ungläubigkeit, Misstrauen, Erstaunen, Verwunderung, dann ergreift er mich plötzlich und wirft mich aufs Bett.

»Bin ich so langweilig?«, fragt er streng, doch sein Blick ist amüsiert.

Auch dieses Mal hatte meine Mutter also recht, und mir fällt ein Stein vom Herzen.

»Ein bisschen«, scherze ich.

»Das zahle ich dir heim. Entschuldige dich«, fordert er und beginnt, mich durchzukitzeln.
»Hör auf, bitte.«
»Entschuldige dich.«
»Entschuldige.«
»Lauter, alle sollen es hören.«
»ENTSCHULDIGUNG!«, brülle ich, und endlich küsse ich ihn.
»Denk ja nicht, dass du so einfach davonkommst. Diesmal musst du dich richtig entschuldigen«, fügt er doppeldeutig hinzu.
»Und was verstehst du unter einer richtigen Entschuldigung?«
»Ein kleiner Striptease wäre wohl angebracht.«
»Das kommt gar nicht in die Tüte«, sage ich und ziehe die Bettdecke über mich.
»Los, komm. Nur ein bisschen.«
»Marco, hör auf. Das ist mir peinlich.«
»Was ist denn schlimm daran?« Er schlüpft zu mir unter die Decke.
»Das ist jetzt echt nicht angebracht. Marta wartet unten auf mich. Wir wollen frühstücken«, entgegne ich und krabbele aus dem Bett.
»Glaub ich nicht. Sie ist mit unseren Eltern weggegangen, und wir haben verabredet, dass sie erst in einer halben Stunde wiederkommt.«
Das ist typisch für die Geschwister MM, sie organisieren alles. Ich muss lächeln.

»Aber ich habe meine Entschuldigung schon längst beisammen. Darf ich dich daran erinnern, dass ich

1. gestern nicht in der Schule war,
2. dir ein Geschenk gekauft habe und
3. hierher gekommen bin, um dein Spiel anzuschauen.

Und statt dass du mir um den Hals fällst und mir sagst, dass du mich liebst, was tust du? Du ertränkst mich im Schwimmbecken. Schöne Art, deine Liebe zu zeigen«, füge ich schmollend hinzu.

»Gott, Vale, erinnere mich nicht daran. Das tut mir wirklich ganz schrecklich leid. Als ich gestern geschnallt habe, dass du mit uns im Wasser gelandet bist, habe ich mich fürchterlich erschreckt. Entschuldige, aber im Siegestaumel ist es etwas mit uns durchgegangen«, antwortet er leicht verlegen.

»Das habe ich gemerkt.«

»Du hättest dein Gesicht sehen sollen, als du aus dem Wasser kamst«, er fängt an zu lachen.

»Altes Ekel.« Ich werfe ein Kissen nach ihm, doch er kann ausweichen und zieht mich erneut aufs Bett.

»Du hast mir so gefehlt.«

»Wem sagst du das.«

»Sag mal …«

»Hmmm …«

»Hab ich da eigentlich eben was von einem Geschenk gehört?«, fragt er, während wir uns wieder unter die Decke kuscheln. Ich lache vergnügt.

Giulias Geburt

»VALE, VALE!« MEINE MUTTER RUFT.

»Jaaa?«, antworte ich aus dem Wohnzimmer.

»Sag deinem Vater Bescheid. Es ist so weit.«

Was ist so weit?

Ich liege auf dem Sofa und schaue fern.

»Vale, hast du verstanden? Trödel nicht, steh auf und ruf deinen Vater.«

Endlich fällt bei mir der Groschen: Giulia! O Gott, ich springe auf und laufe ins Zimmer meiner Mutter.

»Heißt das, dass …«

»Ja, ja, ganz richtig. Aber jetzt steh da nicht rum wie festgenagelt. Ruf Papa an, wir müssen ins Krankenhaus, und zwar zacki.«

Mit zitternden Händen schnappe ich mir das Handy und rufe ihn an. »Mama, was soll ich machen? Es ist besetzt«, berichte ich ihr erschrocken.

»Nur die Ruhe, Vale. Hilf mir aufzustehen und mich anzuziehen. Dann versuchst du es nochmal.«

Immer besorgter helfe ich ihr und bemühe mich dabei, ruhig zu bleiben.

Giulia, warte, warum diese Eile? Du warst da so lange drin, und jetzt wirst du ungeduldig? Papas Nummer ist immer noch besetzt. Verdammt, Papa, warum gerade jetzt …

»Wir rufen ein Taxi«, sagt meine Mutter, die zum Gehen bereit ist.

Fünf Minuten später besteigen wir das Auto. Während der Fahrt beobachte ich das angespannte Gesicht meiner Mutter. Sie drückt meine Hand und sagt, dass die Wehen immer stärker werden.

Panisch schicke ich eine SMS an Marta: *Giulia hat die Schnauze voll. Es ist so weit!*

Sie antwortet im Bruchteil einer Sekunde.

Wie aufregend, Vale! Sag sofort Bescheid, lass mich bloß nicht warten!

Okay, bis dann!

Dann schicke ich meinem Vater eine SMS. Währenddessen halte ich meiner Mutter weiter die Hand.

Und wenn Papa nicht kommt, was dann?

»Bitte, fahren Sie schneller, sonst kommt meine Tochter hier in ihrem Taxi zur Welt«, schreit meine Mutter den Fahrer an, der wie ein Verrückter anfängt zu hupen.

»Mama, atme. Du sollst tief durchatmen, erinnerst du dich? Das hast du mir erzählt«, ermuntere ich sie.

Sie beginnt zu schwitzen, und auf ihrer Stirn entstehen kleine Schweißperlen.

»Wir sind gleich da, Signora. Halten Sie durch, in fünf Minuten sind wir da.«

Meine Mutter atmet immer schneller.
Giulia, sei brav und warte noch ein paar Minuten. Du möchtest doch wohl wirklich nicht gerade jetzt in einem Taxi schlüpfen, oder? Dann doch lieber an einem ruhigen Ort mit lieben Menschen, die dir dabei helfen. Komm, ich bitte dich, sei brav.
Der Taxifahrer biegt wie der Blitz auf die Brücke zur Tiberinsel ein und macht eine Vollbremsung vor dem Eingang des Krankenhauses.
Er öffnet die Tür, doch meine Mutter kann nicht aussteigen. Sie hält sich den Bauch und beißt die Zähne zusammen.
Der Taxifahrer und ich sehen uns wortlos an, dann laufe ich zum Empfangstresen im Krankenhaus und schreie wie eine Besessene.
»Das Baby kommt. Hilfe! Kann mir jemand helfen?!«
Sofort kommen zwei Krankenpfleger mit einer Bahre. Sie ziehen Mutter aus dem Taxi. Ich bezahle den Fahrer und folge ihnen dann.
»Sind Sie allein?«, fragt der Pfleger.
»Mein Vater muss gleich kommen. Wohin bringen Sie sie?«
»Ganz ruhig. Jetzt kontrollieren wir erst mal, wie weit das Kind schon ist.«
Ich halte die Hand meiner Mutter und streiche ihr die Haare aus dem Gesicht, während ich neben ihr hergehe.
»Hast du mit deinem Vater gesprochen?«

»Ich habe ihm eine SMS geschickt. Er ist bestimmt schon auf dem Weg.«

Sie sieht verwirrt aus und lockert den Griff etwas, doch dann drückt sie meine Hand wieder ganz fest.

»Scheinbar ist Giulia ungeduldig«, versucht sie zu scherzen.

»Wir bringen deine Mutter jetzt nach hinten. Aber da kannst du nicht mit. Du musst hier warten.«

»Bitte, lassen Sie mich mit rein. Ich will nicht allein hier draußen bleiben!«, sage ich und bin einem Nervenzusammenbruch nahe.

»Wie heißt du?«, fragt einer der Krankenpfleger.

»Valentina.«

»Also, Valentina, du musst ganz ruhig bleiben. Wenn du dich so benimmst, regst du deine Mutter auf. Gleich kommt eine Schwester, die dir dann sagt, ob du reinkannst oder nicht.«

»Mama?«

»Vale, Schatz, es ist alles in Ordnung. Sie müssen nur kontrollieren, wie lange es noch dauert. Setz dich hierhin. Dein Vater kommt gleich.«

Ohne dass ich noch was erwidern kann, schieben sie sie durch eine Tür: Meine Mutter verschwindet.

Ich starre die geschlossene Tür an. Dann blicke ich mich um und finde einen Stuhl, auf den ich mich fallen lasse. Ich will Marco anrufen, aber ich habe hier drin keinen Empfang. Widerwillig entferne ich mich von dem Korridor, suche eine Stelle, wo mein Handy funktioniert, und entdecke, dass mein Vater mehrmals angerufen hat.

»Papa, wo bist du?«

»Vale, wie gut, dass du zurückrufst. In zehn Minuten bin ich bei euch. Wie geht es deiner Mutter? Wo ist sie?«

»O Papa, ich weiß es nicht, ich hab es nicht genau verstanden. Ich bin so aufgeregt. Die haben gesagt, dass sie Mama kontrollieren müssen, aber ich durfte nicht mit rein. Mach schnell, bitte bitte, ich will hier nicht allein bleiben.« Dann erkläre ich ihm, wo ich bin.

Marco schicke ich eine Nachricht und setze mich wieder auf den Stuhl. Aber ich kann nicht still sitzen, also stehe ich wieder auf und luge durch das Glas der Tür.

»Du musst Valentina sein. Hallo. Ich bin Teresa, die Stationsschwester. Deiner Mutter geht es gut, und sie hat gesagt, ich soll dich von ihr drücken. Bald kommt sie in den Kreißsaal. Deine Schwester hat es wohl eilig, dich zu sehen.«

Ich lächele schwach, doch meine Augen müssen meine Angst verraten.

»Du musst dir keine Sorgen machen. Deine Mutter ist in guten Händen. Ihr Gynäkologe ist auch bei ihr.«

Noch während sie spricht, führt sie mich in ein kleines Zimmer, wo ich mich hinsetzen kann. Sie bringt mir ein Glas Wasser und fragt, ob ich was essen möchte. Aber ich kann nicht. Ich würde keinen Bissen runterkriegen.

»Vale, Schatz.«

Ich drehe mich um. Mein Vater steht keuchend in der Tür.

»Papa«, rufe ich und umarme ihn. »Sie haben sie weggebracht, es ist so weit«, sage ich wie in Trance.

»Ist es schon zu spät, um reinzugehen? Ich möchte dabei sein.«

Stationsschwester Teresa lächelt.

»Ich sehe mal nach.« Dann verschwindet auch sie hinter dieser Tür. Wieso verschwinden in diesem Krankenhaus immer alle?

Mein Vater wirkt irgendwie anders. Sein Blick ist abwesend, er sieht ganz verloren aus. Immer wieder streicht er sich mit der Hand durch die Haare.

»Schatz, komm, setzen wir uns dahinten hin. Bist du mir böse, wenn ich auch reingehe und bei Mama bleibe?«

Ich schüttele den Kopf, doch mir ist flau im Magen. Eigentlich ist mir klar, dass das so schon richtig ist, aber ich wünsche mir sehr, dass er bei mir bliebe.

»Das verstehst du doch, oder? Das ist ein wichtiger Moment, und ich kann ihr nur helfen, wenn ich dabei bin. Würdest du in so einer Situation nicht auch gerne Marco bei dir haben?«

Schweigend sehe ich ihn an. Ich weiß nicht, vielleicht schon, aber ich bin mir nicht ganz sicher.

Wenn es mir schlecht geht, dann will ich niemanden um mich haben. Außerdem soll mich keiner sehen,

wenn ich hässlich und mit schmerzverzerrtem Gesicht daliege. Vielleicht würde ich lieber Marta dabeihaben: Eine Freundin darf dich immer sehen, aber dein Freund … ich weiß nicht. Was, wenn er dich einmal so gesehen hat und dich dann nicht mehr will?
Teresa erscheint in der Tür.
»Kommen Sie, schnell, sie bereiten sie gerade noch vor.«
Mein Vater springt auf, streicht sich noch einmal durch das Haar, macht einen Schritt. Dann dreht er sich um, kommt zurück und umarmt mich fest.
»Ich liebe dich, Vale. Willst du hier warten oder lieber nach Hause gehen? Ich fühle mich schuldig, dich hier so allein zu lassen.«
»Geh, mir geht es gut. Sorg dich nicht um mich. Ich warte hier auf euch. Marta hat gesagt, dass sie kommt. Geh ruhig«, lüge ich und halte die Tränen zurück.
Er umarmt mich noch einmal, dann dreht er sich um und wird ebenfalls von dieser Tür verschluckt.
Verlassen. Ich fühle mich verlassen. Plötzlich fühle ich mich unsicher und schutzlos. Obwohl ich schon fünfzehn Jahre alt bin. Ich bin erwachsen. Keine Ahnung, warum, aber in großen Stresssituationen muss ich immer weinen.
So kann ich schließlich nicht mehr ruhig sitzen bleiben. Ich verlasse die Abteilung, laufe die Treppen hinunter und setze mich auf eine Bank im Hof. In der Mitte gibt es einen Brunnen mit roten Fischen. Ich be-

obachte, wie das Wasser spritzt, dann lehne ich mich zurück und schließe die Augen.

Die Luft ist kühl und streichelt mich angenehm. Die Geräusche der Menschen um mich herum trösten mich. Wie lange ich so verharre, weiß ich nicht. Als ich endlich die Augen wieder öffne, fühle ich mich besser.

»Ich glaub's nicht, Valentina!«

Ein Junge lächelt mich an.

Wo habe ich dieses Gesicht schon mal gesehen? Rasch sucht mein Hirn nach einer Antwort. Sein Blick ist mir vertraut, auch seine Stimme, aber ich erinnere mich einfach nicht an ihn. Das ist schon sonderbar, dass ich mich an so einen süßen Typen nicht erinnern kann …

»Ciao«, antworte ich, um Zeit zu gewinnen.

»Erinnerst du dich? Du erinnerst dich nicht! Das erkenne ich an deinem Gesicht. Campingplatz, Sperlonga, im Sommer.«

Mit einem Schlag werde ich rot. Roberto: der Coole, der salzige Kuss!

»Siehst du, jetzt erinnerst du dich!« Er lacht. »Wie geht's dir? Was machst du hier?«, will er wissen.

»Meine Mutter bekommt gerade ein Kind. Sie ist mit meinem Vater da drin. Ich durfte nicht mit rein. Und du?«

»Ich habe meinen Bruder zu einer Kontrolluntersuchung begleitet.«

Er setzt sich neben mich und zündet sich eine Zigarette an.

»Ich hab erfahren, dass Marta immer noch mit Giacomo zusammen ist.«

»Stimmt«, antworte ich leicht verlegen.

»Redselig wie immer, was? Entspann dich. Ich geh dir schon nicht an die Wäsche.«

Ich lächele gequält.

»Auch wenn ich Lust dazu hätte.«

»Roberto!«

»Ha, du erinnerst dich also auch an meinen Namen. Dann gibt es ja noch Hoffnung.« Er kichert. »Bist du immer noch mit dem Jungen vom Sommer zusammen, Martas Bruder?«

Ich nicke.

»Und du? Was gibt's bei dir so? Arbeitest du?«, bringe ich schließlich heraus.

»Also, ich habe mich für Architektur eingeschrieben.«

»Wirklich? Und macht's dir Spaß?«

»Ja, sehr.«

Er bleibt über eine halbe Stunde bei mir. Er erzählt von dem Examen, das er bestehen muss, und von den Fächern, die er belegt hat. Ab und zu betrachte ich ihn. Er ist schön wie immer, doch er erscheint mir irgendwie anders, nicht so attraktiv. Oder habe ich mich verändert? Seit diesem sagenumwobenen Kuss, der mich monatelang verfolgt und gequält hat, scheint ein ganzes Leben vergangen zu sein. Jetzt ist er nur noch eine vage Erinnerung. Besser so. Ich werde durch Robertos Bruder abgelenkt, der sich nach der Untersuchung zu uns auf die Bank setzt. Zu dritt reden wir und beobachten die Fische im Brunnen. Ich erfahre, dass er Luca heißt und ein Jahr jünger ist als Roberto. Doch so wie sie miteinander ihre Scherze treiben, wird ganz schnell klar, dass sie gute Freunde sind. Sie fahren leidenschaftlich gern Ski und in die Berge, so oft sie können – und sei es nur für ein paar Stunden. Während sie erzählen, beobachte ich sie. Sie ähneln sich, sind aber doch unterschiedlich. Roberto ist groß, dunkelhaarig, mit den berühmten grünen Augen, während Luca etwas kleiner und sehr viel dünner ist und dunkle Augen hat. Doch was sie so völlig unterschiedlich macht, ist der Blick, mit dem sie mich ansehen. Während der erste mich mit Augen verschlingt, betrachtet mich der andere fast liebevoll. Mittlerweile fühle ich mich zwischen den beiden richtig wohl und erzähle ihnen von Giulia, von meinen Ängsten und wie ich diesen Augenblick gerade erlebe. Als wir uns schließlich verabschieden, bin ich froh, die beiden getroffen zu haben. Selbst meine Traurigkeit von vorhin ist verflogen.

Ich gehe wieder zurück auf die Geburtsstation und suche Schwester Teresa. Sie hilft gerade einer Patientin auf die Toilette zu gehen.

»Da ist sie ja, unsere Valentina. Endlich, sie haben dich

schon gesucht, aber ich wusste nicht, wo du abgeblieben bist. Deine Schwester ist da. Freust du dich?«

»Ich glaub's nicht«, sage ich begeistert. »Wie aufregend! Kann ich sie sehen? Wo sind meine Eltern? Geht's meiner Mutter gut?«

»Alles bestens. Dein Vater kommt gerade raus. Geh zum Stationseingang, dann triffst du ihn dort. Aber Valentina, richtig erfreut bist du scheinbar nicht!«

»Ja, ich bin etwas neben der Spur«, lache ich und laufe zur Tür, die sich in diesem Moment öffnet. Mein Vater kommt mit müdem Gesicht hindurch.

»Papa«, rufe ich und gehe zu ihm.

»Vale, sie ist da. Giulia ist geboren. Gott, was für ein Wunder, Schatz, du musst sie sehen. Sie wird dir ganz doll gefallen.«

»Und Mama?«

»Ihr geht's gut. Sie ist etwas müde, aber überglücklich. Vale, das kannst du dir nicht vorstellen, ich bin so aufgeregt wie ein Kind. Das war eine phantastische Erfahrung. Komm, lass dich umarmen.« Fest drückt er mich an sich.

Ohne es zu wollen, fange ich an zu weinen.

»Schatz, was ist? Weinst du? Das musst du nicht«, flüstert er mir zu und küsst meine Haare.

Ich bringe keinen Ton heraus. Der Kloß im Hals will einfach nicht verschwinden.

»Ich bin so glücklich, Papa. Deshalb weine ich«, presse ich endlich hervor.

Er drückt mich noch fester an sich.
»Komm, warten wir zusammen auf Mama.«
Die Tränen versiegen rasch wieder, nur der Kloß im Hals bleibt.

Heute kommt Giulia nach Hause, und ich kann es gar nicht erwarten. Gestern haben Papa und ich ihr Bettchen neben dem Ehebett aufgestellt. Und das hat mich schon beeindruckt. Ich bin immer noch so aufgewühlt von all den Veränderungen, dass mir ganz leicht die Tränen kommen. Wie im Krankenhaus, als ich meine Mutter umarmt habe, und natürlich als ich Giulia zum ersten Mal gesehen habe.
Zwar kann ich noch nicht behaupten, dass mein Schwesterchen hübsch aussieht, aber das habe ich natürlich niemandem verraten. Mit diesem platten Näschen und der verschrumpelten Haut sah sie eher wie ein Boxer aus. He, was für fürchterliche Sachen erzähle ich hier bloß!!!
Aber was kann ich dafür, wenn das die ersten Gedanken waren, die mir bei ihrem Anblick in den Sinn kamen? Sie sah aus wie ein Tierchen, so klein. Ich hatte fast Angst, sie anzufassen und ihr wehzutun.
Während ich mit meinen Eltern zusammen war, habe ich sie beobachtet und mir überlegt, was in ihrem kleinen Hirn wohl vorgeht. Es muss sehr sonderbar für sie sein, plötzlich auf diesen geheimnisvollen Planeten katapultiert zu werden, der unsere Welt ist.

Alles ist neu für sie: die Geräusche, die Gerüche, die Berührungen. Neun Monate lang hatte sie es ruhig und mollig, ohne dass irgendjemand sie gestört oder angefasst hat. Und plötzlich stürzt alles auf sie ein. Unbekannte Menschen wechseln ihre Windeln, waschen sie, ziehen sie an. Schade, dass man sich an diese Augenblicke nicht erinnern kann. Ich würde gerne wissen, welches ihr erster Gedanke war, als sie ihr Köpfchen rausgestreckt hat. So wie sie weint, hat sie vermutlich keine schönen Dinge gedacht. Vielleicht denkt man in so einem Moment auch gar nichts!

Während ich auf ihre Heimkehr warte, habe ich Marco gebeten, mir Gesellschaft zu leisten. Ich will nicht allein sein, und außerdem haben wir uns zwei Tage nicht gesehen – eine Ewigkeit!

Als er sich den Parka auszieht, entdecke ich, dass er den Pullover trägt, den ich ihm geschenkt habe.

»Wie geht's? Bist du aufgeregt?«, platzt er heraus, während er mich umarmt.

»Ein bisschen. Aber es ist alles noch so unwirklich, als ob es gar nicht wahr wäre.«

Wir gehen in die Küche, und ich setze mich an den Tisch.

»Möchtest du was …?«

Er tritt zu mir und küsst mich. Er schmeckt nach Bitterschokolade, hmmm, wie lecker! Er löst sich, doch ich ziehe ihn wieder zu mir.

»Nein, geh nicht weg, noch einen. Du küsst mich

immer viel zu wenig«, protestiere ich und presse ihn weiter an mich.
»Das stimmt nicht. Ich habe bloß Angst, dass ich zu aufdringlich erscheine. Da halte ich mich lieber zurück.«
»Alles nur Ausreden«, brummele ich, während ich immer noch seinen Schokoladengeschmack spüre.
Er bleibt stur und sieht mich an. Ich spüre, dass er angespannt ist.
»Hör mal, deine Eltern können jeden Moment zurückkommen. Und ich will nicht blöd auffallen.«
»Nun übertreib mal nicht. Du sollst ja nicht sonst was machen, sondern mir nur einen Kuss geben.«
»Ich weiß. Aber wenn ich mich gehen lasse, geschieht mir womöglich wieder so ein Missgeschick. Wie damals auf dem Sofa bei mir.«
Ich kichere und knabbere weiter an seinem Hals, während ich mich noch fester an ihn drücke.
»Das machst du doch jetzt absichtlich«, sagt er mit erstickter Stimme.
Ja, ja, ja. Es macht mir Spaß, ihn zu provozieren, wenn er sich beherrschen will!
»Bitte, Vale. Wenn nun deine Eltern kommen?«
»Die kommen frühestens in einer Stunde.«
Scheinbar habe ich die magischen Worte ausgesprochen. Sein Widerstand lässt nach, und gleich darauf liegen wir eng umschlungen auf dem Küchentisch. Ich drücke mich an ihn und schlinge ihm die Arme um

den Hals. Er schiebt eine Hand unter mein T-Shirt und streichelt über meinen Rücken. Seine kalte Hand lässt mich erzittern. Dann fällt mir der Karussell-Kuss von Marta wieder ein, und da ich mir gerade sehr, sehr mutig vorkomme, probiere ich ihn einfach aus.
Für den Bruchteil einer Sekunde rückt Marco verwirrt ein Stück weg, doch dann scheint ihm diese Neuerung zu gefallen, und er macht mit. Wow, Leute, wie cool! Das muss ich Marta erzählen, Giacomo ist echt ein Genie!!!

Ich mache mich los, um Luft zu holen, und schaue ihm in die Augen.
»Willst du mich jetzt komplett aufsaugen?«
»Hmmm«, brummt er, während er mit seiner Hand unter meinem T-Shirt immer bestimmter wird.
Ohne dass er es allzu sehr merkt, winde ich mich etwas, doch er lässt nicht locker.
»He, halt die Finger still. Was soll das werden?«
»Ich mach doch gar nichts.«
»Lügner. Übertreib es nicht.«
»Ach komm, nur ein bisschen. Ich mag deine Haut. Sie ist so schön zart.«
Ich schließe die Augen, während er über meinen gesamten Rücken streichelt. Dann zieht er die Hand nach vorne und liebkost meinen Bauch.
Ich neige mich etwas zurück und schiebe die Hand weg.
»Möchtest du was essen? Ein Stück Kuchen?«

»Nein, ich will nur dich! Warum ziehen wir uns nicht die Jeans aus?«

»Ich denke nicht im Traum dran.«

»Dann können wir uns besser streicheln.«

»Nein, kommt nicht in Frage. Außerdem schäme ich mich.«

»Aber ich hab dich doch schon im Badeanzug gesehen.«

»Das ist was anderes.«

»Wir machen auch nichts weiter. Ich schwör's.«

»Versprichst du's?«

»Versprochen.«

»Ich verlass mich also auf dich.«

Doch gerade, als wir uns die Jeans ausziehen, höre ich den Schlüssel im Schloss … Mist, meine Eltern!

Wir springen auf, versuchen, uns wieder herzurichten.

»Sie kommen also erst in einer Stunde nach Hause«, flüstert mir Marco aufgeregt zu.

Mir bleibt gerade noch Zeit, die Haare zu bändigen, als die versammelte Familie in die Küche tritt.

»Mama, Papa, herzlich Willkommen. Marco ist vorbeigekommen, um Giulia kennenzulernen«, sage ich überschwänglich, so als wäre nichts gewesen.

»Hallo, Marco«, antworten beide aus einem Mund.

»Guten Abend, wie geht es Ihnen?«, fragt Marco leicht verlegen.

»Gut, nur etwas müde. Aber komm her. Du auch, Vale.

Hier ist unsere Kleine … leise, sie schläft gerade«, fügt meine Mutter hinzu.

Bevor Marco zu ihr geht, dreht er sich noch einmal um, und ich bemerke, dass der Reißverschluss seiner Jeans noch offen ist. Mit einem Sprung bin ich bei ihm und ziehe ganz unauffällig, sodass meine Eltern nichts merken, an seinem Kapuzenpulli. Doch er blickt mich nur fragend an. Meine Zeichen sind offensichtlich nicht eindeutig genug.

Also schiebe ich ihn zur Seite, stelle mich vor ihn, und während ich mich über den Kinderwagen beuge, in dem Giulia schläft, versuche ich, den Reißverschluss hochzuziehen. Er springt zurück, als hätte er einen Stromschlag bekommen, und wirft mir einen erbosten Blick zu.

Ich will ihn schon fragen, ob er für einen Moment mit in mein Zimmer kommt, als mein Vater dazwischenfunkt.

»Marco, hilfst du mir kurz und bringst den Koffer ins Schlafzimmer?«, bittet er.

Im gleichen Augenblick sehe ich, dass meine Mutter seine offene Hose entdeckt hat.

Okay, das war's. Es ist vorbei. Jetzt sind wir geliefert, denke ich bedrückt, drehe mich um und öffne den Kühlschrank.

»Wie heißt es noch: ›Ist die Katze aus dem Haus, tanzen die Mäuse auf dem Tisch‹«, höre ich meine Mutter sagen.

»Wovon sprichst du?«, antworte ich scheinbar ungerührt mit dem Kopf im Kühlschrank.
»Du brauchst gar nicht so unschuldig zu tun.«
»Es ist nicht so, wie du denkst.«
»Ach, nein?«
»Es ist nichts passiert.«
»Wenn man Marco so ansieht, würde man das nicht vermuten.«
»Mama, hör auf, so ist das nicht. Er wird im Bad vergessen haben, die Hose richtig zuzumachen. Das kann doch mal passieren, oder?«
»Sicher, sicher …«, entgegnet sie sarkastisch.
Ich flüchte aus der Küche ins Wohnzimmer. Marco sitzt neben meinem Vater. Endlich ist sein Reißverschluss zu. Er wirft mir einen bösen Blick zu, ich lächele ihn entschuldigend an. Doch kurz darauf, noch immer völlig neben der Kappe, verabschiedet er sich von meinen Eltern, und ich begleite ihn zur Tür.
»Warum hast du mir nicht Bescheid gesagt?«
»Ich hab's doch probiert … ich hab dir Zeichen gegeben, aber du hast sie nicht verstanden.«
»Wie peinlich! Was meinst du, wie ich mich gefühlt habe, als dein Vater mir direkt ins Gesicht gesagt hat, dass mein Hosenstall offen steht. Ich wäre am liebsten aus dem Fenster gesprungen.«
Ich küsse ihn, und er lächelt.
»Okay, entschuldige. Du hast recht, es tut mir leid. Aber jetzt ist es eben passiert. Was für eine Aufregung

wegen so was. Man kann doch auch im Bad mal vergessen, den Reißverschluss zuzumachen, oder? Außerdem war es auch peinlich für mich!« Nicht sehr überzeugt verabschiedet sich Marco und zieht schmollend von dannen.

Was hätte wohl alles passieren können, wenn meine Eltern nicht gerade in diesem Moment gekommen wären? Mit einem verschmitzten Lächeln lehne ich mich gegen die geschlossene Wohnungstür.

Abgeschoben

Seit Giulias Geburt sind zwei Wochen vergangen, und ihre Anwesenheit ist nicht zu übersehen. Meine Eltern laufen mit Angst einflößenden Augenringen herum, und auch ich kann nicht mehr so wie früher schlafen. Oft wache ich auf, sobald ich die Kleine weinen höre. Meine Mutter ist den ganzen Tag nur noch mit ihr beschäftigt, ich und mein Vater versuchen, ihr zu helfen. Die Wohnung sieht aus wie ein Vandalenlager, und die arme Frau, die bei uns sauber macht, kommt einfach nicht mehr hinterher. Bei all den dreckigen Tellern, den Wäschebergen und den staubigen Zimmern wirft sie bestimmt bald das Handtuch. Die Küche ist allerdings das Reich meines Vaters geworden. Abends, wenn er nach Hause kommt, kocht er für uns alle. Ich versuche, ihm zu helfen, aber eigentlich macht er alles allein. Und er beschwert sich nie, auch wenn er das Recht dazu hätte, denn meine Mutter hat sich zu einer echten Nervensäge entwickelt: Giorgio, mach dies, Giorgio, hol mir das, Giorgio, hast du Windeln gekauft? Giorgio, wo ist Giulias Schnuller? Ich an seiner Stelle wäre schon längst ausgerastet. Aber Papa sagt, dass ist nur eine Phase und man braucht nur etwas Geduld.

Giulia sieht jetzt viel niedlicher aus. Ihr Gesicht hat sich entfaltet und ist nicht mehr so runzelig, sogar das Näschen ist nicht mehr so zerdrückt. Allerdings kann man noch nicht viel mit ihr machen, abgesehen vom Ansehen, Händchen halten und Streicheln. Bis jetzt ist sie mehr wie eine Puppe.

Zum Ausgleich dafür läuft es mit Marco großartig. Er ist immer so liebevoll und aufmerksam. Oft verabreden wir uns irgendwo, ich lasse mein Mofa stehen, wir kaufen ein Stück Pizza, und dann los. Auf den Gianicolo-Hügel oder zur Villa Pamphili. Da sitzen wir dann stundenlang im Park und quatschen, aber irgendwie reicht die Zeit nie.

Ich hocke in meinem Zimmer und mache Hausaufgaben, als Marta an der Haustür klingelt: Seit Giulia da ist, hat sie sich angewöhnt, einfach mal vorbeizukommen. Heute auch. Und nachdem sie alle begrüßt hat, kommt sie in mein Zimmer und setzt sich auf die Erde.

»Bist du noch nicht fertig?«, fragt sie, als sie das Schulbuch sieht.

»Nein, ich bin spät dran. Seit Giulia da ist, kann ich mich nicht mehr so gut konzentrieren. Ein echtes Elend.«

Sie sieht nachdenklich aus.
»Ist mit Giacomo alles in Ordnung?«
»Ja, alles bestens mit ihm.«
»Was ist dann los? Du machst so ein Gesicht … Ist was passiert?«
»Meine Eltern haben es rausbekommen.«
»Und das sagst du mir einfach so? Wie haben sie das denn geschafft?«
Sie legt den Kopf an die Wand und seufzt.
»Sie haben uns überrascht.«
»Neeeein. Wann denn?«
»Gestern Abend.«
»Und das sagst du mir erst jetzt!?«
»Eigentlich habe ich probiert, es dir gestern zu erzählen, aber du hattest hier irgendwas überaus Dringendes zu tun, sodass ich es gelassen habe. Erinnerst du dich?«
Während sie das erzählt, fällt mir unser Telefonat wieder ein: Ich war voll damit beschäftigt, Giulia die Windeln zu wechseln. Meine Mutter hatte es mir endlich erlaubt, und so ist mir Martas Grabesstimme am Telefon gar nicht aufgefallen und ich habe sie nur kurz abgespeist. Ich schlage die Augen nieder und fühle mich schuldig.
»Marta, tut mir leid, aber warum hast du nicht gesagt, dass es wichtig ist?«
Sie zuckt mit den Schultern. »Macht nichts, früher oder später musste es ja passieren, oder?«

»Ja, aber nicht so. Was habt ihr denn gemacht?«
»Eigentlich nichts Besonderes, wir lagen unter der Decke und haben gekuschelt. Aber sie haben natürlich sofort was anderes vermutet.«
»Wie peinlich! Und dann?«
»Ich wollte es erklären, aber sie haben nicht zugehört und haben darauf bestanden, dass Giacomo sofort geht.«
»Wie ätzend, Marta, das ist wirklich eine verdammt peinliche Sache. Aber … wieso hast du ihn mit nach Hause genommen und dich auch noch mit ihm ins Bett gelegt?«
»Meine Eltern sollten eigentlich nicht so früh wieder zurück sein. Sie waren zu einem Abendessen bei einem Pärchen eingeladen, das sie seit Jahren nicht gesehen hatten. Meine Mutter hatte mich extra nachmittags angerufen und Bescheid gesagt, dass sie zum Essen nicht da sein würden. Aber unglücklicherweise wurde das Treffen in letzter Minute abgesagt, und so standen die beiden schon um acht Uhr plötzlich vor mir.«
»Aber war Marco denn nicht da?«
»Doch, der war in seinem Zimmer. Ihn haben sie dann auch zusammengeschissen.«
»Ich glaub's nicht. Das ist doch verrückt. Und jetzt, was willst du jetzt tun?«
»Ich weiß nicht. Das Sonderbare ist, dass ich mich endlich entschlossen hatte, ihn meinen Eltern vorzustellen … aber jetzt …«

»Wie schade«, entgegne ich mitfühlend.

»Wem sagst du das. Ich bin so down. Auch weil sie Giacomo so eiskalt behandelt haben, als wäre er ein Einbrecher. Ich bin schier gestorben. Und meine Eltern habe ich gehasst wie noch nie!«

Ich schweige, weil mir dazu nichts mehr einfällt. Um die Spannung etwas abzubauen, erzähle ich dann nach einer Weile: »Meine Eltern haben uns auch überrascht.«

»Ach was, wo denn?«

»In der Küche. Wir lagen auf dem Tisch.«

Marta scheint sich wieder zu fangen, und ein Lächeln huscht über ihr Gesicht. »In der Küche ... keine schlechte Idee.« Dann versinkt sie wieder in ihrer Traurigkeit und erklärt: »Jetzt wollen sie sogar, dass ich ihn nicht mehr treffe.«

»Auch das noch. Aber dann habt ihr darüber gesprochen. Hast du ihnen erklärt, dass er dein Freund ist?«

»Das hätte ich schon noch. Doch als Giacomo weg war, hat meine Mutter mich so angebrüllt. O Vale, es war so erniedrigend, sie hat mich wie eine Fünfjährige behandelt.«

Sie starrt aus dem Fenster, während ihre Stimme brüchig wird.

»Der Höhepunkt war, als ich ihr erklären wollte, wie ernst es mir mit Giacomo ist. Ich habe erzählt, dass wir seit dem Sommer zusammen sind. Da hat sie wie eine Verrückte zu schreien angefangen. Mein Vater musste eingreifen, um sie zu beruhigen. Glaubst du, ich habe normale Eltern? Wie kann man seiner Tochter verbieten, ihren Freund zu sehen, mit dem sie seit fünf Monaten zusammen ist und den sie liebt? Meine Mutter hört mir nicht zu, das ist die Wahrheit. Es hat sie einfach nur genervt, einen Unbekannten anzutreffen, von dem sie nichts wusste. Ganz zu schweigen von dem, was die Nachbarn denken sollen, wird sie sich gedacht haben! Das sind ihre zwei größten Sorgen. Gott, ich ertrag sie einfach nicht.«

»Marta, sag so was nicht, sie war bloß erschrocken. Das wird die Angst gewesen sein, dich mit einem Jungen im Bett vorzufinden.«

»Vielleicht«, antwortet sie und zuckt die Schultern. »Auf jeden Fall denke ich gar nicht daran, mich nicht mehr mit Giacomo zu treffen, nur weil sie das gesagt hat. Wir haben nichts Schlechtes gemacht, er … er ist ein so toller Mensch, er hat mich echt lieb und ich … ich bin verrückt nach ihm.«

Während sie das sagt, verändert sich ihr Gesichtsausdruck. Die Augen werden größer und der Mund nimmt einen zufriedenen Zug an. Sie redet weiter, so als spräche sie nur zu sich selbst: Wenn er mit seiner Arbeit fertig ist, verbringen sie oft ganze Nachmittage nur mit Quatschen. Sie ist so fasziniert von den vielen Dingen, die er weiß. Vielleicht liegt das daran, dass er so viel liest. Er verbringt gern seine Zeit im Buchladen und durchstöbert die Regale. Manchmal begleitet Mar-

ta ihn dahin, auch wenn Buchhandlungen sie etwas einschüchtern.
Vielleicht weil man sich an diesen Orten immer etwas unwohl fühlt mit all den Büchern, die man nicht kennt, und der Stille, die dort herrscht. Ich bin irgendwie fasziniert von den Papierbergen und den Milliarden von Worten. All diese Romane, Erzählungen, Aufsätze, Gedichte, Reisenotizen, Bildbände, Biographien, Märchen, Reime. Und dann die verschiedenen Genres: Belletristik, Thriller, Krimis, Fantasy, Horror, man weiß gar nicht, wo einem der Kopf steht. Einmal bin ich mit meinen Eltern in einen dieser ganz großen Buchläden gegangen, und ich habe mich zwischen den unzähligen Regalen regelrecht verlaufen. Im Leben könnte ich diese Bücher nicht alle lesen!
Das ist wie mit dem Reisen: Wenn man auf die Weltkarte schaut, erkennt man, dass man beim besten Willen nicht an alle Orte der Erde reisen kann. So ist es mit den Büchern. Wie viele kann ein Mensch wohl in einem Leben lesen?
»Neulich hat er mir einen neuen Roman geschenkt. Aber ich habe noch nicht damit angefangen, ich bin momentan einfach viel zu nervös«, fährt Marta fort.
Schade, dass die Geschichte mit Giacomo nicht so glatt läuft, wie sie es sich wünscht. Sie will einfach nicht zugeben, dass sie sich doch nach der Zustimmung der Eltern sehnt.
»Jetzt hab ich aber genug von mir geredet. Themen-

wechsel, sonst werde ich noch depressiver. Wie läuft's mit Giulia? Ist alles okay? Du siehst jedenfalls so aus.«

»Stimmt. Ich bin sehr glücklich, auch wenn ich es mir anders vorgestellt hatte.«

»Wie denn?«

»Ich weiß nicht. Seit sie da ist, dreht sich alles nur um sie. ›Füttere Giulia, sei leise, Giulia schläft, sieh nach, ob ihre Windeln voll sind, wechsel sie, wasch sie. Vale, sieh nach, ob deine Schwester was braucht.‹ Ich kann über nichts anderes mehr mit meinen Eltern reden.«

»Was ist? Bist du's schon leid, eine Schwester zu haben?«

»Nein, darum geht's nicht. Es ist nur … ich fühle mich etwas abgeschoben.«

»Wirklich? Aber deine Eltern lieben dich doch.«

»Ich sag ja auch nicht, dass sie das nicht tun, aber sie kümmern sich gerade nicht besonders viel darum, was ich mache.«

»Das scheint mir aber nicht so. Wenn man an die Geschichte mit Marco in der Küche denkt …«

»Na gut, aber das ist was anderes, Marta.«

»Gib den Ärmsten noch etwas Zeit. Sie müssen sich doch auch an die neue Situation gewöhnen. Vielleicht sind sie in ein paar Wochen wieder so wie früher.«

»Na klar, ich wollte mich ja auch gar nicht beschweren …«, sage ich.

»Du bist bloß etwas eifersüchtig«, beendet Marta den Satz.

»Das stimmt nicht«, erwidere ich etwas zu laut, doch eine kleine Stimme in mir drin gibt zu, dass es vielleicht sogar ein bisschen so ist.

Noch drei Wochen bis Weihnachten, dann sind endlich Ferien. Ich bin völlig fertig. Nachts schlafe ich wenig und schlecht, tagsüber falle ich vor Müdigkeit um. Die Lage zu Hause hat sich nicht verändert, eigentlich ist es schlimmer geworden, denn meine Schwester braucht die allergrößte Aufmerksamkeit, und meine Ängste werden immer größer. Oft vergehen ganze Tage, ohne dass meine Eltern überhaupt von mir Notiz nehmen. Wenn ich ausgehe, machen sie keine großen Einwände mehr, und was noch viel beunruhigender ist, sie fragen nicht mal mehr, mit wem ich mich treffe und wann ich wiederkomme. Neulich habe ich ein bisschen mit meiner Mutter gestritten, denn ich hatte vergessen, Windeln zu kaufen. Und heute hatte sie es wieder auf mich abgesehen, weil ich mit der Tür geknallt und damit Giulia aufgeweckt habe.
Ich weiß ganz genau, dass ich mir das nicht zu Herzen nehmen sollte, aber es ist nicht einfach, sich an all das hier zu gewöhnen. Vorher stand ich immer im Mittelpunkt all ihrer Aufmerksamkeit und ihrer Gespräche, nichts blieb ihnen verborgen. Wenn ich nervös nach Hause kam, dann hat meine Mutter das sofort bemerkt und mich gefragt, was denn los wäre. Jetzt sind beide ganz zerstreut. Heute Morgen habe ich meinem

Vater von dem Englischtest erzählt, als meine Mutter mit Giulia reinkam. Er hat dann völlig vergessen zu fragen, wie ich abgeschnitten habe. Früher hätte es so etwas nie gegeben.

Und Marco ist mir in diesem Fall auch keine große Hilfe. Immer verteidigt er meine Eltern, und das macht mich wütend. Warum haben immer die anderen recht? Können die nicht auch mal Fehler machen? Aber so ist er nun mal: Eltern werden nicht kritisiert. Ich bin echt neugierig, ob es irgendetwas gibt, was ihn so richtig zur Raserei bringt und weshalb er mit seinen Eltern streiten würde.

Mein Handy klingelt. Marta.

»Hallo, wie geht's?«

»Fürchterlich. Ich hab schon wieder mit meiner Mutter gestritten und türenknallend das Haus verlassen.«

»Und wo bist du jetzt?«

»Ich bin mit Giacomo zusammen. Heute Abend geh ich nicht nach Hause.«

»Marta, übertreib mal nicht. Willst du bei mir schlafen?«

»Ehrlich gesagt, fahre ich mit ihm aufs Land. Wir wollen dort übernachten.«

Mir stockt das Blut in den Adern.

»Marta, mach keinen Blödsinn. Am Ende wird sich schon alles wieder hinbiegen. Sie sind einfach noch sauer auf dich. Mach die Sache nicht noch schlimmer.«

»Jetzt halt du mir nicht auch noch eine Predigt«, antwortet sie spitz. Sie ist auf dem Kriegspfad.

»Marta, bitte, hör mir zu. Komm her und wir reden.«

Aber es nützt nichts. Wenn sie sich einmal entschieden hat, dann kann nichts und niemand sie umstimmen.

»Wenn du das also wirklich willst … dann sag deinen Eltern wenigstens, dass du bei mir schläfst.«

Sie schweigt, doch schließlich stimmt sie zu.

Ich klappe das Handy zu und lege mich aufs Bett. Marta hat also beschlossen, dass heute ihr großer Tag sein wird, ihr erstes Mal. Irgendwie bin ich ganz kribbelig deswegen, gleichzeitig scheint sie mir die ganze Sache nicht mit der richtigen Einstellung anzugehen. Hoffentlich macht sie das nicht nur, um es ihren Eltern heimzuzahlen. Aber manchmal benimmt sie sich wie ein wild gewordenes Pferd.

Ich stehe auf und gehe in das Schlafzimmer meiner Eltern, wo Giulia friedlich in ihrem Bettchen schläft. Sie trägt einen kanariengelben Strampelanzug mit einem Entchen vorne drauf. Die Lippen sind leicht geöffnet, während sie die Händchen neben dem Gesicht zu Fäusten geballt hat. Wann kann ich mit ihr reden? Ob wir jemals Freundinnen werden? Werden wir uns ähnlich sein?

Als ich mich umdrehe, lehnt meine Mutter am Türpfosten.

»Schläft sie?«

»Ganz friedlich«, antworte ich und fühle mich ertappt.
»Hoffentlich schläft sie diese Nacht mal durch«, sagt sie und setzt sich aufs Bett.
Ich sehe meine Mutter genauer an. Ihr Gesicht ist verzerrt und die Haare sind zerzaust. Ihr Bauch ist zum Glück wieder vollständig verschwunden, und sie hat fast ihre ursprüngliche Figur wieder. Aber ihre Augen schauen zerstreut, oder vielleicht ist sie auch nur erschöpft.
»Bist du müde?«, frage ich und setze mich neben sie.
»Ziemlich. Ich hätte Lust, mal wieder was zu unternehmen. Seit der Geburt war ich nur draußen, um Giulia im Kinderwagen rumzuschieben. Ich würde gern mal was anderes machen.«
»Warum gehen wir dann heute Abend nicht zusammen weg? Giulia bleibt bei Papa, und wir gehen ins Kino. Wäre das nicht schön? Nur du und ich.«
Sie sieht mich an, und für einen Augenblick leuchten ihre Augen.
»Das ist eine verlockende Idee. Okay, später sag ich deinem Vater Bescheid.«

Ich setze mich wieder an die Hausaufgaben. Mit Englisch und Latein bin ich noch im Rückstand.
Glücklicherweise werde ich rasch damit fertig. So kann ich zu Marco, während seine Eltern noch bei der Arbeit sind.

Er sitzt in seinem Zimmer vor dem Computer und surft im Internet.
»Was suchst du?«
»Ich muss eine Recherche für Philosophie machen«, sagt er und starrt weiter auf den Monitor.
Ich umarme ihn von hinten und küsse ihn auf den Hals. Er riecht nach frischem Duschgel.
Der italienische Idealismus lautet der Titel, der auf dem Bildschirm flimmert.
»Das hört sich aber nicht sehr spannend an.«
»Da bin ich ganz deiner Meinung«, erwidert er, während er sich gegen mich lehnt und sich zufrieden meinen Küssen hingibt.
Ich setze mich auf seinen Schoß und küsse ihn auf die Lippen. Wie der Wolf aus Rotkäppchen komme ich mir vor, ich könnte ihn mit einem Happs verschlingen. Seine Wangen sind leicht gerötet, vielleicht von der heißen Dusche.
Er umarmt mich fest, und ich drücke das Gesicht an seine Brust. Dann schiebe ich die Hände unter sein Hemd und streichele seinen Rücken. Er verspannt sich.
»Setzen wir uns doch aufs Bett«, schlägt er vor.
Während ich ihn weiterküsse, nicke ich.
»Ich möchte aber nicht so enden wie Marta und Giacomo.«
Er lacht belustigt.
»Das war wirklich eine peinliche Nummer. Das Ge-

schrei meiner Mutter hat man bis auf die Straße gehört. Aber heute besteht keine Gefahr. Es ist viel zu früh. Die sind noch bei der Arbeit«, erklärt er.
Inzwischen stehen wir voreinander. Wir verschlingen uns mit den Augen. Dann gibt er mir einen Schubs, und ich lasse mich in die Kissen fallen.
Ich schließe die Augen, während er mich zärtlich streichelt. Mit den Fingern streicht er über meinen Arm, dann über den Hals, dann hinunter und öffnet meine Jacke. Wir ziehen die Hosen aus, und bei der Berührung seiner nackten Beine bekomme ich eine Gänsehaut.
»Ist dir kalt?«
»Ein bisschen.«
Er hebt die Bettdecke, und wir schlüpfen darunter. Wohlige Wärme umgibt mich, während wir uns erneut küssen. Ich umarme ihn fester, er spielt mit meinen Haaren. In mir überschlagen sich die Gefühle, und ich gebe mich ihnen hin. Sein Körper, seine Haut, seine Zärtlichkeiten: Ich möchte mehr davon, aber die Angst verhindert, dass ich weiter gehe. Und er zögert so sehr, ist so unsicher, dass er mich kaum berührt. Doch jetzt wird er selbstbewusster, versucht, die Hand unter meinen BH zu schieben. Ich rutsche weg, entkomme seiner Berührung, doch dann rücke ich wieder an ihn heran.
»Vale, du machst mich ganz verrückt. Deine Haut ist so weich und zart«, flüstert er.

Ich öffne die Augen und blicke in seine, ich lächele und ziehe ihn an mich.
»Du willst mich also umbringen.«
Belustigt schaue ich ihn an, während wir unsere Beine verknoten. Er atmet schwer, als seine Hände unter den BH gelangen, und mein Herz macht einen Sprung. Verlegen ziehe ich seine Hand weg.
»Ach komm, nur ein bisschen. Ich schwöre, ich gehe nicht weiter«, fügt Marco mit erstickter Stimme hinzu.
Aber ich möchte, dass er weiter geht. Ich will, dass er mich übergeht!
Bereitwillig lasse ich zu, dass er mein T-Shirt hochschiebt und meinen Bauch küsst. Tausend Schauer durchzucken wie Blitze meinen Körper. Ich gebe mich dieser leichten Berührung hin, seinen Küssen. Unsicher spielt er mit meinem Slip, traut sich nicht weiter. Tausend sonderbare Gedanken vernebeln mir das Hirn.
»Warum tun wir es nicht?«, fragt er plötzlich und sieht mich sehnsuchtsvoll an.
»Ich weiß nicht, das heißt … es ist, dass … vielleicht … ich fühle mich noch nicht dazu bereit«, stottere ich, auch wenn mein Körper etwas anderes ausdrückt. Doch durch seine schüchterne und unbeholfene Art fühle ich mich noch unsicherer. Ich möchte … keine Ahnung, was ich möchte, vielleicht mehr Sicherheit, mehr Erfahrung auf seiner Seite, damit mir das alles

nicht so peinlich ist. So wie er sich anstellt, habe ich nicht den Eindruck, dass er es schon mal gemacht hat. Vielleicht hat Marta sich ja geirrt.

»Und wann bist du dazu bereit?«, will er wissen.

»Was weiß denn ich! In einer Woche, in einem Monat, in zwei Monaten«, antworte ich kichernd, um meine Verlegenheit zu überspielen.

»Veralbere mich nicht. Ich sage das nicht, um dich zu drängen. Es ist nur, dass ich verrückt werde … nenn mir ein Datum, denn ich will, dass es etwas ganz Besonderes wird«, fährt er fort und knabbert an meinem Hals.

»Aber ich kann dir doch nicht einfach ein Datum nennen!«

»Bitte«, er blickt mich flehentlich an.

Ich denke darüber nach.

»Januar.«

Er schaut erstaunt.

»Januar???«

»Nein, besser Februar. Genau. Wir machen es am Valentinstag.«

An seinem Blick erkenne ich, dass es für ihn eine Ewigkeit ist, aber er fängt sich sofort.

»Dann also am 14. Februar«, bestätigt er feierlich. Er stellt sich im Bett auf, hebt die Arme zum Himmel und deklamiert: »Ich werde widerstehen, und jener ferne Tag wird wunderschön!« Dann lässt er sich neben mich fallen.

Manchmal ist er ganz schön bekloppt, aber ich liebe ihn trotzdem.

Schnell laufe ich die Treppen in Marcos Haus hinunter. Es ist halb acht. Ich muss mich beeilen, sonst wird es zu spät für das Kino mit meiner Mutter. Und mir liegt so viel daran!
Endlich sie und ich alleine, ich freue mich so sehr. Während ich die Straße überquere, fällt mir ein, dass wir auch Pizza essen gehen könnten. Für mindestens zwei Stunden habe ich meine Mutter ganz für mich allein. Immer zwei Stufen auf einmal springe ich die Treppe hoch. Ich will heute Abend nicht zu spät kommen. Vielleicht muss ich ihr noch was helfen, bevor wir weggehen. Sie soll den Film aussuchen, damit sie nicht etwas kucken muss, was sie langweilt. Sie hat immer so einen schwierigen Geschmack. Als ich die Wohnung erreiche, merke ich, dass die Zeit nicht für Pizza reicht. Schade, sonntags haben wir uns oft ein Stück Pizza auf die Hand geholt und einen Kinofilm gekuckt, das hat immer so viel Spaß gemacht! Ich drehe die Schlüssel herum und springe sofort in mein Zimmer. Jacke aus, dann laufe ich ins Schlafzimmer.
Es ist leer. Ich mache kehrt und rufe auf dem Weg zur Küche nach meiner Mutter. Keine Antwort. Auf dem Tisch liegt ein Zettel.

Ich bin mit Giulia spazieren. Ich gehe bei Martas Tante vorbei und weiß nicht, wann ich zurück bin. Wenn du Hunger hast: Im Kühlschrank liegen Hackbällchen mit Tomatensoße. Papa kommt auch bald nach Hause. Ich hab dich lieb.
Mama

Ich setze mich und lese den Zettel nochmal. Meine Augen fangen leicht an zu brennen. Sie kann es doch nicht vergessen haben. Vielleicht hat Papa gesagt, dass er heute Abend zu müde ist, und hat es einfach auf morgen verschoben. Ich sehe zum Kühlschrank. Dort hängen ein paar Fotos: Ich als Neugeborene, ich am Meer beim Burgenbauen, meine Eltern in den Bergen, ich auf dem Arm meines Vaters. Ich reiße den Blick los. Sie hat es bestimmt nicht vergessen, dafür gibt es sicher eine Erklärung. Ruhe bewahren und abwarten, bis sie zurückkommt. Natürlich hätte sie mir auch Bescheid sagen können. Mit dem Zettel in der Hand gehe ich in mein Zimmer, ich klettere auf mein Hochbett, dann strecke ich mich aus. Nur nichts überstürzen, Vale, nur nichts überstürzen. Es gibt bestimmt eine Erklärung, nur die Ruhe. Es ist nicht so, wie du denkst, sie hat dich nicht vergessen.
Schritte reißen mich aus meinem Stumpfsinn, mein Vater ist zurück.
»Schläfst du?«, fragt er, als er den Kopf durch die Tür steckt.
»Nein. Mama und Giulia sind bei Martas Tante.«

»Ja, ich weiß, sie hat mich angerufen und mir Bescheid gesagt.«

Das Gefühl von Übelkeit wird stärker.

»Aber hat sie dir nicht erzählt, dass wir zusammen ins Kino wollten, während du auf Giulia aufpasst?«

Während ich auf die Antwort warte, halte ich automatisch die Luft an.

»Nein, davon hat sie nichts gesagt. Vielleicht war sie zu sehr mit Giulia beschäftigt und es ist ihr entfallen. Ihr geht einfach ein anderes Mal. Ich mach uns jetzt was zu essen.« Dann verschwindet er.

»Ich hab keinen Hunger«, brülle ich hinter ihm her.

Nachdem ich im Bad war, kehre ich leise in mein Zimmer zurück, lege mich wieder aufs Bett und will gerade eine SMS an Marta schicken. Da fällt mir ein, mit wem sie in diesem Moment zusammen ist und was sie gerade zu tun gedenkt. Also lasse ich es bleiben und lösche das Licht.

»Du hast mich nicht mehr lieb, so sieht's doch aus!«, schreie ich meine Mutter hysterisch an.

»Vale, was sagst du da bloß?«, antwortet sie bestürzt.

Heute Morgen bin ich extrem deprimiert aufgestanden. Meine Eltern sind offensichtlich lieber mit Giulia zusammen als mit mir. Ich bedeute ihnen nichts mehr.

Beim Frühstück habe ich nicht mit ihnen reden können. Ich bin so wütend gewesen, dass ich gerade ein-

mal gegrüßt habe und geflüchtet bin, noch bevor ich die Cornflakes aufgegessen habe. Anders als gedacht, bessert sich die Lage im Laufe des Vormittags auch nicht, selbst die Enttäuschung verfliegt nicht.
Und als meine Mutter beim Mittagessen fragt, was ich denn habe, weil ich so schweigsam sei, kann ich mich nicht mehr zurückhalten und raste aus.
»Es ist die Wahrheit. Wollten wir gestern nicht zusammen ins Kino?«, frage ich sie und hebe herausfordernd das Kinn.

Ihr Gesichtsausdruck verändert sich schlagartig.
»Gott, Vale, du hast recht. Das habe ich komplett vergessen. Entschuldige, Schatz, aber das war keine Absicht. Ich dachte nicht, dass …«
Ich lasse sie nicht ausreden.
»Früher wäre dir so was nie passiert. Du und Papa, ihr kümmert euch gar nicht mehr um mich. Ihr fragt nicht, wie es in der Schule läuft, mit wem ich weggehe, wann ich wiederkomme. Oder wie ich mich fühle, ob ich noch mit Marco zusammen bin. Vielleicht habe ich ja einen neuen Freund, und ihr wisst es gar nicht. Vielleicht bin ich ganz schlecht in der Schule. Ihr fragt mich nur, wenn ich Milch für Giulia holen soll, wenn ich Giulias Windeln wechseln soll. Ich soll nicht schreien, weil Giulia schläft, soll nachsehen, ob Giulia etwas braucht … und ob ich etwas brauche? Die Wahrheit ist doch, dass ihr euch überhaupt nicht mehr für mich interessiert!«

Meine Mutter sieht mich stumm an.

»Ich hab versucht, geduldig zu sein. Habe gedacht, dass es nur eine Phase ist, aber jetzt geht das schon zwei Monate. Das habt ihr mir nicht gesagt, dass es so laufen würde.«

»Es schmerzt mich, dass du so etwas sagst, Vale. Das tut mir leid. Wir haben dich immer noch lieb, da hat sich nichts geändert. Aber jetzt bist du nicht mehr allein. Du hast eine Schwester. Und da ist es klar, dass du mit ihr alles teilen musst.«

»Aber ich will nicht, ich will nicht. Das ist alles ihre Schuld. Ich hasse dich, ich hasse dich.« Ich bin außer mir, als meine Mutter plötzlich aufspringt und mich umarmt.

»Schschsch, sag das nicht«, erwidert sie und streicht mir über den Kopf. Aber ich winde mich aus ihrer Umarmung und laufe heulend in mein Zimmer.

Das Weihnachtsgeschenk

Noch immer bin ich sauer auf meine Eltern. Und seit dem Streit mit meiner Mutter gehe ich nicht mehr in ihr Zimmer, um Giulia zu begrüßen. Neulich habe ich sogar vor lauter Wut den Beutel genommen, in dem ich Spielzeug und Kleidung für sie gesammelt habe, und habe ihn in die Mülltonne vor dem Haus geworfen.
Mein Verhalten ist zwar ein bisschen kindisch, aber das ist doch alles ihre Schuld.
Mittlerweile schweige ich schon seit Tagen, und die einzigen Worte, die ich zu ihnen sage, sind »Guten Morgen« und »Gute Nacht«. Papa versucht, netter als sonst zu sein, aber das macht er nur, weil Mama mit ihm gesprochen hat. Und um es ihnen heimzuzahlen, helfe ich ihnen auch nicht mehr: Ich kaufe keine Milch mehr, ich assistiere Papa nicht mehr in der Küche und räume auch nichts mehr auf, abgesehen von meinem Zimmer.
Ich fühle mich elend. Es ist, als hätte ich ganz plötzlich die Orientierung verloren. Das Verhältnis zu meinen

Eltern war immer mein Rückhalt, und ich war stolz darauf. Es ist unglaublich, dass sie mich einfach so zur Seite schieben.

Auch meine Beziehung zu Marco hat sich verändert: Ich bin nicht mehr so fröhlich wie früher. Unvermittelt werde ich nervös, bin beleidigt und streite bei dem kleinsten Anlass mit ihm. Er weiß schon gar nicht mehr, wie er sich verhalten soll, wenn wir zusammen sind. Er bemüht sich, nett zu sein und mich zu trösten, aber anstatt dass es mir hilft, bringt es mich nur weiter auf, so sehr, dass ich selbst auf ihn wütend werde.

Neulich habe ich es tatsächlich geschafft, dass er richtig sauer wurde. Er ließ mich einfach vor dem Kino stehen und ging. Wir wollten einen Film sehen, doch kurz vor Filmbeginn verlangte ich unbedingt noch ein Stück Pizza. Marco wollte mich überzeugen, dass es dafür zu spät wäre, denn wir waren eh schon spät dran, aber vergeblich. Schlecht gelaunt standen wir an der Kasse, und ich beschwerte mich, weil nur noch wenige Plätze in den vorderen Reihen frei waren. Völlig entnervt ließ er mich schließlich dort stehen. Mit einem doppelten Nutella-Crêpe habe ich mich dann bei ihm entschuldigt.

Doch damit nicht genug. Ich bin so mit meinen Problemen beschäftigt, dass ich vollkommen vergessen habe, Marta zu fragen, was mit Giacomo in jener Nacht passiert ist und was aus ihren unversöhnlichen Eltern geworden ist!

Also habe ich heute beschlossen, alles wieder gutzumachen. Ich habe sie gefragt, ob wir zusammen spazieren gehen. Sie ist zum Mittag bei Tante Mapi, und dort werde ich sie abholen. Ich laufe an der Engelsburg vorbei, am Tiber entlang. Nach einem Stück Fußgängerweg erblickt man plötzlich den Petersdom in seiner imposanten Größe. Ziemlich viele Touristen sind unterwegs, vielleicht weil Weihnachten schon vor der Tür steht. Ich beuge mich über die Tibermauer und entdecke einen Jungen in einem Ruderboot auf dem Fluss. Wie eklig. Ich könnte das nicht. Da wird man ja von dem dreckigen Wasser immer ganz durchnässt. Was, wenn jetzt sein Boot kentert und er im Wasser landet? Allein der Gedanke lässt mich schaudern, aber ich muss ein bisschen lächeln. Manchmal bin ich echt gehässig.

»Excuse me, do you know where Piazza Navona is?«, fragt mich eine Frau mit einem Stadtplan in der Hand.

Mit meinem nicht gerade perfekten Englisch versuche ich, ihr den Weg zu beschreiben, und zeige ihr die Richtung. Befriedigt setze ich meinen Weg fort, doch gleich darauf sehe ich, wie dieselbe Person einen anderen Herren fragt. Neeein, das gilt nicht, ich war so stolz auf mich! Ich verschwinde rasch und biege in die Via della Conciliazione ein, die direkt auf den Petersdom zuführt. Diese Straße mag ich gar nicht. Sie ist viel zu breit, anonym und kalt. Und dann gibt es nur diese Touristenläden, voller Postkarten, Heiligenbildchen, Mini-Petersdomen, Madonnen, Glücksbringern, Kerzen, Münzen und dem ganzen Zeug. Ich biege nach rechts ab und durchquere ein Tor in der alten Stadtmauer des Vatikans. Ich bin schon fast am Haus von Tante Mapi, als mich etwas am Kopf trifft. Ich sehe hoch, entdecke aber nichts. Ich fasse an die getroffene Stelle und ... iiihhh, wie widerlich, Vogelschiss! Bääääh! Genau auf die Haare musste mir dieses Zeug fallen. Angeekelt gucke ich auf meine schmutzige Hand. Mit der sauberen öffne ich den Rucksack und fummele ein Taschentuch heraus. Der Gestank steigt mir in die Nase, ich muss mich fast übergeben. Eine Frau mit ihrem Sohn an der Hand überholt mich. Der Junge dreht sich um und lacht mich aus. Verärgert mache ich eine Geste, als bewerfe ich ihn mit dem Dreck, er erschrickt, stolpert, die Mutter fängt ihn auf. Das ist echt nicht mein Tag heute, auch wenn manche behaupten, dass Vogelschiss Glück bringen soll.

Ich klingele bei Tante Mapi und gehe hinauf.

»Vale, wie hübsch du bist. Komm rein. Häng die Jacke auf. Marta ist kurz rausgegangen, um mir Kaffee zu holen. Meiner ist alle, und ohne kann ich einfach nicht sein. Möchtest du ein Stück Brombeerkuchen? Den hat die Frau aus dem ersten Stock gemacht. Du solltest ihn probieren, der ist echt lecker«, plappert sie lachend.

»Danke, aber zuerst muss ich unbedingt ins Bad. Eine

Taube hat mir was hinterlassen.« Ich zeige auf Haare und Hand.

Sie lacht amüsiert und zieht die Nase kraus. Nachdem ich die Haare gereinigt habe, setze ich mich zu ihr, aber der Gestank klebt immer noch an mir. Ein Stück Kuchen muss als Ablenkung herhalten. Er schmeckt super, und ohne es zu merken, verdrücke ich das halbe Backwerk.

»Neulich habe ich endlich mal deine Schwester Giulia gesehen.«

Als Antwort knurre ich nur. Es gibt kein Entrinnen, meine Schwester verfolgt mich, und das schon jetzt, obwohl sie erst seit so kurzer Zeit auf der Welt ist.

Tante Mapi zwinkert mir kurz zu.

»Freust du dich nicht? Ich kann mir schon vorstellen, dass es für dich nicht ganz einfach ist.«

Habe ich mir etwas anmerken lassen? Ich werde rot.

»Ach was. Sie ist ja so süß«, versuche ich, so überzeugend wie möglich zu erwidern. Aber Tante Mapi macht man einfach nichts vor.

Sie setzt sich in einen Wohnzimmersessel mir gegenüber.

»Meine Mutter erzählte mir, dass meine Schwester, als ich geboren wurde, zu einem richtigen Teufel mutierte. Monatelang haben meine Eltern sie nicht an mich herangelassen. Sobald sie Gelegenheit fand, ärgerte sie mich, und einmal hat sie mich sogar gekratzt.«

»Das glaube ich nicht.«

»Aber sicher! Sie war zwar damals gerade erst vier Jahre alt, also noch ganz klein, aber genauso war's. Scheinbar ist das eine ganz natürliche Reaktion. Denk mal, selbst Onkel Giulio hat wieder ins Bett gemacht, obwohl er schon elf war. Er war so geschockt von der Geburt seines Bruders. Seine Eltern hatten ihn aber auch überhaupt nicht darauf vorbereitet. Eines Tages kam er von der Schule wieder und fand diesen Eindringling in seinem Zimmer. Er wäre fast in Ohnmacht gefallen. Dir ist doch nichts Schlimmes zugestoßen, oder?«

Ich mache mich über die letzten Kuchenkrümel auf dem Teller her.

»Nicht mehr als sonst. Ich habe gemischte Gefühle, das bestimmt. Aber ich bin froh, dass sie da ist«, antworte ich und versuche dabei, ernsthaft zu sein. Es nervt mich, zugeben zu müssen, dass ich eifersüchtig bin. Und in Wahrheit bin ich ja auf meine Eltern sauer. Indirekt vielleicht auch auf Giulia, aber nur ganz, ganz wenig.

»Besser so«, antwort sie und schaut mich verständnisvoll an. »Aber wenn dir in den nächsten Monaten so etwas passieren sollte, dann denk dran, dass das ganz normal ist. Du brauchst kein Drama draus zu machen. Denn im Grunde ist es ja ein schönes, wenn auch schockierendes Ereignis. Und es ist sicher nicht leicht, von einem Moment auf den anderen die Liebe deiner Eltern, die bis dahin ausschließlich für dich da waren, mit einem anderen Menschen zu teilen. Aber vergiss nicht, deine Eltern haben dich sehr lieb.«

Während sie redet, sehe ich sie an: Ob meine Mutter mit ihr gesprochen hat? Es scheint fast, als redet sie von dem, was mir passiert ist. Aber das kann gar nicht sein, so oft treffen sie sich nicht. Und meine Mutter ist vor unserem Streit zu ihr gegangen. Das ist bestimmt nur ein Zufall. Vielleicht hat Marta ihr ja was erzählt. Genau in diesem Moment erscheint meine Freundin in der Tür.

»Hallo, Vale, bist du schon lange da?«

»Seit zehn Minuten, gerade lang genug, um den halben Brombeerkuchen zu vertilgen. Jetzt kann ich die ganze nächste Woche Diät halten.«

»Stell dich nicht so an. Dafür war er doch lecker, oder? Aber was stinkt hier so? Riecht ihr das auch?«

Ich fasse mir ins Haar. Gerade heute Morgen hatte ich es gewaschen. Aber Marta entgeht auch einfach gar nichts.

Nach einer Viertelstunde gehen wir los. Wir laufen über die Brücke und schlendern durch die Gassen um den Corso Vittorio Emanuele. Wir reden über die Schule, die Hausaufgaben, über Marco, Giulia, meine Eltern, aber wir vermeiden beide das heiße Thema, Giacomo und ihre Eltern. Am Ende halte ich es nicht mehr aus.

»Also, Marta, spann mich nicht auf die Folter. Das ist nicht deine Art. Was ist denn jetzt passiert?«

»Ehrlich gesagt, dachte ich nicht, dass dich das interessiert.« Sie schmollt ein bisschen. Vielleicht ist sie wirklich beleidigt.

Verlegen beiße ich mir auf die Lippen.

»Es ist nicht, wie du denkst. Ich habe doch gerade so eine schlimme Zeit. Entschuldige, ich gebe ja zu, dass ich es vergessen habe, aber das heißt nicht, dass ich nicht an dich denke.«

Sie schweigt und geht schneller.

Ich warte, dass sie als Erstes etwas sagt, aber nach fünf Minuten hake ich nochmal nach.

»Also, was ist mit Giacomo passiert? Warst du mit ihm im Bett oder nicht?«

Sie sieht mich verunsichert an, dann lächelt sie, und ich bin erleichtert.

»Also?«, bohre ich und nehme sie am Arm.

»Ja, zumindest denke ich das.«

Fragend sehe ich sie an.

»Was heißt ›ich denke‹? Habt ihr oder habt ihr nicht?«

»Sagen wir mal so, technisch gesehen, haben wir es gemacht. Jedenfalls sagt er das. Aber ich war die ganze Zeit so angespannt und habe darauf gewartet, dass nun etwas ganz Besonderes passieren würde. Aber so war es nicht. Vielleicht war ich auch einfach nur zu nervös und hab dann gar nichts mehr mitbekommen.«

Sie sieht enttäuscht aus. Nein, nicht enttäuscht, verärgert. Ja, verärgert, dass all die Phantasien zu diesem

Thema, alle Vorhersagen, Träume und Vorstellungen so grausam zerstört worden sind.

»Und wie fühlst du dich jetzt?«

»Genauso wie vorher.«

Also ist alles nur Betrug? Wenn am Ende doch nichts Besonderes passiert, warum wird dann immer so viel Geheimniskrämerei um dieses Thema betrieben? Was bedeutet es dann eigentlich? Vielleicht ist es nur symbolisch … was sage ich da! Natürlich passiert da wirklich was!

»Hat Giacomo dich enttäuscht?«

»Nein, er hat damit gar nichts zu tun. Es ist nur dieses sonderbare Gefühl, das man hat. So wie man sich selbst wahrnimmt, davor und danach, das ist total identisch. Doch davor bist du das eine und danach das andere. Irgendwie ist es total dumm und gleichzeitig auch wieder nicht.«

Schweigend laufen wir durch die Gassen, biegen dann ab und stehen schließlich unvermittelt vor dem Pantheon. Aber es sind so viele Menschen dort, dass wir wieder umdrehen und in der nächsten Gasse verschwinden.

»Aber bist du denn trotzdem froh, es gemacht zu haben, oder bereust du es?«

»Nein, ich bereue es nicht. Giacomo war so liebevoll, aufmerksam und zärtlich. Es ist einfach nur so, dass ich dachte, dass es anders wäre.«

»Wie anders?«

»Ich weiß nicht. Aber stell dir die Situation mal vor. In dem Augenblick, wo du Ja sagst, weißt du, es wird passieren. Es ist nicht mehr ›diese Sache da‹, aber eigentlich versteht man es gar nicht richtig. Du fühlst dich etwas unwohl, es tut etwas weh, aber du weißt nicht, ob es das ist, was du fühlen solltest oder womöglich etwas anderes. All deine Sinne sind so angespannt, in dem Moment alles mitzubekommen, und eine Sekunde später ist alles schon vorbei.«

»Vielleicht hängt es davon ab, mit wem man es macht. Oder es war noch nicht der richtige Augenblick. Kann das nicht sein?«

Marta zuckt mit den Schultern.

»Ich wollte es mit Giacomo machen, und ich bin froh, dass er mehr Erfahrung hat als ich. Mit einem Gleichaltrigen wäre es eine totale Katastrophe gewesen. Alle beide in der gleichen Situation, nee, lieber einer, der sich nicht so tollpatschig anstellt.«

Ich versuche, mir Marco und mich vorzustellen. Wer weiß, was ich in dem Augenblick empfinden werde. Wird es, wie Marta sagt, eine Katastrophe, weil wir beide zwei vollkommene Trottel sind? Vielleicht schon, aber was soll's? Das Schönste ist doch, sich zu lieben.

»Vielleicht wird es beim nächsten Mal besser. Das ist so was, was mit der Zeit immer besser wird, so wie mit dem Küssen ... meinst du nicht?«, scherze ich, um die Spannung etwas zu lösen.

»Aber das ist doch kein Sport, den man trainiert!«, antwortet sie mit einem Lachen und ist schon wieder etwas mehr sie selbst.
Mittlerweile sind wir zu Hause angekommen.
»Und mit deinen Eltern? Läuft es besser?«, frage ich sie.
»Hm, im Moment gehen wir uns aus dem Weg. Ich rede weiterhin nicht mit ihnen, außer dem Notwendigsten. Und sie reiten im Augenblick nicht weiter auf dem Thema Giacomo herum.«
»Was hält er denn von der ganzen Sache?«
»Es tut ihm leid für mich«, antwortet sie betrübt.
Schwungvoll umarme ich sie.
»Nimm es dir nicht zu Herzen. Eltern verstehen uns sowieso nie ganz«, dabei muss ich an meine denken.
»Stimmt. Nur Marco ist immer mit ihnen einer Meinung«, fügt Marta hinzu.
Ich ziehe ein Gesicht, um zu sagen, dass das allerdings auch nicht normal ist. Dennoch ist mir mittlerweile klar, dass er der perfekte Freund ist!
Wir verabschieden uns, und während ich die Treppen hinaufsteige, denke ich an die Weihnachtsferien, die demnächst beginnen. Endlich. Dieses Jahr habe ich sie echt nötig. Auch wenn mir bei dem Gedanken, zwei Wochen mit der ganzen Familie zu Hause zu sein, etwas mulmig wird. Lieber nicht darüber nachdenken. Das Einzige, was zählt, ist, dass ich mehr Zeit mit meinem Liebsten verbringen kann.

Morgen ist der letzte Schultag, und die Lage mit meinen Eltern hat sich noch verschärft. Schon komisch, dass sich sowohl Marta als auch ich in einer ähnlich schwierigen Situation mit unseren Eltern befinden, auch wenn die Gründe dafür verschieden sind. Ich rede weiterhin wenig und ignoriere Giulia vollständig. Aber das ist anstrengend. Manchmal, wenn ich am Schlafzimmer meiner Eltern vorbeikomme, luge ich hinein und hoffe, sie zu sehen. Meine freie Zeit verbringe ich fast ständig draußen, oder ich schließe mich in meinem Zimmer ein.

Heute haben sie jedoch darauf bestanden, dass ich mit ihnen zu Abend esse, sie wollen über die Weihnachtsferien reden. Hoffentlich wollen sie nicht irgendwohin fahren. Ich bin nervös, aber das bin ich ja schon seit einiger Zeit.

Manchmal denke ich an die gute Beziehung, die ich zu meinen Eltern hatte, bevor Giulia geboren wurde. Bin ich es vielleicht, die es übertreibt? Kann es wirklich sein, dass ich auf die Kleine eifersüchtig bin? Ich bereue es, dass ich meiner Mutter all die schlimmen Sachen an den Kopf geworfen habe, und so anstrengend war es auch nicht, ihr ein bisschen zu helfen. Aber ich kann nicht einfach wieder umkehren. Denn gewisse Dinge habe ich nun mal gesagt, und die vergisst man nicht so einfach. Natürlich könnte ich aufhören, so ätzend zu sein, wie mir so ganz charmant Marta zu verstehen gegeben hat. Ganz zu schweigen von Marco, der mir zwar immer noch nicht widersprechen will, sich neuerdings aber beschwert, dass ich so reizbar geworden bin.

Mühsam krieche ich vom Hochbett runter und schaue aus dem Fenster: Es regnet, und der Himmel ist komplett grau. Wenn es wenigstens schneien würde, aber dafür ist es leider nicht kalt genug. Dieses Jahr haben wir noch nicht mal einen Tannenbaum, denke ich, während ich meine Sneakers zubinde. Verdammt, das fällt mir jetzt erst auf. Dabei war es immer so aufregend, zusammen mit Papa den Baum zu kaufen und ihn im Wohnzimmer so aufzustellen, dass man ihn schon von der Eingangstür sehen konnte. Die Lichter am Baum haben mich immer unglaublich fasziniert. Schon als kleines Mädchen verbrachte ich Stunden im Dunkeln vor dem beleuchteten Weihnachtsbaum und betrachtete die blinkenden Lichter: Erst leuchteten die Glöckchen, dann die Sterne, dann die Häuschen und schließlich die Kerzen. Und sobald ich glaubte, die Reihenfolge zu kennen, änderten sie ihren Rhythmus und fingen alle gleichzeitig an zu flimmern wie ein Orchester.

In der Küche schneidet mein Vater gerade Zucchini klein. Für ihn muss das eine sehr anspruchsvolle Arbeit sein. Er nimmt eine nach der anderen, legt sie aufs Brett, schneidet sie einmal der Länge nach durch, dann die beiden Hälften noch einmal der Länge nach, und schließlich schneidet er sie in lauter kleine Würfel. Doch das Absurde daran ist, dass bei ihm diese Würfelchen alle gleich groß werden müssen. Also braucht er für jede Zucchini etwa zehn Minuten. Ich lächele, da ich mich unbeobachtet fühle.

»Soll ich dir helfen?«, frage ich ihn und bemühe mich, nett zu sein. Schließlich kann ich vielleicht auch mal ein Zugeständnis machen.

»Ja, danke. Siehst du mal nach dem Nudelwasser? Heute Abend gibt es Penne mit Zucchini«, erklärt er zufrieden.

»Lecker, und dann?«

»Na ja, das ist quasi das Hauptgericht. Danach dachte ich an ein Omelett mit Kartoffeln. Was hältst du davon?«

»Ist okay. Soll ich den Tisch decken?«

»Wie wäre es, wenn wir heute im Wohnzimmer essen?«

Ich sehe ihn erstaunt an. Sonderbar, normalerweise essen wir lieber in der Küche. Da ist es gemütlicher und auch praktischer, denn es ist gleich alles griffbreit.

Ich will schon was entgegnen, doch dann lasse ich es, und zwanzig Minuten später sitzen wir drei am Esstisch. Giulia schläft friedlich, nach Aussage meiner Mutter. Während wir essen, beobachte ich die beiden verstohlen. Sie haben immer noch Augenringe. Auch heute Nacht hat meine Schwester sie nicht schlafen lassen.

»Morgen ist also dein letzter Schultag. Freust du dich?«, fragt mein Vater.

»Ja, sehr.«

»Hast du in den Ferien irgendwelche Hausaufgaben auf?«, will meine Mutter wissen.

»Ziemlich viele sogar, das sind immerhin zwei ganze Wochen«, erkläre ich.

»Hör mal, wir haben ein Weihnachtsgeschenk für dich …«, fährt mein Vater fort.

Jetzt wird's interessant.

»Ach ja?«

»Ja, und wir denken, dass du es gleich bekommen solltest«, beendet meine Mutter den Satz und zieht einen Umschlag mit einer Schleife hervor. Sie legt ihn mir auf den Teller.

Ich starre ihn an und habe nicht den Mut, ihn aufzumachen. Ein sonderbares Gefühl durchzieht mich. Warum haben sie nicht bis Weihnachten gewartet? Was ist das? Doch dann lasse ich mich von ihrer Begeisterung anstecken, löse mit zitternden Händen die Schleife und versuche, den Umschlag vorsichtig zu öffnen, ohne dass er zerreißt.

Eine Weihnachtskarte. Ich bin ratlos. Ich öffne sie und lese:

Liebe Vale,
die vergangenen zwei Monate müssen für dich sehr schwierig gewesen sein, und wir haben sehr gelitten, dass du so

nervös und unglücklich warst. Daher haben wir beschlossen, dir einen zweiwöchigen Urlaub in London zu schenken. Ja, du hast richtig gelesen, genau in der Stadt, von der du immer gesagt hast, dass du sie so magst. Gefällt dir das? Die Abreise ist an diesem Sonntag. Aus diesem Grund bekommst du dieses Geschenk schon jetzt und nicht an Weihnachten. Du wirst bei Mrs Norton wohnen, einer netten englischen Lady, die gleich im Zentrum wohnt, in South Kensington. Das Entzückende ist, dass sie bereits zwei andere Mädchen in deinem Alter beherbergt. So wirst du dich nicht einsam fühlen. Außerdem wird dir Mrs Norton Englischunterricht geben. Ist das nicht phantastisch? Du hast doch immer gesagt, dass du diese Sprache besser beherrschen möchtest, für all deine geplanten Reisen. Also, dies ist deine große Chance!

Wir hoffen, dich damit glücklich zu machen!

Alles Liebe

Frohe Weihnachten

Mama und Papa

Stille. Noch immer halte ich den Brief in den Händen, aber ich bringe keinen Ton heraus. Ich möchte schreien, ja, lauthals schreien, aber ich kann nicht. Mein Magen hat sich zusammengezogen, und Tränen steigen in mir auf. Krampfhaft bemühe ich mich, sie zurückzuhalten. Doch sie machen, was sie wollen.

Warum? Warum? Was habe ich Böses getan? Wie kommen sie nur auf die Idee, mir so ein schreckliches

Geschenk zu machen? Zwei Wochen alleine in einer Stadt, die ich nicht kenne!

Aaaah … ich schreie, doch mein Mund bleibt stumm. Also stimmt es, ich habe nicht übertrieben. Jetzt, wo Giulia da ist, wollen sie mich nicht mehr um sich haben. Ich werde abgelegt wie ein altes Kleidungsstück. Das Leben ist so ungerecht, und ich habe auch noch bereut, was ich in den vergangenen Tagen gesagt habe. Ich spüre, wie die Wut in mir hochsteigt. Ich bemühe mich, sie zurückzuhalten, doch gleich explodiere ich.

»Ich will da nicht hin«, das ist alles, was ich sagen kann.

Meine Eltern werfen sich einen Blick zu.

»Vale, vielleicht hast du nicht richtig verstanden. Das sind zwei Wochen London. Die Stadt, die du so liebst.«

»Doch, das habe ich sehr gut verstanden, zu gut. Ihr schickt mich für zwei Wochen weg, also für die gesamten Weihnachtsferien. Wie seid ihr bloß auf die Idee gekommen? Ohne mich auch nur zu fragen. Und das verkauft ihr mir dann auch noch als einen ganz lustigen Einfall. Tolles Geschenk, Glückwunsch«, kann ich endlich entgegnen, während sich unseligerweise die Augen weiter mit Tränen füllen.

»Aber wir dachten, es wäre eine schöne Überraschung für dich. Das Einzige, was dir vielleicht nicht gefallen könnte, sind die Englischstunden, das wussten wir. Aber der Rest …«

»Tja, da habt ihr euch wohl getäuscht. Ich fahre nicht. Ich will da nicht hin.«

»Aber das ist unser Weihnachtsgeschenk«, wirft mein Vater ein.

»Ich will euer Geschenk nicht«, rufe ich außer mir vor Wut und schleudere den Brief auf den Tisch.

»Vale, jetzt gehst du aber zu weit«, sagt mein Vater und steht auf.

»Ich gehe zu weit? Die Wahrheit ist doch, dass ihr euch nicht mehr für mich interessiert, das ist die Wahrheit. Ihr wollt mich doch nur loswerden.«

»Red doch nicht so einen Unsinn. Warum stellst du dich so an? Was ist denn los mit dir? Warum benimmst du dich wie ein kleines Kind?«, greift meine Mutter ein.

Ich glaub's nicht. Ich kann's nicht glauben. Die erste Träne läuft über mein Gesicht. Nein, nein, nein, ich darf nicht weinen, ich will nicht weinen.

»Ich benehme mich gar nicht wie ein kleines Kind.«

»Morgen siehst du die Dinge bestimmt schon ganz anders. Schlaf eine Nacht drüber«, sagt meine Mutter.

»Ich werde meine Meinung nicht ändern. Ich fahre nicht. Behaltet euer Geschenk«, antworte ich und stampfe mit den Füßen auf.

»Vale, jetzt reicht's. Hör auf. Geh auf dein Zimmer. Wir reden morgen in aller Ruhe darüber«, beendet meine Mutter den Streit, während sie aufsteht und den Tisch abdeckt.

»Ihr seid böse, ja genau. Böse und ungerecht«, schreie ich von Schluchzern geschüttelt, und die Tränen rinnen ungebremst über mein Gesicht.
Mein Vater steht auf, umarmt mich fest und küsst mich aufs Gesicht.
»Schschsch, Vale, ganz ruhig. Das soll keine Bestrafung sein. Beruhig dich. Nicht weinen. Es ist nicht so, wie du denkst. Wir wollen dich nicht wegschicken … Wir denken nur, dass eine Luftveränderung dir guttun würde: Du bist so nervös und reizbar. Alles bekommst du in den falschen Hals. Obwohl du doch sonst immer so strahlst, so positiv bist und so fröhlich. Uns ging es sehr schlecht dabei, dich so leiden zu sehen. Wir dachten nicht, dass die Geburt deiner Schwester dich so schockieren könnte. Und wenn wir etwas gemacht haben, was dir wehgetan hat, dann tut es uns leid. Du weißt, dass wir dich lieb haben.«
Worte, nichts als Worte. Tatsache ist, dass ihr mich wegschickt, um in aller Ruhe die Zeit mit Giulia zu genießen, ohne eine störende Nervensäge. Ich befreie mich aus der Umarmung, und ohne ein Wort stürme ich in mein Zimmer und schließe die Tür hinter mir.
Ich werde auf gar keinen Fall gehen: Sollen sie doch denken, was sie wollen. Ich fahre nicht zwei Wochen nach London. Dann verkrieche ich mich unter der Bettdecke.

»Marco, sei nicht immer so rational. Ich möchte dich mal an meiner Stelle sehen. Wie kannst du sagen, dass das eine schöne Erfahrung sein könnte? Ich will nicht fahren, ich denke überhaupt nicht daran. Ich hab keinen Bock, zwei Wochen zu einer Unbekannten nach London zu fahren. Die Reise an sich hätte mir eigentlich gefallen, aber nicht so. Vielleicht in einem anderen Augenblick. Außerdem haben sie mich nicht mal gefragt. Nein, du brauchst das gar nicht so runterzuspielen. In Wahrheit haben sie so gezeigt, dass sie mich nicht mögen und mich überhaupt nicht für voll nehmen.«

Wir sitzen auf einer Bank im Villa-Borghese-Park. Die Kälte kümmert uns nicht. Ich bin niedergeschlagen, und nicht mal Marcos Anwesenheit heitert mich auf. Er hat den Arm um mich gelegt und drückt mich fest an sich.

»Und außerdem scheint es dich überhaupt nicht zu stören, dass wir uns dann zwei Wochen nicht sehen. So gern hast du mich also?«

»Hör auf. Mir wird's bestimmt ganz dreckig gehen. Aber wenn deine Eltern es so wollen, was kann ich da machen?«

Wütend springe ich auf. Verdammt, manchmal könnte ich ihm echt eine knallen.

»Wohin gehst du?«

»Keine Ahnung. Ich muss mich bewegen.«

Tausend Gedanken schießen mir durchs Hirn. Schwei-

gend gehen wir eine Weile nebeneinander her. Ich lausche den Geräuschen, die unsere Schritte auf dem Kies machen. Warum habe ich plötzlich das Gefühl, dass sich die Welt verkehrt herum dreht? Warum fühle ich mich so unwohl? Was geschieht mit mir?
Marco streichelt meine Hand, und ich nehme seine Wärme in mir auf. Ich muss mich auf ihn besinnen. Auch wenn ich mir manchmal wünsche, dass er anders wäre, mutiger und zupackender. Deshalb mag ich ihn trotzdem so sehr, und er hat mich lieb. Es ist nicht richtig, dass ich ihn mit meinen Problemen verschrecke.

»Gibt es etwas, für das du bereit wärst, etwas ganz Verrücktes zu machen?«
»Was ist das denn für eine Frage?«
»Gibt es etwas, für das du dich mit allen anlegen würdest, auch mit deinen Eltern, um es zu bekommen?«
»Für dich würde ich alles tun«, antwortet er wie aus der Pistole geschossen.
»Bis zu welchem Punkt?«
»Ich weiß nicht, worauf du hinauswillst.«
»Würdest du zum Beispiel morgen mit mir abhauen?«
Er bleibt stehen und sieht mir in die Augen.
»Und wohin würdest du gehen? Wir beide allein?«
Wir stehen ganz dicht beieinander. Für den Bruchteil einer Sekunde blickt er mich bestürzt an. Angst, Furcht, Ungläubigkeit? Er sieht erschreckt aus. Ich umarme ihn fest und küsse ihn, denn er rührt mich so.

»Das war ein Scherz«, lache ich, doch ein kleiner Teil von mir ist enttäuscht.
Tja, aber warum? Im Grunde wäre es völliger Irrsinn. Wo könnten wir schon ohne Geld und ohne Ziel hin, so auf gut Glück? Aber es ist schön, ab und zu ein paar verrückte Ideen zu haben. Wenn man sich nicht mal im Geist ein paar Absonderlichkeiten gönnt, wird dann nicht alles unglaublich voraussehbar? Warum gehen wir sonst ins Kino oder lesen ein Buch? Um der Phantasie freien Lauf zu lassen, natürlich.
Ich grübele zu viel. Aber all diese Gefühle sind mir irgendwie zu Kopf gestiegen.
Ich drücke mein Gesicht an Marcos Brust und lasse mich von ihm wiegen. Warum ist nicht alles so perfekt? Warum?

London

Es war nichts zu machen. Meine Eltern haben sich nicht erweichen lassen. Sie haben mir zwar zugehört, wir haben alles nochmal besprochen, wir haben erneut gestritten, doch am Ende war ihre Entscheidung unumstößlich: Ich muss fahren.

Wie ferngesteuert bewege ich mich durch mein Zimmer und fühle mich leer. Den Koffer soll ich packen, aber ich stehe komplett neben mir. Ich kann einfach nicht glauben, was hier geschieht, und morgen fahre ich wirklich los. Im Gegensatz zu Marta liebe ich meine Stadt, den Ort, wo ich und meine Freunde wohnen, aber ich werde einfach so, gegen meinen Willen, in eine fremde Stadt geschickt und muss dort auch noch eine Sprache sprechen, die nicht meine ist. Als Marta davon erfahren hat, war sie noch erschütterter als ich und hat mir geschworen, dass sie alles unternehmen würde, um mich dort mit Giacomo zu besuchen. Wie süß. Das wird natürlich niemals passieren, aber allein, dass sie es vorgeschlagen hat, hebt meine Laune ein bisschen.

Ich breite die Decke über dem Bett aus. Ein Gefühl von Verlassenheit durchströmt mich, und wieder kullern mir die Tränen unerbittlich die Wangen hinunter. Wenn ich jemals Kinder haben sollte, werde ich ihnen so ein Unrecht niemals antun. Ohne ihre Zustimmung werde ich sie nie irgendwohin schicken. Ich setze mich auf den Boden und stecke den Kopf zwischen die Knie. Vor- und zurückschaukelnd bemühe ich mich, die Angst zu vertreiben, die mir immer noch den Magen zuschnürt. Es muss etwas passieren, das vielleicht verhindert, dass ich abreisen muss. Wie soll ich es all die Zeit ohne Marco aushalten? Schon bei dem Gedanken daran fehlt er mir.

Ich stehe wieder auf, ziehe vier, fünf Pullover aus dem Schrank und werfe sie achtlos in den Koffer. Dann noch eine Handvoll T-Shirts und die restlichen Klamotten. Wie ein Automat schmeiße ich alles in den Koffer. Es kommt mir vor, als ob Körper und Geist in entgegengesetzte Richtungen streben.

Zum Glück reise ich nicht allein, was ich schon befürchtet hatte. Mein Vater hat noch ein Flugticket für sich gekauft, um mich zu Mrs Norton zu bringen, mit ihr zu reden und das Zimmer anzuschauen. Am gleichen Abend wird er wieder abreisen. Ist das nicht heftig?

Marco klopft an die Tür, tritt ein und schließt sie hinter sich.

»Hast du schon gepackt?«

Ich nicke und stopfe die letzten Utensilien in eine Tasche. Er umarmt mich von hinten und küsst mich auf den Hals.

»Wie soll ich all die Zeit nur ohne dich überstehen?«, flüstere ich.

»Wir denken nicht darüber nach. Sonst wird es unerträglich. Kann ich dich auf dem Handy anrufen? Hast du dort Empfang?«

O Gott, darüber hab ich gar nicht nachgedacht, aber wahrscheinlich schon. Als wir mit der ganzen Familie mal in Frankreich waren, hat es funktioniert.

»Meine Eltern müssen es mir nur nochmal neu aufladen. Aber vielleicht können wir ein bisschen simsen.«

»Vielleicht solltest du dir mal ein elektronisches Postfach einrichten, meinst du nicht? Wäre doch eine Gelegenheit«, antwortet Marco sarkastisch.

»Warum kommst du nicht mit? Stell dir vor, wir könnten zwei Wochen lang zusammensein.«

»Aber ich habe kein Geld. Und wie soll das mit dem Flugticket gehen und der Unterkunft? Ich kann bestimmt nicht bei dir schlafen.«

Aber das allein ist es nicht. Er würde das nie tun. Verstimmt seufze ich.

»Immer nur Ausreden und Entschuldigungen, nie tust du was. Als Marta davon gehört hat, hat sie sofort gesagt, dass sie mich besuchen wird. Bei dir heißt es immer nur ›Ja, aber …‹. Noch nie hast du gesagt ›Ich versuche es‹ oder ›Ich denke mir was aus‹. Vielleicht kennst du ja jemanden in London, bei dem du übernachten könntest, einen aus der Schule oder der Wasserballmannschaft. Und Flüge kosten heutzutage auch nicht mehr die Welt. Aber du sagst grundsätzlich nur ›Nein, tut mir leid, aber ich kann nicht‹.«

Er lässt mich los und sieht genervt aus.

»Hör auf, mich ständig anzugreifen. Wenn du mich nicht magst, wie ich bin, dann sag es mir. Seit du mit deinen Eltern im Clinch liegst, bist du unausstehlich. Nichts ist dir mehr recht, und du lässt keine Gelegenheit aus, mich zu provozieren. Was habe ich dir denn getan? Was passt dir denn nicht?«

Ich sehe ihn bestürzt an.

»Was mir nicht passt? Machst du Scherze? Hast du vielleicht vergessen, dass ich morgen für vierzehn Tage wegfahre? Meine Eltern haben beschlossen, mich vor die Tür zu setzen, ohne mich zu informieren.«

»Mach doch nicht so ein Drama draus! Das stimmt doch gar nicht. Sie schicken dich über Weihnachten und Neujahr ins Ausland. Außerdem hast du selbst befürchtet, dass du die ganzen Feiertage mit ihnen verbringen musst. Und seit einer Woche erzählst du mir ständig, dass du sowieso so lange wie möglich von Zuhause wegbleibst, nur um nicht mit ihnen zusammen zu sein.«

»Was hat das damit zu tun? Das ist was ganz anderes. Und außerdem hätten sie mich fragen können«, antworte ich gekränkt.

Er seufzt und streicht sich mit der Hand durch die Haare.

»Ich hab keine Lust, mich mit dir zu zoffen, das ist doch irre. Ich bin immer so happy, wenn ich dich treffe und dich spüre. Bitte, mach das nicht alles kaputt. Ich habe echt keinen Bock, einen Tag vor deiner Abreise zu streiten.«

Und mit einem Sprung ist er wieder bei mir und zieht mich an sich.

»Ich werde hier auf dich warten, ich werde die Tage bis zu deiner Rückkehr zählen und werde verrückt bei dem Gedanken, dass du ganz weit weg bist. Wer weiß, was du alles erleben wirst, wie viele Jungs du kennenlernst. Versprich mir, dass du mich nicht vergisst.«

Ich drücke das Gesicht an seinen Hals und umarme ihn. Sein Rasierwasser riecht nach Pinien und Kräutern. Ich will nicht fahren, ich will ihn nicht loslassen, um nichts in der Welt. Ich möchte … ich möchte, dass er mich nimmt und weit weg bringt, an einen Ort, wo wir uns für immer lieben können. Ich wünschte, ich hätte es schon getan, ja, genau diese Sache da. Ich wünschte, ich hätte es getan. Ich möchte es jetzt tun. Das ist zwar verrückt, aber ich möchte mich noch enger mit ihm verbunden fühlen. Und ich möchte ihn spüren lassen, wie sehr ich ihn liebe, wie verrückt ich nach ihm bin. Außerdem habe ich Angst – Angst, dass diese Trennung etwas ändern könnte. Und wenn er mich nicht mehr liebt, wenn ich wiederkomme?

Wenn er in der Zwischenzeit eine andere kennenlernt und mit mir Schluss macht? Ich würde ganz sicher sterben. Und verrückt werden.

Eng umschlungen bleiben wir stehen und wiegen uns gegenseitig. Er streichelt sanft meinen Rücken.

»Aber liebst du mich auch wirklich?«

»Ja, ich liebe dich, und du?«

»Ich auch, sehr sogar.«

Da lächelt er.

»Ich werde es kaum aushalten, bis du wiederkommst. Und dann sind es nur noch siebenunddreißig Tage bis zu unserer Verabredung.«

»Wir haben uns schon so weit im Voraus verabredet?«

Er rückt ein Stück von mir ab, ohne mich loszulassen, und sieht mich streng an.

»Mach keine Scherze.«

»Inwiefern?«

»Du hast es versprochen!«

»Was?«

»Du hast gesagt, dass wir es am Valentinstag machen.«

Amüsiert lache ich. Phantastisch. Marco nimmt immer alles wörtlich. Und wenn ich ihm ein Datum nenne, dann wartet er geduldig auf diesen Tag. Falls sich schon vorher eine Gelegenheit ergeben sollte, dann nutzt er sie überhaupt nicht aus. Nein, für ihn ist ein gegebenes Wort Gesetz!

Ich ziehe ihn ein bisschen auf.

»Aber das habe ich doch nur so dahingesagt. Vielleicht fühle ich mich an dem Tag ja noch gar nicht bereit, wer weiß das schon!«

»Versuch es ja nicht! Jeden Morgen stehe ich auf und zähle die restlichen Tage. Außerdem habe ich schon angefangen, alles vorzubereiten.«

Erstaunt sehe ich ihn an.

»Aber bis dahin sind es noch zwei Monate.«

»Fünfzig Tage, um genau zu sein.«

»Eine Ewigkeit!«

»Wem sagst du das!«

»Meine Damen und Herren, in wenigen Minuten landen wir in London-Stansted. Bitte schnallen Sie sich an und klappen Sie die Tische hoch. Bringen Sie Ihren Sitz in eine aufrechte Position.«

Ich drücke weiter die Stirn an das Fensterchen und beobachte, wie das Flugzeug in die Wolkendecke eintaucht. Es regnet, und der Himmel ist vollständig mit einer Schicht aus dicken, grauen Wolken bedeckt. Nachdem wir den Koffer abgeholt haben, folgen wir den Menschenmassen zu den Zügen.

Vorsichtig schaue ich mich um. In diesem Land werde ich also die nächsten Tage verbringen. Mein Vater hat auf dem ganzen Flug geschlafen, und auch jetzt döst er weiter auf seinem Sitzplatz. Giulia hat ihn scheinbar echt umgehauen!

Während der Zug durch die Landschaft rast, schaue

ich aus dem Fenster und denke an den Abschied von Marco. Wir waren beide ganz mitgenommen, und ich musste sogar etwas weinen. Ich nehme das Handy und schreibe ihm eine SMS: *Du fehlst mir jetzt schon.* Ungeduldig warte ich, dass die Nachricht verschickt wird. Nach unendlichen Sekunden erscheint endlich die Info *Nachricht versandt.* Wow, es funktioniert!

Wem sagst du das! Wann kommst du wieder? :-D

Mein Vater sagt: »Geht es? Hast du es schon probiert?«

Ich hebe den Kopf und blicke in seine Augen, und trotz allem muss ich lächeln.

»Ja.«

»Wie schön. Und bitte mach dir keine Gedanken. Ruf an, wann immer du willst, und wenn dein Guthaben leer ist, dann laden wir es von Rom aus wieder auf.«

»Okay.«

»Ich weiß, dass du noch auf uns sauer bist, aber versuche auch, die positive Seite zu sehen. Vergiss einfach mal alles andere und genieße diesen schönen Urlaub.«

»Papa, wie kannst du das hier einen ›schönen Urlaub‹ nennen? Ich habe drei Stunden Englisch am Tag und dann noch die Hausaufgaben für die Schule. Ich weiß wirklich nicht, wie ich hier Spaß haben soll.«

»Ich glaube, dass du in zwei oder drei Tagen mit deinen neuen Freundinnen weggehen wirst. Bist du nicht schon etwas aufgeregt?«

Deprimiert trifft wohl eher zu. Aber ich halte den Mund.

Nach über einer Stunde kommen wir endlich bei Mrs Norton an. Wir klingeln, und nach einigen Augenblicken öffnet eine große, dürre Frau, deren schwarze Haare mit einem Taschentuch zusammengehalten werden. Sie trägt einen weiten Stufenrock, eine geblümte Bluse und darüber einen Wollschal. An den Handgelenken klimpern mindestens zwanzig Armbänder mit unzähligen Anhängern. Auf die Lider hat sie einen dicken Streifen blauen Lidschattens aufgetragen, der die gleiche Farbe hat wie ihre Augen. Die fleischigen Lippen sind mit purpurrotem Lippenstift geschminkt. Wo bin ich hier bloß gelandet? Die sieht aus wie eine Kartenlegerin.

»Hello!«, sagt sie und hebt grüßend die Arme. Na ja, immerhin ist sie sympathisch.

»Nice to meet you, Mrs Norton«, erwidert mein Vater und streckt die Hand aus.

»Finally. Nice to meet you«, antwortet sie und schaut dann in meine Richtung. »You should be Valentina, shouldn't you?«

Verlegen lächele ich. »Yes, it's me. Nice to meet you, Mrs Norton.«

Drei dicke, flauschige Katzen tauchen hinter ihrem Rock auf.

»They are my sweeties, Sandy, Sunny and Winny.« Mein Vater und ich werfen uns einen kurzen Blick zu.

»Come in, please. Did you have a good trip?«, fragt sie, während sie uns in ein großes Wohnzimmer führt und Tee sowie selbst gebackene Kekse anbietet. Ihr Veilchenparfum könnte ein Pferd umhauen.

Nachdem sie uns die Hausordnung erklärt hat, führt sie uns herum. Wir steigen eine Treppe hoch, an deren Ende gleich links ihr Schlafzimmer mit angeschlossenem Badezimmer liegt. Rechts gibt es ein weiteres Zimmer, ebenfalls mit Bad. Das werde ich mir mit den anderen Mädchen teilen. Angewidert starre ich auf den Teppichfußboden, und ein leichter Schimmelgeruch bestätigt, dass dies keine gute Wahl ist. Wir gehen wieder hinunter und besichtigen die Küche, die gleich gegenüber dem Wohnzimmer liegt. Es gibt auch einen Wintergarten, der als Arbeitszimmer dient, mit Schreibtisch, ein paar Sesseln und Bücherregalen an zwei Seiten.

Ich trage mein Gepäck hoch, als die Haustür aufgeht und zwei Mädchen eintreten, die ungefähr so alt sind wie ich.

»Hi Girls, we were waiting for you. May I introduce Valentina to you? She's your new roommate.«

Die beiden sehen mich an und lächeln.

Eine ist groß, mit kastanienbraunen Haaren, blauen Augen und ziemlich kräftig. Die andere scheint asiatischer Herkunft zu sein, auch wenn sie europäische Gesichtszüge hat. Sie ist so groß wie ich, mit langen, schwarzen Haaren und Mandelaugen.

»Hi, my name is Anneke«, antwortet die Erste.
»Hi, my name is Mashita«, ergänzt die Zweite.
Ich lächele zurück, doch ich möchte flüchten. Marta, warum bist du jetzt nicht hier? Wie soll ich mich nur zwei Wochen lang auf Englisch verständlich machen?
Mein Vater und die Lady gehen in die Küche, derweil helfen die Mädchen mir, den Koffer hochzuschaffen. Das Zimmer ist geräumig. Es gibt zwei Stockbetten und einen Schrank mit großen Schubladen. Die oberen Betten sind noch frei. Also wähle ich das, was näher am Fenster ist, über Mashita. Während ich auspacke, bombardieren mich die Mädchen mit Fragen. Woher ich komme, wie alt ich bin, wie lange ich bleibe, auf was für eine Schule ich gehe? Anneke ist Holländerin und siebzehn Jahre alt. Mashita, mit indonesischer Mutter und deutschem Vater, ist sechzehn. Sie gehen beide schon aufs College, aber momentan sind Ferien. Es ist sofort klar, dass Anneke immer auf der Suche nach Jungs, Partys, Festen und Alkohol ist, während Mashita eher schüchtern und introvertiert ist.
Zehn Minuten später stehen mein Vater und ich wieder auf der Straße. Er muss erst in ein paar Stunden zum Flughafen, also steigen wir in die U-Bahn und fahren bis Covent Garden.
»Also, wie war dein erster Eindruck? Wie findest du deine neuen Zimmergenossinnen?«
»Ich weiß noch nicht genau, aber sie scheinen ganz nett zu sein.«

»Und Mrs Norton?«, fragt er und kichert.

»Ganz schön sonderbar ... Hast du gesehen, wie sie angezogen ist? Und dann diese Katzen! Hoffentlich kommen die nicht in mein Zimmer. Und diese Lady soll mir Englisch beibringen, bist du ganz sicher?«

»Absolut. Antonella und ihr Mann haben sie uns empfohlen. Ihre Tochter war im Sommer dort und hat sich sehr wohl gefühlt.«

Daher weht also der Wind, ich kenne diese Tochter ...

»Hör mal, du musst mir versprechen, vorsichtig zu sein. Ich weiß, dass ich dich daran eigentlich nicht erinnern brauche, aber ich will mir keine Sorgen machen. Bleib abends zu Hause und geh nicht mit Leuten weg, die du nicht kennst. Und steig auf gar keinen Fall in irgendein Auto von einem Unbekannten.«

»Papa, ich bin doch nicht mehr fünf. Ich weiß schon, was ich machen muss. Mach dir keine Sorgen.«

»Ja, ich weiß. Es ist nur, dass du hier allein vielleicht übermütig wirst und irgendeinen Unsinn anstellst. Ich will nur, dass dir nichts passiert«, fügt er hinzu und nimmt meine Hand.

Was ist jetzt? Auf einmal macht er sich also Sorgen?

»Denk dran, dir Mrs Nortons Name und Adresse aufzuschreiben und auch die Handynummern von deinen Zimmergenossinnen. Und hab immer einen Stadtplan von London dabei und den von der U-Bahn«, fährt er fort.

Lachend sehe ich ihn an. Er ist so aufgeregt. Fast könnte man meinen, er bereut es, mich hergeschickt zu haben. Sonderbarerweise fühle ich mich ganz ruhig. Vielleicht ist das die Stadt mit all ihren Lichtern oder das Neue, die weihnachtliche Stimmung, oder auch nur meine Unbekümmertheit. Und morgen wache ich mit einem Kloß im Hals auf.

»Papa, ich verspreche dir, dass ich aufpasse.«

Schließlich kann ich trotz allem, was meine Eltern mir angetan haben, nicht mehr böse auf sie sein. Zwar bin ich ziemlich schockiert gewesen, als ich den Brief gelesen habe, aber nur, weil sie es über meinen Kopf hinweg beschlossen haben. Wenn ich das vorher gewusst hätte, dann hätte ich es besser organisieren können, vielleicht zusammen mit Marta, und dann wäre das alles etwas ganz anderes gewesen. Aber so ganz allein, ohne jemanden zu kennen ... und eigentlich wollte ich doch die ganzen Ferien mit Marco kuscheln!

Die verbleibende Zeit hocken wir in einem Lokal am Covent Garden, bis der berühmte Moment des Abschieds kommt. Für mich ist das immer eine Tragödie, im wahrsten Sinne des Wortes. Jedes Mal rege ich mich so auf, egal, ob ich fahre oder der andere. Ich bin schon im Normalfall dicht am Wasser gebaut, aber in solchen Momenten herrscht dann immer Hochwasser.

»Du wirst mir sehr fehlen, Schatz. Weihnachten ohne dich wird nicht das Gleiche sein«, fängt mein Vater an.

Und warum habt ihr mich dann weggeschickt? Ich bin verwirrt, habe einen Kloß im Hals und möchte abhauen. Er kommt auf mich zu und umarmt mich fest. Ich fühle mich klein und schutzlos.
»Ich habe dich so lieb und kann es nicht erwarten, dich wiederzusehen«, sagt er und drückt mir einen Kuss ins Haar.
»Ich auch«, flüstere ich, unfähig ihn anzusehen. Ich drehe mich um und laufe weg, während mir die Tränen herunterkullern.

Seit meiner Ankunft bei Mrs Norton sind drei Tage vergangen, und sie ist tatsächlich sehr nett. Zwar hat sie ihre festen Regeln, aber sonst ist sie ganz umgänglich. Morgens stehe ich um acht Uhr auf und gehe zum Frühstück hinunter. Nach dem ersten Tag habe ich gemerkt, dass Rühreier mit Speck nichts für mich sind, und so beschränke ich mich auf Toast mit Butter und Marmelade, Orangensaft und Cornflakes mit Milch. Um neun beginnt der Unterricht in Mrs Nortons Arbeitszimmer, um zwölf ist er zu Ende. Dann koche ich mir etwas oder mache mir ein belegtes Brötchen. Gegen zwei gehe ich raus und schlendere ein bisschen durch das Viertel. Erstmal mache ich mich mit dieser Gegend etwas vertrauter und habe noch keine Lust, weiter wegzufahren. Wenn Mashita nichts vorhat, treffe ich sie in der Bibliothek, wo wir den ganzen Nachmittag verbringen. Momentan habe ich mehr mit

ihr Freundschaft geschlossen als mit Anneke, die ich fast nie sehe. Sie verlässt oft schon am frühen Morgen das Haus. Vom Fenster aus sehe ich, dass sie sich jedes Mal von einem anderen Jungen abholen lässt.
Es ist zwar mühsam, die ganze Zeit Englisch zu reden, aber es macht mir viel Spaß. Jeden Tag lerne ich etwas Neues, ein neues Wort, eine neue Redewendung, ein neues Verb.
An Heiligabend hatte uns Mrs Norton zur Familie ihrer Schwester eingeladen, doch als wir um Mitternacht die Geschenke austauschten, wurde ich so schrecklich traurig, weil ich dort stand, allein, ohne meine Familie, mit einem Geschenk von Unbekannten in der Hand. Ich habe Marco eine SMS geschrieben, um mich abzulenken, und er hat mit ganz vielen Herzchen geantwortet, der Schatz. Was würde ich nur ohne seine Liebe anfangen!
»Was hältst du davon, wenn wir einen Bummel auf dem Piccadilly Circus machen?«, fragt mich Mashita am nächsten Nachmittag.
»Das wäre super! Wir nehmen den Bus. Ich würde gerne mal oben sitzen und mir die Stadt von dort anschauen«, antworte ich glücklich.
Während ich am Fenster klebe und den Hyde Park betrachte, erzählt Mashita, dass sie sich vor kurzem von George getrennt hat, einem englischen Jungen, den sie am College kennengelernt hat. Sie waren zwei Jahre zusammen, dann hat er sich in ein anderes Mäd-

chen verliebt, und eines Tages hat Mashita die beiden beim Knutschen erwischt. Sie leidet selbst noch beim Erzählen.

»Und warum habt ihr euch getrennt?«, frage ich sie.

Sie sieht mich beleidigt an und hält mir einen Vortrag über Ehrlichkeit und Fremdgehen. Jetzt ist sie so in Fahrt, dass ich ihr gar nicht mehr folgen kann, sie redet einfach zu schnell. Ich verstehe einige Passagen überhaupt nicht, wage aber nicht, sie zu unterbrechen. Sie ist so auf 180, dass ich lieber schweige und nur ab und zu mal nicke. Dann schweigt sie und sieht mich fragend an.

Mist, sie hat mir bestimmt eine Frage gestellt … und was mache ich jetzt?

Ich könnte so tun, als hätte ich nicht aufgepasst, oder etwas in meinem Rucksack suchen. Aber ich kann nicht. Sie starrt mich immer noch fordernd an und schließlich gebe ich niedergeschlagen zu:

»I'm sorry, Mashita, I don't understand«, antworte ich und werde rot.

Sie redet erneut, aber ich verstehe immer noch kein Wort, mein Hirn scheint wie gelähmt.

Schließlich schüttelt sie den Kopf, lächelt und zeigt aus dem Fenster: Zum Glück sind wir da. Wir müssen aussteigen.

Auf dem Bürgersteig bleibe ich mit offenem Mund stehen und sehe mich um. Es ist wie in einem Traum. Die Reklametafeln blinken in psychedelischen Farben, Menschenmassen ziehen vorbei, wow, Leute, es ist phantastisch! Ja, London ist London und muss einfach jedem gefallen. Es ist so sonderbar. Alle sprechen eine andere Sprache, aber das ist ja in allen Ländern so, die nicht deine Heimat sind. Doch was mir vor allem gefällt, sind die kosmopolitische Atmosphäre, die Menschen aus den vielen verschiedenen Ländern und natürlich die Energie, die sich auf einen überträgt. Man kann so viele Dinge machen, sich problemlos bewegen, es gibt Hunderte, ach was, Tausende U-Bahn-Linien, nicht nur zwei wie in Rom! Dann die roten Doppeldeckerbusse, die alten Telefonhäuschen, die man immer auf den Postkarten sieht. Dazu noch die schwarzen Taxis mit dieser sonderbaren Rechtslenkung ... alles ist anders! Und nicht nur das: Dann stößt man auf Chinatown. Eine Stadt in der Stadt. Schriftzüge, Kleidung, Lebensmittel, alles ist ausschließlich chinesisch. Als ob man wirklich in China ist. Total faszinierend!

Mashita zieht mich an der Jacke, und wir biegen in die engen Straßen ein. Sie erklärt mir, dass wir in Soho sind, einer ganz hippen Gegend. Ich schaue mich um und stoße hin und wieder einen spitzen Schrei der Begeisterung aus. Schließlich gelangen wir auf einen anderen großen Platz.

»Da gibt's Häagen-Dazs, Mashita! Holen wir uns ein Eis mit diesen Nusspralinen und Keksen drin?«, bringe ich auf Englisch zustande. Als wir schließlich nach Hause kommen, habe ich nicht nur ein Eis gegessen, sondern auch eine Portion Currynudeln mit Huhn und leckerste Kekse mit Schokostückchen drin. Ich bin pappsatt, und wenn ich mit dem Essen so weitermache, dann rolle ich als Tonne nach Hause. Ein leichter Anflug von Übelkeit überkommt mich.

Mrs Nortons Katzen streichen zur Begrüßung um unsere Beine. Ihre Herrin ist wohl noch nicht wieder zurück.

»He, Mädels, wie geht's? Wo wart ihr?«, begrüßt uns Anneke, die auf ihrem Bett liegt. Nachdem wir unseren begeisterten Bericht abgeliefert haben, erkundigen wir uns nach ihrer letzten Eroberung, einem australischen Jungen, den sie am vergangenen Samstag auf einer Party kennengelernt hat.

»Warum machen wir morgen Abend nicht etwas zusammen? Ich könnte Andrew und ein paar seiner Freunde Bescheid sagen. Das wäre doch nett, oder?«

»Aber ich darf nicht nach acht aus dem Haus«, entgegne ich.

»Ja, ich weiß, aber wenn wir Mrs Norton erzählen, dass du mit uns kommst, dann lässt sie dich vielleicht gehen. Sie ist nicht fies, nur etwas zerstreut.«

Ich sehe Mashita an.

»Nein, ich komme nicht mit. In so großen Gruppen mag ich nicht weggehen.«

»Ach, komm schon. Dann bin ich wenigstens nicht allein«, dränge ich sie.

Nicht sehr überzeugt murmelt sie etwas, dann stimmt sie schließlich zu.

Piiiep ... SMS ... von Marco, endlich! Heute habe ich ihm mindestens dreißigmal gesimst, und er hat nie geantwortet. Sollte er mich nach ein paar Tagen schon vergessen haben?

Deine SMS sind alle erst jetzt angekommen. Komme gerade vom Training. Wetter hier ist widerlich und du fehlst mir unendlich. Wünschte, du wärst hier bei mir.

Lächelnd seufze ich.

»Dein Freund?«, fragt mich Anneke mit Kennerblick.

»Ja.«

»Und, sieht er gut aus?«

»Supergut!«

Die beiden sind begeistert und fragen mich aus: Wie heißt er, wie alt er ist, wie sieht er aus, seit wann sind wir zusammen? Schließlich durchforste ich mein Handy und finde ein Foto von uns beiden, diesen Sommer am Meer.

»Der sieht aber wirklich gut aus. Warum kommt er dich nicht besuchen, dann können wir ihn kennenlernen?«

Ein kurzer Anflug von Eifersucht durchflutet mich. Das könnte euch so passen, denke ich und lächele weiter.

Mrs Norton stimmt schließlich zu, unter der Bedingung, dass ich um neun wieder zurück bin.

Der Gedanke, den ganzen Abend nur Englisch zu reden und das mit vielen Leuten, macht mich etwas nervös. Mit einer Person zur Zeit schaffe ich das, und selbst wenn ich nicht alles verstehe, klappt es irgendwie. Aber wer weiß, wie die Freunde von Anneke so sind. Im schlimmsten Fall rede ich dann eben nur mit Mashita.

Gegen sechs verlassen wir das Haus und nehmen die U-Bahn. Wir steigen am Leicester Square aus, und zwei Minuten später betreten wir einen Pub, eine typisch britische Kneipe. Er ist bereits voll, und die Musik dröhnt ziemlich laut. Wir drängen uns durch die Leute, dann steuert Anneke auf eine wild gestikulierende Gruppe zu. Es sind drei Jungs und ein Mädchen. Sie sitzen am Tresen und trinken Bier.

Nachdem wir uns vorgestellt haben, bestelle ich ein kleines Guinness. Erster Fehler: Bereits nach zwei Minuten fängt mein Kopf an, sich zu drehen. Wir setzen uns an einen Tisch, und die anderen bestellen Hamburger und Pommes. Mich macht ein anderes Gericht an, das mir viel interessanter erscheint: ein Pudding. Gut, das muss was Süßes sein. Den nehm ich, dann bin ich nicht so vollgestopft. Zweiter Fehler.

Anneke ist schon bei ihrem dritten Bier, und das merkt man ihrer Stimme an. Doch den anderen scheint es nicht aufzufallen. Mashita schweigt die meiste Zeit, nur ab und zu macht sie einen Kommentar. Ganz offensichtlich langweilt sie sich.

»Du bist die neue Zimmergenossin von Anneke, oder?«, fragt der Junge neben mir.

Ich nicke.

»Wo wohnst du in Italien?«

»In Rom. Warst du mal dort?«, frage ich, nachdem ich meine Hemmungen überwunden habe. Aber ich versuche immer noch angestrengt, keinen Fehler zu machen.

»Aber klar, ich liebe es.«

Endlich kommt das Essen und beendet die Unterhaltung. Die Kellnerin stellt ein beunruhigend aussehendes Etwas vor mich.

»Das ist nicht für mich. Ich habe den Pudding bestellt.«

»Das ist der Pudding«, entgegnet sie leicht genervt.

Entsetzt sehe ich meinen Teller an. Das ist eine Art Ballon aus Blätterteig mit einer dicken Fleischsoße drum herum. Was habe ich da bloß bestellt? Ich wollte was Süßes und nicht so was! Verstohlen blicke ich zu den anderen, denen mein Entsetzen zum Glück nicht aufgefallen ist. Sie beißen in ihre appetitlichen Hamburger. Warum habe ich nicht auch so was genommen? Vielleicht ist meines ja ganz lecker, ermutige ich mich selbst. Und so steche ich mit Schwung in den Ballon. Er platzt, und heraus quillt eine undefinierbare Masse. Angewidert weiche ich zurück.

»Stimmt was nicht?«, fragt der Junge neben mir.

Ich sehe ihn an und versuche zu lächeln.

»Alles klar, es ist bloß kochend heiß.«

Wieder blicke ich auf den Teller, und mein Ekel steigt weiter an. Das schaffe ich nicht. Wenn ich das probiere, dann wird mir schlecht. Vermutlich ist das eine absonderliche Mischung aus Fleisch, Innereien und irgendwas anderem. Einen Augenblick schließe ich die Augen, dann spieße ich gleichgültig ein Stück Fleisch auf die Gabel und stecke es in den Mund. Ohne zu kauen, schlucke ich es runter. Ich atme tief ein, dann trinke ich einen Schluck Bier. Als die anderen schon seit einer ganzen Weile mit dem Essen fertig sind, bin ich immer noch beim dritten Bissen, und der Schweiß läuft mir den Rücken hinunter. Mashita fragt, ob mir dieses typische Landesgericht schmeckt. Ich verziehe das Gesicht zu einer vielsagenden Grimasse, und sie bricht in Gelächter aus. Inzwischen ist Stimmung aufgekommen, Anneke wirft sich alle zwei Sekunden auf Andrew. Ich kann kaum verstehen, was sie reden, weil ich immer noch mit dem halbflüssigen Monster vor mir beschäftigt bin. Ich sehe mich um und bemerke, dass der Pub voller Leute ist. Alle haben Biergläser in der Hand. Wie viel Bier trinken diese Engländer bloß? Sie müssen unzählige Tanks davon im Keller haben. Viele Gäste haben gerötete Gesichter, und das Geklirre der Gläser wird immer lauter. Am sonderbarsten sind die, die am Tresen vor ihrem Bier sitzen. Ihre runden Bierbäuche zeugen davon, dass sie ganz offensichtlich Stammkunden sind.

In diesem Moment erhebt sich Anneke und wankt mit leerem Blick zu den Toiletten. Ich nutze die Gelegenheit, bedecke den Teller mit der Serviette und gehe ihr nach: dritter und fataler Fehler.
»Also, wie findest du Andrew? Ist er nicht geil?«
»Sehr nett.«
»Und was hältst du von seinem Freund neben dir? Mit dem könntest du's doch mal versuchen, oder?«
Fassungslos sehe ich sie an.
»Ehrlich gesagt, habe ich an so was überhaupt nicht gedacht«, antworte ich.
»Na, dann beeil dich, wir sind gleich fertig mit dem Essen. Ich glaube, er macht mit.«
Wovon redet sie bloß? Ich denke überhaupt nicht dran, irgendwas mit einem Jungen anzufangen, den ich gerade erst kennengelernt habe.
»Hast du vergessen, dass ich einen Freund habe?«
Sie macht eine lockere Handbewegung, so als wollte sie zu verstehen geben, dass das nicht wichtig sei.
In mir sträubt sich alles. Wie kann man nur so etwas denken? Im gleichen Moment kommt das andere Mädchen der Gruppe herein.
Sie und Anneke fangen eine Diskussion an, und an ihrem Tonfall erkenne ich, dass sie streiten. Aber ich verstehe nicht, worum es geht. Andrew? Anneke fängt an zu brüllen, während sie ihr Make-up aufbessert. Doch die andere dreht voller Wut den Wasserhahn auf und spritzt sie nass. Für einen Moment bricht das Chaos

aus, Anneke ergreift sie an den Haaren und drückt ihr Gesicht ins Waschbecken. Erschreckt schreie ich auf. Noch nie habe ich eine Prügelei unter Mädchen in einem öffentlichen Klo erlebt. Und was mache ich jetzt? Muss ich jemanden rufen? Ich drücke mich an die Wand, unfähig, einen Finger zu rühren. Um nicht umzufallen, greift die andere nach Annekes Bluse, zerreißt sie und legt die üppigen Formen meiner Zimmergenossin frei.

Dicht an die Wand gepresst schlüpfe ich zur Tür, will gerade den Türgriff packen, als mich jemand am Bein zieht und ich auf die Erde knalle. Wie eklig! Hier ist bestimmt alles total versifft. Mein Kinn schlägt auf etwas Hartes, dann ziehe ich mich am Waschbecken wieder hoch.

»Leute, hört auf«, brülle ich, aber keine der beiden hört mir zu. Um sie zu beruhigen, rufe ich Anneke beim Namen, die daraufhin für einen Moment den Griff lockert. Doch die Gegnerin nutzt die Gelegenheit und verpasst ihr eine schallende Ohrfeige.

»Neeein«, rufe ich, während Anneke das Gleichgewicht verliert, auf mich fällt und uns beide zu Boden reißt. So findet uns kurz darauf die Polizei, die vom Besitzer benachrichtigt wurde und die in die Toiletten eingedrungen ist, um die Schlacht zu beenden. Meine schwachen Proteste, dass ich mit der ganzen Sache nichts zu schaffen habe, verhallen ungehört. Ohne große Umstände packen uns die Beamten und zerren uns nach draußen. Alle im Lokal starren uns an, während wir da durchgeführt werden: Was für eine Blamage, ich fühle mich wie eine Diebin! Nur nach vielen Entschuldigungen und einer ordentlichen Strafpredigt, die ich zum Glück nicht verstehe, lassen sie uns schließlich gehen. Die nächsten drei Tage rede ich kein Wort mit Anneke. Manchmal ist London ziemlich heftig.

Silvesterabend

Mrs Norton macht heute mit uns eine Stadtrundfahrt. Anneke hat Besseres zu tun, wie sie sarkastisch ankündigt, so kommt nur Mashita mit.

Das Programm scheint interessant zu sein: Buckingham Palace. Schon früh kommen wir davor an. Es ist halb neun, eiskalt und neblig. Wir stellen uns in die Reihe, viele Leute hatten die gleiche Idee. Mashita und ich sind noch todmüde, während Mrs Norton schon hellwach ist. Da wir nicht sehr gesprächig sind, unterhält sie sich mit dem Mann vor uns. Er antwortet jedes Mal höflich auf ihre vielen Fragen, aber wahrscheinlich wäre es ihm lieber, wenn sie den Mund halten würde. Zu diesem besonderen Anlass trägt Mrs Norton ein violettes Wollkleid mit bunten, gehäkelten Schmetterlingen drauf. Dazu einen unmöglichen kanariengelben Mantel und einen Wollhut mit Schirm. An den Füßen hat sie schreckliche braune Schuhe mit einem kleinen Absatz. Doch das Stärkste ist ihr Gesicht. Vielleicht sollte sie das Licht in ihrem Badezimmer mal überprüfen, denn ihr Make-up wäre passend für den Zirkus gewesen. Eine dicke weiße Make-up-Schicht überzieht das ganze Gesicht, darüber ein für ihren Teint viel zu dunkler Puder. Der Lidschatten entspricht der Farbe ihres Kleides. Sie hat ihn so übertrieben aufgetragen, dass er wie ein Witz aussieht. Ich schicke Marco eine SMS und beschreibe ihm Mrs Norton. Meinen Eltern simse ich, dass alles in Ordnung ist.

»Wieso bist du in den Ferien nicht nach Hause gefahren?«, frage ich Mashita neugierig.

»Meine Eltern machen eine Reise und kommen erst am zehnten wieder. Sie nehmen mich nur selten mit, und außerdem ist bei uns Weihnachten nicht so wichtig.«

»Wo leben deine Eltern denn?«

»In Deutschland, in Berlin.«

»Also ziehst du nach dem College wieder dorthin.«

»Wahrscheinlich nicht. Ich mag Berlin nicht, London gefällt mir besser. Es passt besser zu mir. Lebst du gern in Rom? Wie ist es so in Italien?«

»Sehr gut, ich möchte nirgendwo anders wohnen.«

Das stimmt, ich mag meine Stadt. Und das Wetter. In London regnet es so oft, es ist kalt, und ich liebe die warme Jahreszeit, das Meer, die Sonne, darauf kann ich nicht lange verzichten.

Endlich werden wir eingelassen, wir setzen uns die Kopfhörer für den Rundgang auf und betreten die königlichen Gemächer. Wie in Trance laufe ich durch die

Säle, während meine Phantasie mit mir durchgeht. Was für eine andere Welt! Was für ein Überfluss!

»Mashita, stell dir mal vor, du wirst in eine Königsfamilie geboren!«

»Das würde mir gar nicht gefallen. Wie langweilig das wäre, immer perfekt sein zu müssen, nur bestimmte Leute treffen zu dürfen, und dann all die Feste mit diesen Wichtigtuern. Das wär nichts für mich.«

Ich sage kein Wort, während wir den Audienzsaal betreten. Der Saal ist – wie die anderen – riesengroß: Brokat an den Wänden, Samt, Spiegel und Gold überall. Nichts Modernes oder Neues. Aber was ist, wenn jemand einen ganz anderen Geschmack hat? Ich würde nicht gern in all diesem alten Kram leben. Ich würde alle Möbel erneuern. Ja, los, hier müsste mal ein bisschen frischer Wind in die Bude! Vielleicht hat Mashita auch recht, dass es bestimmt kein Spaß ist, sich nicht gehen lassen zu können, nie Fehler machen zu dürfen. Und dann all diese Leute, die dich aus dem Hintergrund beobachten, was du anziehst, mit wem du redest. Keine Privatsphäre, keine Geheimnisse. Das muss die Hölle sein! Was machen sie bloß mit all dem Geld, wenn sie doch immer in diesem goldenen Käfig eingesperrt sind?

Während wir unsere Besichtigungstour fortsetzen, steuert Mrs Norton die eine oder andere bizarre Geschichte über die königliche Familie bei. Als wir wieder nach draußen kommen, ist es schon nach elf, und

wir haben mächtigen Hunger. In einer nahe gelegenen Bäckerei machen wir Pause, und Mashita und ich verdrücken zwei riesige Stücke Käsekuchen mit Ananas.
Am Ende des Tages kehren wir total erschöpft nach Hause zurück. Denn nach dem Königspalast hat uns Mrs Norton noch unbedingt das berühmte Wachsfigurenkabinett von Madame Tussaud zeigen wollen. Es ist total lustig dort. Man trifft all die Berühmtheiten wie Elvis Presley, Marilyn Monroe, Kylie Minogue, Brad Pitt, Nicholas Cage und natürlich die Royals. Doch die größte Überraschung ist, dass auch er dort steht, ja, genau er … Johnny Depp, der Pirat aus meinen und Martas Träumen!

Ausgestreckt auf dem Bett schicke ich ihr eine SMS, und sie antwortet in null Komma nichts: *Ich will aber den echten!!!*
Typisch Marta. Wer weiß, was sie ohne mich anstellt? Dann massiere ich meine strapazierten Füße.

Ein leises Geräusch weckt mich. Ich sehe auf die Uhr, es ist zwei Uhr nachts. Ich drehe mich um, erkenne aber nicht, woher das Geräusch kommt. Wahrscheinlich ein Vogel, denke ich im Halbschlaf. Nochmal drehe ich mich um und drücke das Gesicht ins Kissen. Wieder das Geräusch, ich lege mich auf den Rücken und höre genauer hin. Es scheint … ja, es ist hier im Zimmer. Ruckartig setze ich mich auf: Jemand stöhnt und schnauft. Vielleicht träumt Anneke ja. Ich beuge mich aus dem Bett und schaue hinunter. Sofort zucke ich zurück: Da ist jemand mit ihr im Bett! Nein, das kann nicht sein. Ich halte den Atem an, aber es ist wirklich so. Ich glaub's nicht! Sie hat Andrew mitgebracht, in unser Zimmer. Ich bin wie vor den Kopf geschlagen und zutiefst beleidigt, abgesehen davon ist es peinlich. Die Leute spinnen doch echt: Wie kann man nur mit einem Jungen Sex haben, wenn im anderen Bett noch jemand schläft? Und wenn jetzt Mrs Norton kommt? Ich habe keine Ahnung, was ich machen soll. Liebend gern würde ich das Licht anschalten und den beiden mal richtig meine Meinung sagen, gleichzeitig schäme ich mich zu Tode. Ich bleibe ruhig. Hoffentlich haben sie mich nicht gehört. Doch ihr Gestöhne wird lauter, und mein Herz schlägt plötzlich heftiger. Vielleicht küssen sie sich ja auch nur. Aber nein, das kann nicht sein. Wo zum Teufel bin ich hier bloß gelandet? Angestrengt versuche ich, an etwas anderes zu denken. Ich könnte Schäfchen zählen, ja, das ist eine nette Idee. Nein, besser ich singe ein paar Lieder vor mich hin, die ich auswendig kann. Doch schon nach ein paar Worten verliere ich den Faden und lausche wieder ihrem Geflüster. Verdammt, ich will das nicht. Das ist ungerecht. Geht weg, haut ab, lasst mich in Ruhe, ich will schlafen. Ich stecke den Kopf unter das Kissen. Also, manche Dinge macht man einfach allein und nicht vor Zuhörern!

»Valentina, es ist schon neun. Was ist los? Willst du heute nicht frühstücken? Geht's dir nicht gut?«
Ich brauche einen Moment, um mich zu orientieren. Wer bitte ist das?
Mrs Norton sieht mich forschend an.
Ich drehe mich weg. Ein bisschen Privatsphäre wird in diesem Haus doch wohl möglich sein?
»Entschuldigen Sie, ich habe den Wecker nicht gehört. Ich komme in einer halben Stunde.«
»Ich warte unten auf dich«, sagt sie und verschwindet.
Ich lasse den Blick schweifen. Es ist niemand da, das Zimmer ist leer. Habe ich nur geträumt oder ist es wirklich passiert?
Schwerfällig stehe ich auf, gehe ins Bad und komme zwanzig Minuten später wieder heraus, fertig für den Unterricht.

Mittlerweile bin ich mit den Straßen von Londons Innenstadt einigermaßen vertraut und mache auch nicht mehr so viele Fehler mit der U-Bahn. Manchmal steige ich zwar verkehrt aus oder fahre in die entgegengesetzte Richtung. Aber sobald ich das merke, fahre ich zurück.
Heute werde ich mir Big Ben ansehen, über die Westminster Bridge laufen und einen Spaziergang an der Themse machen. Angeblich ist dort richtig viel los. Also habe ich mir vor dem Weggehen den U-Bahn-Plan

geschnappt, mich bemüht, den Weg auswendig zu lernen, und bin losgezogen. Es ist kalt, aber immerhin scheint die Sonne.
Was die geräuschvolle Nacht angeht: Ich habe nicht herausbekommen, ob ich tatsächlich geträumt habe oder nicht. Mashita hat nichts gehört, Anneke hat vehement alles abgestritten und ich habe beschlossen, nicht weiter darauf rumzureiten. Vielleicht habe ich wirklich geträumt, aber ich bin mir nicht sicher.
Der Zug kommt, ich steige ein und setze mich. Zum Glück ist es nicht so voll.
Von Marco habe ich seit zwei Tagen nichts gehört. Ich war so beschäftigt, dass ich keinen Moment Zeit hatte. Aber trotzdem fühle ich mich ganz sicher, so was kann passieren. Wenn man nicht jeden Tag telefoniert, heißt das ja nicht, dass man sich nicht mehr mag … oder?
In Wahrheit fliegen die Tage nur so dahin, ohne dass ich es überhaupt merke. Das ist auch das Verdienst meiner beiden neuen Freundinnen, mit denen ich inzwischen ganz gut klarkomme. Die Beziehung ist zwar keinesfalls so wie mit Marta und ich vertraue ihnen auch nicht so viel an, aber auf ihre Art sind sie doch nett und sympathisch. Mashita ist vielleicht etwas zu verschlossen und wunderlich, aber sie ist immer sehr liebevoll und aufmerksam. Das mag ich an ihr. Anneke hingegen ist so explosiv, die darf man nur mit der Pinzette anfassen. Über gewisse Themen

wie Treue (die hält sie für völlig überflüssig) darf ich auf gar keinen Fall mit ihr reden, und in gewissen Situationen geht man ihr besser aus dem Weg (wenn sie beschlossen hat, einen Typen aufzureißen). Da ist sie kompromisslos. Aber davon mal abgesehen, läuft es ganz gut mit ihr. Sie ist ziemlich gesprächig und kennt einen Haufen Leute.

Morgen Abend, an Silvester, gehen wir zuerst in die City zum Feuerwerk und dann auf ein megagalaktisches Fest an der Themse, auf eine Art Hausboot, das natürlich von einem ihrer Freunde organisiert wird. Zum Glück lässt mir Mrs Norton inzwischen alle Freiheiten, und ich kann weggehen, wann ich will. Es ist aber nicht so, dass ich dann sonst was mache, nur Kino, einen Pub, einen Snack. Vielleicht wirke ich vertrauenswürdig oder vielleicht ist sie so mit ihren tausend Aufgaben beschäftigt, dass sie froh ist, sich nicht um mich kümmern zu müssen. Auf jeden Fall hat sie mir erlaubt, Silvester mit meinen Freundinnen zu verbringen. Nur Mashita mussten wir regelrecht beknien. Sie hätte am liebsten den ganzen Abend auf dem Zimmer verbracht. Schließlich hat sie doch versprochen mitzukommen, aber nur meinetwegen, wie sie mir gestanden hat.

Ich steige an der Station Embankment aus, und kaum trete ich ins Freie, erhebt sich der berühmte Londoner Uhrturm vor mir. Er ist riesig, majestätisch mit diesem Auge in der Mitte, das dich überall zu beobachten scheint. Ich lehne mich an eine Mauer und beobachte das Kommen und Gehen der Touristen. Es herrscht eine feierliche Atmosphäre. Vielleicht liegt das am bevorstehenden Jahreswechsel. Ein kleiner Kiosk verbreitet einen verführerischen Duft, und schließlich kaufe ich mir einen Nutella-Crêpe. Nachdem ich mit dem Handy ein paar Fotos gemacht habe, folge ich den Menschenströmen und überquere die Westminster Bridge. Ich lehne mich über die Brüstung. Die Themse ist breit und gewaltig, ganz anders als unser gemächlicher Tiber. Das Wasser strömt schnell unter der Brücke hindurch. Schiffe fahren auf dem Fluss entlang.

»Could you take a picture?«, fragt mich ein japanisches Pärchen.

Während ich die beiden ins Bild rücke, umarmen sie sich und lachen. Ich muss an Marco denken und werde einen Moment traurig. Es wäre so schön, wenn er hier wäre. Doch so schnell der Gedanke gekommen ist, so schnell fliegt er auch wieder davon wie ein Blatt im Wind: Eine Gruppe Jongleure lenkt mich ab. Alle sind in grelle Gewänder gekleidet, die Gesichter bunt geschminkt. Sie bewegen sich schnell zu rhythmischer Mittelaltermusik. Sie werden von einem kleinen Hund begleitet, der genauso verkleidet ist wie sie, von einem Affen und einem großen Papagei, der um alle herumfliegt. Einer der Jongleure wirft rasch mehrere Keulen in die Luft und bewegt sich dabei weiter zur Musik. Wie hypnotisiert beobachte ich die Dinger, die er gekonnt fängt und wieder hochschleudert. Einen Moment lang fühle ich mich wie eine dieser Keulen, leicht und schwerelos. Ich fliege, drehe mich, schlage Salti, gleite hinab, wirbele wieder hoch und immer höher. Glücklich lache ich, während der Wind meine Haare zerzaust. Mir wird ganz schwindelig durch die Drehungen, aber das macht nichts. Denn ich kann mich fallen lassen. Da ist jemand, der mich wieder auffängt und wieder hochwirft. Ich klatsche, während der Jongleur eine Keule nach der anderen auffängt und sich unter den Arm klemmt. Er verbeugt sich und lächelt mir zu. Unsere Blicke treffen sich für eine Sekunde, und er zwinkert mir zu, bevor er sich umdreht. Aufgeregt setze ich meinen Spaziergang fort.

Ich muss dir ganz viel erzählen. Was machst du morgen Abend? Giacomo und ich private Feier bei ihm. Seine Eltern sind für drei Tage weg. Nur er und ich, ist das nicht romantisch?, simst mir Marta.

Ich berichte von meinen Plänen, und wir verabreden uns für morgen Punkt Mitternacht, um uns ein gutes neues Jahr zu wünschen. Sonderbar, ich habe nicht daran gedacht, Marco zu fragen, was er eigentlich macht. Da ich Gewissensbisse habe, rufe ich ihn an.

»Vale, endlich. Ich dachte schon, du hast mich vergessen.«

»So ein Quatsch. Ich hab nur tausend Dinge hier zu tun.«

»Hm, tolle Ausrede. Hör mal, was hältst du davon,

wenn ich morgen zu dir komme und wir Silvester zusammen feiern?«

Verwirrt kann ich nur unverständlichen Zeugs stottern. Was ist los mit mir? Warum springe ich nicht vor Freude in die Luft? Ist es nicht das, was ich will?

»Was ist? Willst du mich nicht? He, das war ein Scherz! Aber jetzt bin ich enttäuscht. Hättest du dich nicht gefreut, wenn ich gekommen wäre?«

Verlegen werde ich rot und beeile mich mit einer Rechtfertigung.

»Doch. Ich wäre total glücklich. Aber du hast mich damit so überrascht. Also … das hätte ich nie erwartet. Würdest du so was wirklich machen?«

Er seufzt.

»Ich würde wirklich gerne, aber meine Eltern wären wohl nicht so glücklich und würden mir nie das Flugticket bezahlen.«

Irre ich mich, oder habe ich gerade erleichtert geseufzt? Ich habe keine Ahnung, was mit mir passiert. Vielleicht fühle ich mich so frei, so glücklich und so weit weg von allen, dass ich dieses Gefühl nicht verlieren möchte. Nach dieser dunklen Zeit brauche ich ein bisschen Freude. Und außerdem ist diese Reise nur für mich, eine Erfahrung, die ich ganz alleine machen muss. Und ich bin so stolz, was ich tatsächlich alles alleine bewältigen und Neues erleben kann. Jetzt kann ich mich ohne Hilfe von anderen fortbewegen und mich verständlich machen, ohne dass jemand dazwischenfunkt. Vielleicht hatte Marta doch recht, dass es eine gute Erfahrung sein könnte, alle zurückzulassen und in ein anderes Land zu gehen. Das ist nicht Marcos Schuld, das hat damit gar nichts zu tun. Aber auch er ist gerade Teil von dem, was ich zu Hause zurückgelassen habe, zusammen mit meinen Eltern und meiner Schwester Giulia.

»Bist du noch dran?«, holt mich Marco in die Gegenwart zurück.

»Natürlich. Ich war nur einen Augenblick abgelenkt.«

»Wir hören uns dann später. Ich hab noch zu tun. Ich bin mit dem Training im Rückstand.«

Training, immer dieses verdammte Training, denke ich und setze meinen Bummel durch die Stadt fort.

Anneke hat mir etwas zum Anziehen geliehen. Als ich vor meiner Abfahrt den Koffer gepackt habe, war ich zu wütend, um an ein Silvester-Outfit zu denken. Daher hat sie den Schrank aufgemacht und gesagt: »Such dir was aus.« Die meisten Sachen passen mir natürlich nicht, denn sie ist viel fülliger als ich. Doch schließlich habe ich ein rotes Unterhemd mit einer Glitzer-Micky-Maus darauf gefunden. Das hätte ich mir nie gekauft, aber für Silvesterabend, in London … warum nicht? Obendrüber habe ich meine übliche Jacke gezogen, und für untenrum hat mir Mashita einen langen schwarzen Samtrock geliehen. An den Füßen trage ich Mashitas Stiefel.

Wir fahren direkt zum Trafalgar Square und setzen uns dicht neben die Nelsonsäule, um das Feuerwerk gut im Blick zu haben. Wir drei sind völlig aufgedreht. Anneke und Mashita, weil sie schon beim dritten Bier sind, ich, weil ich mein erstes Silvester alleine in London zubringe. Die Stimmung ist jedenfalls sehr ausgelassen. Auf dem Weg hierher haben wir uns Kebab gekauft und verdrücken die Teile nun auf den Stufen vor der Nelsonsäule. Ein paar Sekunden vor Mitternacht stehen wir auf, recken die Nasen in die Höhe und zählen gemeinsam aus vollem Hals, bis Tausende Raketen auf einmal starten und den Himmel in ein Farbenmeer verwandeln. Es sieht aus wie ein Wasserfall aus Sternen. Plötzlich schweigen wir und beobachten verzückt das Feuerwerk, das hier und dort aufflammt und wieder verlöscht, dann wie ein Sektkorken erneut am Himmel zerplatzt. Ich sehe mich um und muss lachen. Alles ist so sonderbar, so unwirklich. Zum ersten Mal im Leben bin ich weit weg von zu Hause, mit fremden Freundinnen, mit denen ich mich in meinem unvollkommenen Englisch zu verständigen versuche. Alle drei sind wir aus anderen Gründen hier, fort aus dem eigenen Land, getrennt von der eigenen Familie. Und trotzdem bin ich nicht verschreckt, sondern fühle mich plötzlich euphorisch und glücklich. Ich wünschte, dass es niemals endet, ich möchte noch hier bleiben bei Anneke, Mashita und der wunderlichen Mrs Norton mit ihren Katzen und ihren extravaganten Eng-

lischstunden. Ich habe das Gefühl in einem Traum zu leben, es ist alles so schön und neu. Und dabei wollte ich eigentlich gar nicht hierher!
Wir umarmen und küssen uns. Um uns herum erklingen Rufe, es wird angestoßen, und wir schreien gemeinsam: »Happy New Year!«
Als das Feuerwerk zu Ende geht, fassen wir uns an den Händen und laufen los. Lachend kommen wir auf dem Fest an.

Als wir uns wieder etwas beruhigt haben, mischen wir uns unter die anderen Gäste. Der Ort ist wirklich schön. Alle tanzen. An einer Seite des Raumes gibt es einen Tresen mit Getränken. Anneke umarmt und küsst alle, und gerade als wir an den Tresen kommen, reichen uns zwei andere Freunde von ihr drei volle Biergläser. Zuerst zögere ich, doch die Stimmung ist so lustig, dass ich ein Glas ergreife und trinke. Es schmeckt gut und süß. Neugierig schaue ich mich um. Anneke verschwindet sofort, während Mashita und ich uns einen Sitzplatz suchen. Doch kurz darauf verlässt auch sie mich und kehrt mit einem vollen Glas zurück. Sie lacht und bewegt sich zur Musik.
»Komm, lass uns tanzen«, sagt sie und zieht mich an der Hand in die Menge.
»Ich bin froh, dass ich dich getroffen habe.«
»Ich auch.«
»Du bist so nett und sympathisch. Ich war schon lange nicht mehr so glücklich«, fährt Mashita fort.

Sie umarmt mich, und so umschlungen tanzen wir weiter.
»Ich bin auch froh, hier zu sein. Du musst mich in Rom besuchen kommen.«
»Das würde ich sehr gern.«
»Dann komm, du kannst bei mir übernachten.«
Jetzt wird die Musik noch lauter und alle fangen an zu hüpfen und sich zu schubsen. Der Boden zittert, und um nicht umzufallen, halten wir uns aneinander fest. Plötzlich drückt Mashita mich fester an sich und küsst mich auf den Mund.
»Mashita …«, sage ich und mache mich von ihr los.
»Ich mag dich, Vale, ich mag dich sehr.«
»Nein, bitte, hör auf, nein.«
Ich versuche wegzukommen, doch sie hat mir die Arme um den Hals gelegt.
»Küss mich, Vale, ich mag dich so«, redet sie weiter.
»Hm … hör lieber auf. Ich glaube, du irrst dich«, erwidere ich.
»Ach komm, nur einen Kuss.«
Grob schiebe ich sie weg.
»Hör auf, Mashita! Du bist betrunken!«
Sie kommt noch einmal näher, doch dieses Mal bin ich geschickter, drehe mich zur Seite und entferne mich rasch.
Ich dränge mich durch die Leute. Luft, ich brauche Luft. Verloren blicke ich mich um und lege die Finger auf die Lippen. O Gott, was hab ich nur falsch gemacht?

Warum muss gerade mir so etwas passieren? Ich lehne mich an das Fenster und schaue in das fließende Wasser. Wie peinlich! Es ist unglaublich. Eine Freundin küsst mich auf den Mund, das hat mir gerade noch gefehlt! Das Herz hämmert in der Brust, was soll ich nur tun? Ich hatte nicht begriffen, dass sie auf Mädchen steht. Und war sie nicht mit George zusammen? Ich verstehe gar nichts mehr. Aber vielleicht hat sie sich das mit dem Freund auch nur ausgedacht, oder sie mag sowohl Jungs als auch Mädchen. In der Menge suche ich nach Anneke, aber um mich herum sind nur Fremde. Ich zittere immer noch wie Espenlaub, ich brauche unbedingt etwas zu trinken. Ohne weiter nachzudenken, schnappe ich mir das erstbeste Glas, das mir in die Finger kommt.

Die Katastrophe

Ich bin betrunken. Ich habe ein paar Gläser in mich hineingeschüttet und bin komplett betrunken. Sonderbares Gefühl, man sieht die Welt durch eine Glaskugel. Man lächelt und blickt sich neugierig um. Die anderen interessieren einen nicht. Man beobachtet. Wenn man im nüchternen Zustand kaum reden mag, kaum lächelt und über ein Hallo nicht hinauskommt … nun, sobald man beschwipst beziehungsweise betrunken ist, dann lässt man sich gehen, und die Zunge löst sich. Oder sind es nur die Hemmungen, die fallen? Ich weiß es nicht, jedenfalls ist es ein sonderbares Gefühl. Alles ist lustiger, oder besser gesagt, einfacher. Die Leute scheinen auch netter zu sein. Und man selbst? Man lacht, auch wenn es nichts zu lachen gibt, man redet drauflos und spricht die anderen an, so wie man es sonst nie machen würde.

Meine Füße tun weh, und daher setze ich mich auf den ersten freien Platz. Ich möchte mir die Stiefel ausziehen, doch auch in diesem Zustand begreife ich, dass das hier nicht angebracht ist. Das ist nicht okay.

Also gehe ich auf die Toilette, das scheint mir eine kluge Entscheidung in diesem Moment. Ich schließe die Tür und setze mich auf die Schüssel, die glücklicherweise sauber ist. Anscheinend hat sie noch niemand benutzt. Ich ziehe mir die Schuhe aus und blicke hoch. Merkwürdig, beim Reinkommen war die Decke doch gar nicht so niedrig. Na, nur die Ruhe. Ich bleibe sitzen und massiere die Füße. Dann schließe ich die Augen. Nein, besser nicht, sonst schlafe ich womöglich noch ein, falle auf die Erde und stoße mir den Kopf. Gott, das wäre ja richtig lustig. Ich muss lachen. Dann würde ich mit einer fetten Beule nach Rom zurückkehren und müsste alles meinen Eltern erklären. Besser, ich geh wieder raus. Draußen kommt mir eine Gruppe Jungs entgegen, von denen ich wohl ein paar kenne. Jemand reicht mir im Vorbeigehen ein neues Glas, und gedankenlos ergreife ich es. Ich probiere, ich muss mich schütteln, brrrrr … keine Ahnung, was das ist, aber es ist nicht schlecht, vielleicht ein bisschen scharf für meinen Geschmack. Ist aber auch egal, ich bin eh hinüber. Massen an Menschen sind hier um mich rum: zum Glück. Ich hasse es, zu früh auf irgendwelchen Partys zu sein und darauf zu warten, dass die anderen kommen.

»Dich hab ich ja noch gar nicht gesehen. Bist du gerade gekommen?«, schreit mir ein Mädchen ins Ohr. Ich sehe es an, nett, dunkle glatte Haare bis zu den Schultern, braune Augen. Ich lächele ihr mit leerem Blick zu.

»Ich weiß gar nicht, seit wann ich hier bin«, antworte ich.
Jemand legt mir einen Arm um die Hüfte. Ich dreh mich um und entdecke Anneke neben mir.
»Seht mal, wer da kommt. Gott, für ihn würde ich alles tun.« Wir drehen uns beide in die andere Richtung und entdecken einen großen Typen mit roten Haaren, blauen Augen und lauter Sommersprossen.
»Der ist nichts für mich«, entgegne ich und drehe mich wieder zurück.
»Das ist mein Glück«, antwortet Anneke.
Das ist *mein* Glück, denke ich, und mir fallen die Szenen aus der Pub-Toilette wieder ein, als sie sich mit dem anderen Mädchen um den australischen Typen geprügelt hat.
»Warte, warte. Ich habe einen Typen für dich gefunden. Dreh dich ganz langsam um. Tu so, als schaust du den Fluss an, und dann sag mir, ob der nicht geil ist.«
Als ich den Hals drehen will, wird mir schwindelig und mein Blick verschwimmt. Wie ich wohl aussehe? Wie ein Stockfisch? Nein, wohl eher wie ein toter Frosch.
Ein Junge lächelt mir zu und ich lächle zurück. Ganz schwerer Fehler, keine drei Sekunden später steht er neben mir. Er versperrt mir die Sicht, und ich habe immer noch nicht den Typen entdeckt, den Anneke mir zeigen wollte. Mittlerweile hat sie sich in Luft aufgelöst.
Ich nicke. Phantastisch. Es gefällt mir, wenn der

Körper in die eine Richtung läuft und der Kopf in die andere. Er lächelt geschmeichelt. Verstohlen sehe ich ihn an und frage mich, ob er eine Perücke trägt. Was fällt mir denn ein? Eine Perücke! Ich lache über diesen Gedanken, und er fühlt sich ermutigt und kommt gefährlich nahe. Ohne ihm Zeit zu lassen, noch etwas zu sagen, gehe ich weg. So, das ist eine typische Reaktion einer Betrunkenen, wenn ich nicht getrunken hätte, wäre ich sicher da geblieben und hätte diesen Typen ertragen. Oder ich hätte es ihm nicht mal erlaubt, auch nur näher zu kommen, wer weiß. Wie ein Meteorit erscheint Marcos Gesicht vor mir und verschwindet wieder. Ich berühre meine Lippen … Himmel, als wäre das Lichtjahre her. Dann sehe ich Mashitas Gesicht vor mir, o Gott, jetzt fällt's mir wieder ein, wie peinlich!

»He, wo warst du denn!«

Annekes Stimme dringt an mein Ohr.

Als ich mich umdrehe, habe ich plötzlich zwei pechschwarze Augen unmittelbar vor der Nase. Er sagt nicht hallo, ich sage nicht hallo. Das ist nicht nötig. Er nimmt meine Hand, und schweigend lasse ich mich wegführen. Hatte ich nicht gerade Annekes Stimme gehört? Ich höre Musik. Die berühmten Geigen? Amüsiert lächele ich, von wegen Geigen, es ist ein unglaublicher Lärm. Der Unbekannte starrt mir weiter in die Augen, und ich fühle mich wie ein Tier im Käfig. Ich will das gar nicht, aber irgendeine Kraft verhindert, dass ich mich wehre. Oder will ich das vielleicht doch? Ein eiskalter Luftzug strömt mir über den Rücken, ich erzittere, und er, mein Jäger, nutzt es aus und drückt mich in eine dunkle Ecke.

»Mi amada, Geliebte, sol de mi vida. Sonne meines Lebens. Wir sind wie zwei Sterne des Universums, die sich zufällig getroffen haben. Ich habe aus der Ferne deinen Ruf gehört und deinen Duft gespürt und bin sofort zu dir gekommen.«

Was redet der da? Der Ton seiner Stimme ist unwiderstehlich. Ich träume. Das ist nur ein Traum oder ein anderes Leben oder ein Zauber. Ja, so ist es. Ich bin das Opfer eines schrecklichen und unwiderstehlichen Traums. Ein anderes Ich lebt diesen Traum. Nicht ich, die Valentina, die ich kenne, nicht die schüchterne, nicht das Mädchen, das in Marco verliebt ist. Bei dem Gedanken an ihn öffne ich erschreckt die Augen. Marco? O Gott, was mache ich hier bloß?

Doch es bleibt keine Zeit, die Welt dreht sich, mein Kopf dreht sich, und Marco verflüchtigt sich augenblicklich wieder. Ich lache, berauscht von der Berührung meines Kavaliers, von seinen Küssen, die wie Feuer brennen, von seinen Worten, die unauslöschliche Spuren hinterlassen. Was wird das hier? Ich sollte mich schuldig fühlen, also warum fühle ich mich nicht schuldig? Es bleibt keine Zeit zum Nachdenken: Er, mein mysteriöser Mann, hat mich auf den Arm genommen und läuft mit mir die Treppen hoch.

»Wohin gehen wir?«, hauche ich, ganz benebelt von seinem Aftershave.

»Wohin du willst. Sag mir, wohin du möchtest, und ich bringe dich hin«, antwortet er und drückt mich an sich.

Ich fühle es, er ist mein Ritter, mein Prinz. Sein Atem geht schneller durch das Laufen, doch das scheint ihn nicht zu kümmern, er flüstert mir weiter süße Worte ins Ohr.

Kleine Schweißperlen überziehen sein Gesicht.

»Lass mich runter, bitte. Setz mich ab. Warte, ich muss erst wissen, wer du bist«, flüstere ich.

»Wer soll ich für dich sein?«

»Nein, nicht so. Sag mir erst mal deinen Namen. Woher kommst du?«

»Aus einer anderen Welt. Und ich will dich mitnehmen. Fliehen wir gemeinsam?«

»Aber du kennst mich doch gar nicht!«

»Na und? Wichtig ist, dass wir füreinander bestimmt sind. Du hast doch auch gespürt, was ich gespürt habe, oder?«

Ich schweige.

Er ist stehen geblieben und hat mich sanft abgesetzt, doch noch hält er mich fest, sanft, aber bestimmt.

Um uns herum ist alles dunkel. Nur das Weiß seiner Augen glitzert. Was soll ich tun? Meine Beine zittern, ich verstehe gar nichts mehr!

Er blickt mich weiter eindringlich an.

»Sag mir, dass du mich nicht willst … sag mir nur, dass du nicht das empfindest, was ich empfinde, dann verschwinde ich für immer.«
Im Hintergrund erklingt die sanfte Melodie von *If I Ain't Got You* von Alicia Keys und lässt mir keine andere Wahl.
»Küss mich, bitte, küss mich«, höre ich mich selbst flüstern …

Ich öffne ein Auge, schließe es wieder. Ich öffne das andere, und ein stechender Schmerz durchzieht meine Schläfe. Ich versuche, mich im Bett umzudrehen, aber etwas Schweres erdrückt mich. Ich bleibe noch ein paar Minuten liegen. Wo bin ich? Ich öffne beide Augen, aber ich erkenne nichts wieder. Gott, was für ein stechender Schmerz im Kopf. Wieder will ich mich bewegen, aber nichts geht. Mein Magen zieht sich zusammen. Das muss von den Getränken gestern Abend kommen. Wie fürchterlich. Wow, mein Mund ist ganz eklig ausgetrocknet, ich muss mir unbedingt die Zähne putzen. Marta wird mir das nie glauben: Die brave Vale betrinkt sich an Silvester. Nicht schlecht, wer hätte das gedacht! Hm … eigentlich gefällt mir das gar nicht so gut. Okay, mal sehen, wie spät es ist. Mühsam bewege ich mich im Bett, doch mit einer riesigen Anstrengung schaffe ich es schließlich, mich umzudrehen.
»Aaaaahhh!«, schreie ich und springe aus dem Bett.

Eine Hand schiebt sich unter der Bettdecke hervor, und ich verstumme.

Wer zum Teufel ist das? Ich hebe die Decke an und sehe den nackten Rücken eines Jungen. Sofort decke ich ihn wieder zu. Ich sehe mich im Zimmer um, aber es sagt mir nichts. Was mache ich im Bett eines Unbekannten? Wenn das ein Scherz von Anneke ist, dann bring ich sie um, ich schwör's! Das hätte sie mir echt nicht antun dürfen. Und außerdem habe ich nichts an!

Doch außer ihm und mir ist niemand da.

Ich schiebe die Decke weg, um den Typen besser anschauen zu können, aber ich kenne sein Gesicht nicht.

Als ich noch ein Stückchen näher an ihn rangehe, dreht er sich um und öffnet ein Auge.

»Hola, cómo estás? Wie geht's?«

Erschreckt ziehe ich mich zurück, drücke die Bettdecke vor mich.

»Kennen wir uns?«

Er lacht und zeigt seine strahlenden Zähne.

Gott, ist der schön! Er blickt mich mit rabenschwarzen Augen an, während seine langen schwarzen Haare auf dem Kissen dahinfließen. Er sieht aus wie ein griechischer Gott. Ungewollt gleitet mein Blick seine gleichsam gemeißelte Brust hinab und bleibt an einem kleinen Tattoo an der Leiste hängen, aber er lässt mir keine Zeit, es zu entziffern.

»Komm her, was stehst du da rum. Bist du plötzlich schüchtern geworden?«
Er umgreift meine Beine und zieht mich zu sich.
Ich werde rot bis in die Haarwurzeln.
»Entschuldige, aber das muss ein Irrtum sein. Vielleicht verwechselst du mich mit jemandem. Ich bin nicht Anneke, ich bin ihre Zimmerkameradin«, antworte ich etwas unbeholfen.
»Mi amor, yo sé qué tu eres. El mi amor. Ich weiß schon, wer du bist. Meine Liebe.«
»Nein, ich sag's nochmal, das ist ein Fehler. Keine Ahnung, für wen du mich hältst, ich kenne dich nicht. Bitte, lass mich los.«
Wahrscheinlich bin ich nicht sehr glaubwürdig, denn was mache ich in diesem Bett mit ihm?
Er setzt sich auf und sieht mich an. Meine Worte haben ihn anscheinend verletzt.
»Willst du mir damit sagen, dass du dich an nichts erinnerst, was zwischen uns gewesen ist?«
Erschreckt, als hätte ich mich verbrannt, springe ich zurück.
»Wovon redest du?«
»Machst du Witze? Ich hatte nicht den Eindruck, dass du so viel getrunken hattest.«
Ratlos stehe ich da. Was soll ich sagen, was soll ich machen? Der nimmt mich doch auf den Arm, das ist alles nur ein Scherz.
»Hör jetzt endlich auf damit. Steh auf, nimm deinen

Kram und hau endlich ab«, entgegne ich, einem Nervenzusammenbruch nahe.

»Ehrlich gesagt ist das hier mein Zimmer, also wärst du es, die verschwinden müsste.«

Ich bin sprachlos.

»Ich kann's nicht glauben. Gestern warst du Feuer und Flamme, und jetzt willst du mich einfach so wegjagen. Und ich dachte, du wärst anders! Sonst sind es doch immer die Kerle, die einen Stich setzen und dann verschwinden, oder?«, fährt er fort.

»Was erlaubst du dir! Du bist verrückt. Soll ich etwa glauben, dass … dass … nun ja …«

»Wir sind zusammen ins Bett gegangen, ja, genau das, was du nicht mal aussprechen kannst, haben wir gemacht«, beendet er meinen Satz.

»Du lügst. Die haben dich gebeten, mich zu veräppeln, stimmt's?«, versuche ich, mit einem schwachen Lächeln auf den Lippen die ganze Situation richtigzustellen.

»Was redest du da? Was habe ich mir da bloß eingefangen? Hör mal, Bella, wenn du keinen Alkohol verträgst, dann bleib beim nächsten Mal lieber zu Hause bei Mama und Papa.« Er steht auf, vollständig nackt, und greift sich ohne eine Spur von Verlegenheit seine Klamotten.

»Wenn ich wiederkomme, will ich dich hier nicht mehr sehen«, fügt er hinzu, bevor er das Zimmer verlässt und die Tür hinter sich zuschlägt.

Das kann nicht wahr sein! Nein, so etwas Wichtiges kann ich doch nicht einfach so vergessen. Ich springe aufs Bett und suche nach Spuren. Ich werfe die Decke beiseite und betrachte das Laken. Nichts, keine Spuren. Für einen Moment werde ich wieder ruhig, doch dann fällt mir ein, dass ich ja nackt bin. »Aaahh«, schreie ich und bedecke das Gesicht mit den Händen. Ich muss mich erinnern, ich muss mich anstrengen und mich daran erinnern, was passiert ist. Wenn wirklich etwas passiert ist, dann kann ich das doch nicht ganz vergessen haben. Ich laufe ins Bad und blicke in den Spiegel. Völlig fertig sehe ich aus. Riesige Augenringe, ein verquollenes Gesicht, so als hätte mich jemand geschlagen. Ich verlasse das Bad wieder und suche Slip und BH. Der eine hängt an der Lampe über dem Tisch, der zweite liegt unter dem Bett. Entsetzt drücke ich sie an mich. Denk nach, bleib ruhig und werd nicht panisch. Das ist sicher nur ein Scherz von der widerlichen Anneke. Ich rufe sie an.

»Hi, Anneke, ich bin's, Vale.«

»Hallo, Vale, wie war die feurige Nacht mit Miguel? Der Typ ist der Wahnsinn, oder?«

Ich schließe die Augen und schlucke mühsam.

»Bitte, Anneke, sag mir, dass das ein Scherz ist.«

»Vale, entspann dich. Du hörst dich so sonderbar an. Dabei könntest du glücklich sein. Was ist passiert? Hat es dir mit Miguel etwa nicht gefallen?«, sagt sie mehrdeutig. Mir wird schlecht.

»Anneke, bitte, tue mir einen Gefallen. Was ist gestern Nacht passiert? Ich erinnere mich an nichts. War ich wirklich mit Miguel zusammen?«, flüstere ich mit dünner Stimme.

»Hör mal, Schwester, es tut mir ja leid, es dir sagen zu müssen, aber heute Nacht bist du so auf Miguel abgefahren, dass du mich nicht mal gehört hast, als ich meine Jacke aus seinem Zimmer geholt habe. Ich hoffe, du verstehst, was ich meine«, erklärt sie.

»Willst du damit sagen, dass ich wirklich mit diesem Miguel im Bett war?«

»Also, ich habe mich natürlich nicht hingestellt und zugeschaut, was ihr genau gemacht habt. Aber sagen wir mal, ihr habt ganz schön rumgemacht. Und ich hatte nicht den Eindruck, dass es dir missfiel. Du solltest also glücklich sein, zumal Miguel nicht mit jeder ins Bett geht. Tja, schade, dass du dich nicht erinnerst …«

Ich beende das Gespräch und lege die Hände vors Gesicht.

Das ist ein Albtraum, einer meiner schlimmsten Albträume. Ich möchte im Boden versinken, ich wünschte, irgendeine Naturgewalt würde über mich hereinbrechen und mich für immer verschlingen. Gott, wie entsetzlich, was habe ich getan? Ich bin ein Monster, ja, eine Furcht erregende Person. Wie konnte ich Marco das antun? Ich kann ihm nie wieder ins Gesicht sehen.

Tränen strömen mir die Wangen hinunter, doch es ist mir egal, ich bin am Ende. Ich verdiene ihn nicht: Er liebt mich, und wie erwidere ich seine Gefühle? O Gott, ich bin der letzte Dreck. Und was soll ich jetzt machen? Was soll ich ihm sagen? Ich muss ihn verlassen, das ist die einzige Lösung. Ein Stich im Magen lässt mich vornüber klappen. So zusammengekauert bleibe ich liegen, bis sich die Krämpfe legen. Ich stehe auf, kleide mich rasch an und flüchte aus diesem Zimmer. Ich kann nicht nach Hause, ich kann wirklich nicht.

Ein anderer Gedanke kommt mir in den Sinn: Und wenn wir gar nicht miteinander geschlafen haben? Vielleicht hat mich ein Anfall von Hellsichtigkeit noch davor bewahrt. Ich dreh um und laufe noch einmal ins Bad. Ich stürze mich auf den Mülleimer. Bitte, sag mir, dass da keins ist, sag mir, dass da keins ist … Aber da ist eins! Ich strecke die Hand aus und ziehe das benutzte Kondom heraus. Es ist voll.

»Nein, nein, nein! O Gott, ich will sterben, ja, ich will sterben«, brülle ich und fange wieder an zu weinen.

Zu Hause stelle ich mich sofort unter die Dusche. Die Tränen können mich nicht beruhigen, und als Mashita hereinkommt, werde ich immer noch von Schluchzern geschüttelt.

»Mein Gott, Vale, was ist denn passiert?« Sie kommt an mein Bett.

In diesem Moment erinnere ich mich an ihren Kuss und ziehe mich zurück.
»Entschuldige bitte für gestern Abend. Ich weiß nicht, was über mich gekommen ist. Ich schäme mich so sehr. Ich war komplett betrunken. Tu so, als wäre nichts geschehen, bitte, verzeih mir.«
Eigentlich bin ich unsicher, was ich jetzt tun soll, aber ich muss mich jemandem anvertrauen. Ich fühle mich so elend, und daher erzähle ich ihr zwischen lauter Geschluchze von der Nacht.
»Das ist schrecklich, Vale, aber du musst dich doch an was erinnern. Es ist doch erst ein paar Stunden her.«
»Keine Ahnung, vielleicht wollte ich alles auslöschen. Vielleicht kommt das vom Schuldgefühl, ich schäme mich so. Ich weiß nicht, was ich sagen soll.«
Sie hilft mir, mich zuzudecken.
»Denk nicht drüber nach. Schlaf jetzt, vielleicht wird dir danach alles wieder klarer. Vielleicht ist es auch nicht so dramatisch, wie du jetzt denkst. Oder du entdeckst, dass du es mit ihm gemacht hast, aber es dir auch gefallen hat.«
Sie versucht, mich zu trösten.
»Verstehst du nicht? Seit Monaten will Marco mit mir schlafen und jedes Mal sage ich ihm, dass ich noch nicht so weit bin, dass ich noch warten will. Und er antwortet jedes Mal geduldig, dass das okay ist, dass ich mir keine Sorgen machen muss. Wie soll ich jetzt nach Hause fahren und ihm erzählen, dass ich es mit

einem Unbekannten getrieben habe? Was für ein Trost wäre das, wenn ich mich nicht daran erinnere? Das ist doch unglaubwürdig! Würdest du das machen?«

Sie sieht mich betrübt an.

»Das ist das Ende unserer Beziehung. O Gott, wie soll ich ihm je wieder in die Augen sehen?«

»Schsch. Denk nicht daran, schlaf jetzt. Wir finden schon eine Lösung, du wirst sehen. Es ist erst zehn Uhr. Wir denken hinterher darüber nach.«

»Hat Mrs Norton gemerkt, dass ich nicht da war?«

Mashita lacht.

»Keine Sorge. Heute Morgen habe ich ihr gesagt, dass du früh weggegangen bist.«

»Danke.«

»Es ist alles in Ordnung. Keine Sorge. Das passiert ab und zu mal, dass man sich gehen lässt. Jetzt schläfst du. Wir sehen uns später. Kuss.« Sie macht das Licht aus und lässt mich allein mit meiner Qual.

Ein Monster bin ich, ein MONSTER! Ich ziehe mir die Decke über den Kopf. Ich werde nie wieder etwas trinken. Wenn ich je wieder einen Tropfen Alkohol anrühre, dann gehe ich ins Kloster. Das schwöre ich!

Heute fahre ich nach Hause, und langsam kehren die Erinnerungen an die Silvesternacht zurück. Noch sind es nur Bruchteile und ziemlich wirr, aber sie kommen zurück. Mittlerweile kann ich die Wahrheit nicht mehr leugnen. Es ist wirklich passiert, ja, ich hab's getan, zweifellos. Ich schäme mich vor mir selbst, so sehr, dass ich mich nicht mal im Spiegel ansehen kann.

Aber es ist sinnlos, nach äußeren Gründen zu suchen. Das ist allein meine Schuld. Vielleicht muss ich die Konsequenzen daraus ziehen und allein bleiben. Ich verbreite zu viel Chaos, und Marco hat was Besseres verdient und bestimmt nicht so eine wie mich. Ich sage ihm noch, dass ich ihn liebe – und was mache ich dann? Im Sommer der Kuss von Roberto und jetzt die Nacht mit Miguel. Leugnen hilft nicht, ich bin untreu, das ist die Wahrheit. Immer rede ich mir ein, dass ich soundso gemacht bin, doch dann benehme ich mich wie das komplette Gegenteil.

Ich packe meinen Koffer und fühle mich elend. Viel lieber möchte ich an einen einsamen Ort reisen, wo mich keiner findet. Ich möchte alles ungeschehen machen und von vorne anfangen. Ein Kloß schnürt mir die Kehle zu. Ich sehe aus dem Fenster. Es bringt nichts, ich kann die Realität nicht ändern. Ich habe Mist gebaut, richtigen Mist, und das muss ich nur mit mir selber ausmachen. Ja, zwar hat Mashita mich geküsst, ich habe sicherlich zu viel getrunken, und die Stimmung war so überschäumend. Natürlich war Miguel so schön, aber ich hätte Nein sagen können, stattdessen habe ich zugestimmt. Ich habe eine Entscheidung getroffen, und es war die verkehrte.

Die Zimmertür geht auf, Anneke und Mashita kommen herein.

Sie setzen sich auf das Bett und reichen mir ein Paket.
»Was ist das?«
»Ein Geschenk für dich. So erinnerst du dich immer an diesen Urlaub.«
Wie sollte ich den je vergessen?
Ich öffne es und ziehe eine Tasse mit einem Schriftzug *For Vale, with love. Anneke and Mashita* heraus.
Eine Träne läuft mir über die Wange.
»Danke«, antworte ich und umarme die beiden.
Keine von uns dreien sagt ein Wort. Schließlich unterbricht ein leises Klopfen an der Tür die Stille, die langsam bleischwer wird.
Mrs Norton tritt ein, aufgedreht wie immer.
»Valentina, es ist Zeit. Wir müssen los, sonst kommen wir zu spät.«
Ich nehme meine restlichen Sachen, sehe mich noch einmal um und verlasse das Zimmer. Die anderen folgen mir.
Am Eingang umarme ich sie nochmal. Anneke flüstert mir ins Ohr: »Miguel würde sich freuen, dich wiederzusehen. Schreib ihm mal.« Dann schiebt sie mir einen Zettel zu, den ich sofort in der Tasche verschwinden lasse.
Ich nehme meinen Koffer und folge Mrs Norton schweigend, so als würde ich aufs Schafott geführt.

Sagen oder nicht sagen

Die feste und herzliche Umarmung meines Vaters am Flughafen rührt mich mehr als sonst. Und während wir nach draußen gehen, erscheint er mir strahlender und entspannter: Vielleicht haben die Ferien ja was genützt. Wir reden, als wäre nichts passiert, als wären die Streitereien und die Übellaunigkeit nur eine entfernte Erinnerung. Ich erzähle ihm alles, lasse allerdings das Wichtigste aus, das, was heftiger brennt als eine offene Wunde. Er ist begeistert von meinen Ausflügen, meinen Englisch-Fortschritten und meinen neuen Freundinnen. Wir parken, und auf den wenigen Metern zu unserem Haus wird mir klar, wie sehr mir allesamt gefehlt haben.

Nachdem ich durch die Wohnungstür getreten bin, stelle ich den Koffer ab und sehe mich um: Endlich bin ich zu Hause, ich bin glücklich, auch wenn ein Teil in mir fluchtartig wegrennen möchte. Nach ein paar Schritten höre ich Geräusche aus der Küche und bleibe stehen. Meine Mutter singt ein Lied. Mit einem Satz bin ich an der Küchentür.

»Mama.«
Sie dreht sich um und breitet strahlend die Arme aus.
»Vale, ich bin so froh, dass du wieder da bist. Komm her, lass dich umarmen.«
Jeder Zweifel, jede Unsicherheit verschwindet schlagartig. Sie drückt mich an sich, küsst meine Haare. In tiefen Zügen atme ich ihr Parfum aus Zitrone und Zeder ein.
»Lass dich ansehen. Ich muss sehen, ob du dich verändert hast«, sagt sie und schiebt mich ein Stück von sich weg.
Ich schlage die Augen nieder. Ob sie merkt, dass etwas passiert ist? Aber was sage ich da? Als ob man das von außen sieht! Ich entdecke ja selbst keine Veränderung, fühle mich nur unglaublich schuldig. Ich schiebe die traurigen Gedanken beiseite. Diesen glücklichen Moment will ich genießen.
»Und Giulia? Schläft sie? Wie geht es ihr? Kann ich sie sehen?«
Meine Mutter hakt sich bei mir ein, und gemeinsam gehen wir ins Schlafzimmer. Die Sonne taucht das Zimmer in ein fast irreales Licht. Das Bienenmobile über Giulias Bettchen bewegt sich im leichten Luftzug. Arm in Arm nähern wir uns der Kleinen, und zwei muntere Augen schauen uns an.
»Mama, sie hat sich ja total verändert. Sie ist länger geworden und bewegt sich viel mehr. Wie beeindruckend!«, stelle ich aufgeregt fest.

Ich strecke die Hand aus, um sie zu streicheln, und sie ergreift sie. Mein Herz hüpft, und meine Augen werden feucht.
»Sie ist so süß. Sieh nur, Mama, wie sie meine Hand hält. Ob sie mich wiedererkannt hat?«
Meine Mutter drückt mich noch fester an sich. Dann geht sie zu meiner Schwester und nimmt sie hoch.
»Giulia, hast du gesehen? Valentina ist wieder da. Komm, nimm sie mal.« Ich verkrampfe leicht, während sie mir meine Schwester in den Arm legt.
»So. Jetzt ist sie zufrieden. Entspann dich, Vale, nicht so aufgeregt. So ist es gut. Also, wie fühlt sich das an, sie auf dem Arm zu haben?«
»Sonderbar. Ich weiß gar nicht, wie ich mich bewegen soll. Ich hab Angst, ihr wehzutun. Sie ist so klein und zerbrechlich«, antworte ich und schaukele sacht von einem Bein auf das andere. Es ist aufregend, sie an mir zu spüren. Sie ist so zart und duftet so sauber. Ihre wenigen Haare kitzeln mich am Hals. Dieses kleine Wesen wird wachsen und so groß werden wie ich. Ich kann mir gar nicht vorstellen, dass wir irgendwann mal in meinem, besser gesagt, in unserem Zimmer auf den Betten sitzen und uns wie Freundinnen unterhalten werden.
In diesem Moment kommt mein Vater herein und lächelt.
»Da sind sie ja, meine Schätze. Also Vale, was hältst du von deiner Schwester? Ist sie nicht gewachsen?«

Wir spielen noch eine Weile mit ihr, dann legen wir sie wieder hin und verlassen das Zimmer.
»Heute ist ein besonderer Tag, da will ich auch etwas Besonderes kochen. Was haltet ihr von Gnocchi mit Tomatensauce und Kalbsrouladen mit Erbsen?«
Allein bei dem Gedanken an diese Leckereien läuft mir das Wasser im Mund zusammen. Noch etwas, das mir gefehlt hat: das Essen, vor allem das von meinem Vater.
»Au ja. In London hab ich so schreckliches Zeug essen müssen«, sage ich und erzähle von dem Pudding.

Wir sind fast mit dem Essen fertig, als es klingelt.
Ich laufe zur Tür und öffne sie: Mein Herz setzt einen Schlag aus. Marco. Da steht er vor mir. Er ist wunderschön mit seinen blauen Augen und den etwas längeren Haaren. Ich verschlinge ihn mit Blicken, vergesse für einen Moment alles. Ich genieße den schnelleren Herzschlag, die zitternden Beine und die feuchten Hände. Ich bin so ein Dummkopf! Dann überbrücke ich das Schweigen zwischen uns mit einem Lächeln.
»Marco«, sage ich mit rauer Stimme.
»Vale«, erwidert er und sieht mich weiter an.
Keiner von uns ist fähig, einen Finger zu rühren.
»Du hast mir so gefehlt.«
»Du mir auch«, und ich merke, dass es wahr ist. Das ist nicht gelogen.
»Wer ist das?« Mutters Stimme zerstört den Zauber.

»Marco. Ich gehe ein Stündchen mit ihm weg«, sage ich wie in Trance. Ohne auf die Erwiderung meiner Eltern zu warten, schnappe ich mir meine Jacke und schiebe Marco nach draußen. Ich ziehe die Tür zu und drücke ihn dann an mich.

»Ich konnte nicht länger warten«, sage ich.

Er küsst mich und küsst mich nochmal. Ich schließe die Augen, erkenne seinen Duft wieder, seine Berührung, seine Zärtlichkeiten. Es ist alles wie vorher, es hat sich nichts verändert, wir sind immer noch Marco und Vale.

Hand in Hand rennen wir die Treppen hinunter, lassen die Haustür hinter uns ins Schloss knallen und lachen wie die Kinder. Ja, ja, ja, schreit mein Herz. Ich will alles vergessen. Ich will, dass seine Augen mich immer so ansehen, dass er nie aufhört, mich zu lieben. Wenn ich ihm davon erzähle, ist alles aus. Dann wird er mich nicht mehr an sich drücken, wird mich nicht mehr küssen und nicht mehr lieben. Warum sollte ich das alles kaputtmachen? Warum sollte ich darauf verzichten? Er liebt mich, das spüre ich daran, wie er meine Hand drückt, an seinen starken, leidenschaftlichen Küssen. Natürlich bin ich ab und zu zerstreut und verliere dann die Orientierung. Doch am Ende finde ich immer wieder den Weg nach Hause, denn er ist mein Zuhause, mein geheimer Rückzugsort, mein Lieblingsplatz. Wir verweilen am Tiberufer, genau dort, wo ich mal mit Ale spazieren war, und nehmen uns gegenseitig wieder in

Besitz. Ich erzähle ihm von meinen Freundinnen, von Mashitas Kuss, von der durchgeknallten Mrs Norton und von meinen Missgriffen im Englischen. Er lacht, zieht mich auf, dann küsst er mich wieder, wuschelt mir durch die Haare, zieht Grimassen, und ich lache mit ihm. Die Zeit scheint stehenzubleiben, und so verharren wir, bis es dunkel wird und Mond und Sterne uns freundlich grüßen.

»Gut, dass du wieder da bist«, sagt Marta, als wir den Corso entlangschlendern. »Die ganze Zeit über hatte ich niemandem, dem ich mich anvertrauen konnte. Die Einsamkeit hat mir ganz schön zu schaffen gemacht. Und außerdem bin ich gespannt, was du so alles erlebt hast. Du musst mir alles erzählen«, fährt sie fort.

Seit meiner Rückkehr denke ich an nichts anderes. Sag ich es Marta oder sag ich es ihr nicht? Einerseits habe ich so große Gewissensbisse wegen dem, was ich angerichtet habe, dass ich mit keiner Menschenseele darüber reden möchte. Andererseits: Wenn ich nicht mal meiner besten Freundin mein Geheimnis anvertrauen kann, wem dann? Aber ich habe immerhin ihren Bruder betrogen, und sie hält uns für das perfekte Paar. Nein, ich kann ihr das nicht sagen.

Ein Sekunde später ändere ich meine Meinung. Mein Schmerz ist so groß, dass ich einfach nicht schweigen kann.

»Marta, ich habe was ganz Schlimmes gemacht.« Und ohne ihr Zeit zu lassen, etwas zu erwidern, erzähle ich es ihr haarklein. Eine halbe Stunde rede ich ohne Unterlass. Sie sagt kein Wort, zwirbelt nur eine Haarsträhne zwischen den Fingern. Verunsichert durch ihren forschenden Blick verstumme ich schließlich.
»Bitte, Marta, sieh mich nicht so an. Sag etwas.«
»Was soll ich dazu sagen, Vale? Ich kann nicht glauben, dass dir so etwas passiert sein soll … diese ganze Sache ist so sonderbar, das hört sich gar nicht nach dir an. Es fällt mir schon schwer, mir dich betrunken vorzustellen. Und dass du dann auch noch in so einem Zustand mit dem Erstbesten ins Bett springst und dich dann noch nicht mal an irgendwas erinnerst … Nein, wirklich, ich bin ziemlich durcheinander. Ich dachte immer, ich wäre diejenige, die ein Rad ab hat, die vorschnelle Entscheidungen trifft, die nicht überlegt. Aber vielleicht lag ich da falsch.«
»Bitte, Marta, sei nicht so hart zu mir. Ich habe das nicht absichtlich gemacht. Ich wollte das nicht … Du weißt, wie sehr ich deinen Bruder liebe. Du weißt, wie sehr ich mich bemühe, perfekt zu sein. Aber die Dinge ändern sich, es geschieht immer mal wieder etwas Unvorhergesehenes. Ich hab das nicht einfach so gemacht.«
»Dann magst du den also wirklich. Wie heißt er noch? Diesen Miguel?«
Verzweifelt seufze ich.

»Das habe ich nicht gesagt. Ich meine, dass es nie meine Absicht war, mit dem Erstbesten ins Bett zu gehen. So bin ich nicht. Du weißt, wie ich immer von diesem Moment geträumt habe und dass ich immer warten wollte, weil ich mich noch nicht so weit gefühlt habe.«

»Vielleicht warst du für Marco noch nicht so weit.«

Ihre Worte treffen mich wie eine kalte Dusche. Hat sie vielleicht recht? Wollte ich es unbewusst vielleicht nicht mit ihm? Nein, das kann nicht der Grund sein.

»Denk ruhig, was du willst. Aber es war nur ein Unfall, ein schrecklicher Fehler. Wir alle machen doch mal Fehler, oder?«

Sie nickt, sagt aber kein Wort.

»Wenn Marco das erfährt, ist es aus. Das bringt ihn um, da bin ich mir sicher«, fügt sie nach einer Weile hinzu.

Ich halte den Atem an.

»Also meinst du, ich sollte es ihm nicht sagen?«

»Machst du Witze? Wage es bloß nicht. Er ist total verrückt nach dir. Er bereitet doch schon alles für euren sagenumwobenen Valentinstag vor. Und du würdest ihm so etwas Schreckliches sagen?«

Ich schweige und fühle mich noch schlechter.

»Willst du ihn verlassen?«

»Nein!«, antworte ich fast schreiend.

»Also dann tu so, als sei nichts geschehen.«

»Ja, aber früher oder später findet er es heraus. Und dann …«

»Nein, das darf er niemals erfahren. Du musst diese Episode streichen, die ist nie passiert. Wenn du dich erst mal selbst davon überzeugst, dann wird er es auch nicht erfahren, nicht mal von mir.«

»Aber, Marta, wie soll ich das machen … Das heißt, wenn es denn passiert, in dem Moment, wird er es doch merken.«

»Das glaube ich nicht. Ansonsten tust du eben so, als ob.«

»Tun als ob?«

»Dann stellst du dich ein bisschen an.«

Ich bin sprachlos. Unglaublich, dass sie mir rät, ihren Bruder anzulügen.

»Marta, ist das denn richtig?«

»Vale, du hast keine andere Wahl. Wenn du weiter mit ihm zusammen sein willst, dann bleibt dir nichts anderes übrig. Und außerdem wird es für dich tatsächlich das ›richtige‹ erste Mal sein. An das andere erinnerst du dich doch gar nicht, oder?«

Hastig schlage ich die Augen nieder. Wie soll ich ihr sagen, dass ich mich mittlerweile an alles erinnere? Ich bin völlig fertig und erschöpft. Am liebsten würde ich ins Bett schlüpfen und mich unter der Decke verkriechen. Wir gehen noch ein Stück, setzen uns schließlich in eine Bar und bestellen zwei heiße Schokoladen mit Sahne.

Langsam vergeht der Nachmittag, doch der schwarze Fleck, der sich zwischen uns ausgebreitet hat, verschwindet nicht. Ich erzähle ihr noch von allem anderen, was ich in London erlebt habe. Von der Prügelei auf der Toilette, den Katzen der Wirtin, von Mashita und Anneke. Doch Martas Blick ist abwesend, sie leidet für ihren Bruder, und das ist meine Schuld.

Unruhig wälze ich mich im Bett herum, im Traum sehe ich Miguels Gesicht vor mir, der mich nicht in Ruhe lassen will. Mein Körper reagiert von selbst. Es nützt nichts, dass ich mich widersetze. Meine Haut erzittert unter seinen warmen Händen, seinen feurigen Worten. Der Kontakt unserer Münder lässt mich erbeben. Ich erschauere unter seinem Blick, während die Hitze mich umfängt und mir eine Gänsehaut macht. Ich seufze, drehe mich im Bett nochmal um. Es geht nicht. Seine starken Hände drücken mich fest, während seine süßen Liebesschwüre mir das Hirn zermartern. Schluss, schreit mein Kopf, Schluss! Ich setze mich auf, nehme den Kopf zwischen die Hände und drücke fest zu. Meine Eltern schlafen im Nebenzimmer, und auch Giulia schläft unschuldig in ihrem Bettchen. Hoffentlich ist sie wenigstens besser als ich! Am Ende gebe ich mich geschlagen, stehe auf, gehe in die Küche und hole mir eine Glas Wasser.
»Kannst du nicht schlafen?«
Mein Vater erscheint in der Tür.

»Nein.«

»Hast du schlecht geträumt?«

Ganz fürchterlich, möchte ich ihm sagen. Aber das stimmt eigentlich nicht, das wäre ja alles gar nicht so schrecklich, wenn ich für diese Gefühle nicht Marcos Liebe betrügen müsste. Was sage ich da? Ich habe ihn ja schon betrogen.

Tränen laufen mir über die Wangen, aber ich rühre mich nicht.

»Willst du es mir nicht erzählen?«

»Mir ist nicht danach.«

Anstatt wegzugehen, kommt mein Vater näher, setzt sich im Dunkeln vor mich hin.

Das Einzige, was zwischen uns steht, ist die Wasserflasche auf dem Tisch. Er gießt sich auch ein Glas ein, und das Geräusch des plätschernden Wassers erinnert mich an einen Wasserfall.

»Hast du Mama schon mal betrogen?«, platze ich unvermittelt heraus.

Stille. Durch die Fensterläden schimmert sanft das Licht der Straßenlaterne. Er lehnt sich auf dem Stuhl zurück.

»Mama nicht. Aber ein anderes Mädchen, mit dem ich eine lange Zeit zusammen war, ein Mal, ja.«

»Und wie hast du dich hinterher gefühlt?«

»Ganz elend, zumal sie es über eine Freundin erfahren hat.«

»Und dann, was ist passiert?«

»Sie hat mir eine Szene gemacht, an die ich mich immer noch gut erinnere. Wir waren am Meer und sie trug ein gestreiftes Kleid, in dem sie noch hübscher aussah als sonst. Ich hatte sie zum Essen in ein Restaurant eingeladen. Den ganzen Abend über hat sie kein Wort gesagt. Vielleicht hoffte sie, dass ich alles beichte oder aber dass ihre Freundin sich geirrt hatte.«

»Wie alt warst du?«

»Achtzehn, wenn ich mich recht entsinne.«

»Und dann?«

»Nach dem Essen sind wir an den Strand gegangen, wir haben die Schuhe ausgezogen und sind durch den Sand gelaufen. Dann ist sie in Tränen ausgebrochen, und ich wäre am liebsten gestorben. Sie schrie mich mit Tränen in den Augen an und fragte mich immer wieder, warum, warum ich das getan hatte, wie ich sie nur so betrügen konnte, was für einen Grund ich gehabt hatte. Und ich wusste nicht, was ich ihr antworten sollte, denn es gab keinen wirklichen Grund. Ich hatte mich bloß verführen lassen von einem Blendwerk. Ich wollte sie berühren, sie umarmen, ihr sagen, wie sehr ich sie liebte und wie dumm ich gewesen war, das alles kaputt zu machen. Aber ich hab es nicht geschafft. Ich konnte ihr nur ein paar Worte sagen, etwas total Geistloses und Dummes.«

»Habt ihr Schluss gemacht?«

»Ja, seit dem Abend wollte sie nicht mehr mit mir reden. Diese Episode war für mich eine heftige Sache, an der ich noch jahrelang zu knabbern hatte.«

Alles ist ruhig, nur ab und zu braust ein Auto die Straße entlang. Vielleicht fährt da jemand nach Hause oder beginnt schon seinen neuen Arbeitstag.

Ein Vogel kreischt in der Ferne.

»Das Leben ist so. Manchmal machen wir Dummheiten, ohne dass wir es überhaupt merken. Das gehört zu unserer Entwicklung. Vielleicht musste ich diese Erniedrigung durchstehen, um zu begreifen, dass es nicht schön ist, das Vertrauen desjenigen zu missbrauchen, der einen liebt. Denn einen Menschen zu lieben, heißt auch, ihm Vertrauen und Respekt entgegenzubringen. Aber wenn man noch jünger ist, muss man sich über viele Dinge noch klarwerden. Alles ist so schön und neu. Alles, was dir über den Weg läuft, möchtest du haben, erleben, und das ist auch richtig so. Vielleicht ist man deshalb in dem Alter noch nicht reif für eine ernsthafte Beziehung und bleibt oft nur kurz mit jemandem zusammen. Denn man verliebt und entliebt sich so leicht, auch wenn man jedes Mal denkt, es ist für die Ewigkeit.«

»Aber wenn sie es nicht erfahren hätte? Du hättest ihr nichts gesagt, oder?«

Er stützt die Ellenbogen auf den Tisch.

»Ich weiß es nicht. In dem Moment habe ich nur an mich gedacht. Da ich sie nicht verlieren wollte, hielt ich das für unnötig. Es ist jedem selbst überlassen, die

Wahrheit zu sagen oder nicht, das ist eine Gewissensfrage. Bevor man eine Entscheidung trifft, sollte man auch immer die andere Seite überdenken: Wenn du erfahren würdest, dass er dich betrogen und dann angelogen hat, was würdest du tun?«
Als wir wieder ins Bett gehen, ist es schon nach drei Uhr.

Nur noch wenige Tage bis zu dem schicksalhaften Abend, und Marco scheint immer noch nichts bemerkt zu haben, nur dass ich stiller bin als sonst und sehr erschöpft. Aber in meinem Hirn geistern immer noch Martas Worte herum und die von meinem Vater. Und so habe ich schließlich beschlossen, vielleicht auch aus Feigheit, dass meine Freundin recht hat: Ich darf es ihm auf keinen Fall erzählen. Zum einen würde er zu viel leiden, zum anderen würde er mich verlassen. Und ein Leben ohne ihn kann ich mir nicht vorstellen.
Und so mache ich weiter, als wäre nichts geschehen. In der Zwischenzeit habe ich mich jedoch schlau gemacht über das, was beim ersten Mal tatsächlich passiert, um vorbereitet zu sein. Es ist lächerlich, aber wenn denn dieser bestimmte Moment gekommen ist, will ich wissen, wie es vor sich geht, damit er nichts bemerkt. Marta meint, ich mache mir viel zu viele Gedanken, und nur wenn Marco mehr Erfahrung hätte, dann wäre meine Angst aufzufliegen auch berechtigt. Zwischen uns ist offensichtlich alles wieder im Lot.

Aber ich fühle mich verändert. Ich sehe die Welt mit anderen Augen. Es nützt nichts, es zu leugnen. Ich könnte tun, als sei alles wie vorher, aber das ist es nicht. Wenn ich jetzt mit Marco weggehe, wenn wir uns küssen, fühle ich mich wie eine andere Person. Immer flüstert ein Stimmchen in mir: Du bist eine Lügnerin, du musst es ihm sagen. Wenn du ihn liebst, musst du es ihm sagen. Er muss wissen, wen er vor sich hat. Nicht die süße, zarte, schutzlose, schüchterne und zurückhaltende Vale. Sie ist nicht das naive, unerfahrene Mädchen, in das er sich verliebt hat. Ich sehe ihn an und fühle mich schmutzig. Dass ich nicht ehrlich zu ihm bin, hinterlässt jedes Mal einen bitteren Geschmack bei mir. Ich habe ihn betrogen, ich war unfähig, unsere Liebe zu schützen. Das ist meine Schuld, und da ich feige bin, habe ich nicht den Mut, die Konsequenzen auf mich zu nehmen.

Ich rekele mich noch im Bett, als mein Handy klingelt. Es ist Marta.

»Wo bist du?«, fragt sie.

»Zu Hause, ich lieg noch im Bett.«

»Ich bin in zehn Minuten bei dir.«

»Okay, bis gleich.«

Kurz darauf hocken wir beide unter der Bettdecke.

»Ich habe wieder mit meinen Eltern gestritten. Ich kann nicht mehr. Was soll ich machen?«

»Da kannst du nicht viel tun. Versuche, dich nicht immer mit ihnen zu zoffen. Ignorier sie.«

»Aber das schaffe ich nicht. Gestern hat die neugierige Hausmeisterin ihnen erzählt, dass ich in das Auto eines viel älteren Jungen eingestiegen bin. In Giacomos nämlich. Warum kümmern sich die Leute nicht um ihren eigenen Kram?«

»Reg dich nicht auf, die ist ein blöde Schlange.«

Ich erzähle ihr, dass mir Anneke und Mashita geschrieben haben. Das College hat wieder angefangen, und Anneke zieht Ende des Monats zu dem Jungen, den sie gerade kennengelernt hat. Das ist eine völlig andere Welt, bei uns wäre so was undenkbar. Bevor man in Italien zu Hause auszieht, vergeht eine Ewigkeit. Und der Gedanke, dass Marco und ich in ein paar Jahren zusammenziehen könnten, kommt mir so verrückt vor. Vielleicht, wenn wir beide schon länger von zu Hause ausgezogen wären … Bei dem Gedanken muss ich lächeln. Ich kann es mir gar nicht vorstellen, außerdem lebe ich gerne mit meinen Eltern zusammen. Vor allem jetzt, wo sich die Lage so entspannt hat und meine Eltern wieder so liebevoll und nett sind wie vor Giulias Geburt.

Valentinstag

ER IST DA, DER VIEL BESCHWORENE TAG IST GEKOMMEN. Heute ist Valentinstag, und heute Abend feiere ich mit Marco. Er hat alles vorbereitet, auch wenn er nicht sagen wollte, was genau. Schon der Gedanke daran lässt mich erzittern: Die vergangenen Tage habe ich wie in Trance zugebracht und mich davon zu überzeugen versucht, dass ich das Richtige tue. Zu diesem Anlass habe ich ihm einen Schlüsselanhänger gekauft und darauf gravieren lassen: *Mein Herz gehört dir*.

Der heutige Abend ist ein ganz besonderer Abend, und daher haben mir meine Eltern erlaubt, erst um Mitternacht wieder heimzukommen. Marta hat mich mindestens hundertmal angerufen, um zu fragen, wie ich mich fühle, ob ich entspannt bin, und hat mir das Versprechen abgenommen, keinen Unsinn zu machen. Ich habe mir ein Paar bunt gestreifte Strümpfe gekauft. Als ich sie sah, haben sie mir sofort gute Laune gemacht, und das habe ich einfach gebraucht. Ich trage einen kurzen Jeansrock, obendrüber ein ausgeschnittenes T-Shirt, dazu einen Pulli mit Reißverschluss. Ich habe mich geschminkt, aber nicht zu viel. Nicht, dass mir bei all der Aufregung die Wimpertusche verläuft. Nur etwas Kajal und Lippgloss habe ich aufgetragen, aber das verschwindet ja sowieso, sobald ich irgendwas esse. Seit zehn Minuten bin ich fertig, sitze auf dem Bett und sehe meine Hände an. Mein Magen rebelliert. Ich fühle mich genauso, als müsste ich eine Prüfung ablegen oder aufs Klo.

Mein Vater erscheint in der Tür und sieht mich verständnisvoll an.

»Marco ist da. Er wartet unten auf dich.«

Mein Gesichtsausdruck muss fürchterlich sein, denn er steigt das Leiterchen hoch, das zu meinem Bett führt.

»Alles wird gut. Da bin ich ganz sicher.«

Schweigend nicke ich, aber mein Magen rumort weiter ohne Unterlass.

Ich klettere hinunter, nehme Geschenk, Jacke, Rucksack und gehe zur Tür.

»Viel Spaß und schönen Valentinstag«, sagt Mama mit meiner Schwester auf dem Arm und öffnet mir die Tür.

Ich lächele und laufe die Treppe hinunter. Doch auf der letzten Stufe bleibe ich stehen.

Ich schaff das, ja, ich schaff das. Ich liebe ihn so sehr, und ich mach das für uns. Es ist alles ganz richtig so.

Ein tiefer Atemzug, und eine Sekunde später liege ich in seinen Armen.

»Bist du bereit?«
Am liebsten würde ich nicht anworten.
»Gehen wir«, sage ich lachend.
Er reicht mir den Helm, und ich steige auf.
»Wohin fahren wir?«
»Das wirst du gleich sehen. Hast du Hunger?«
Nicht ein bisschen.
»Ja.«
»Gut. Ich dachte an ein schönes Steak, was meinst du?«
»Phantastisch.«
Die ganze Fahrt über halte ich die Augen geschlossen und lehne an seinem Rücken. Sein Duft umhüllt mich. Ab und zu fragt Marco, ob mir kalt ist, ob ich schlafe, und schließlich verkündet er, dass wir angekommen sind. Er ist total aufgekratzt. Ich steige vom Mofa und sehe mich um.
Ein paar Laternen erhellen die Straße, etwas weiter vorne steht eine einsame Telefonkabine. Ich kenne die Gegend überhaupt nicht. Aber was tut das schon? Scheinbar sind wir mitten auf dem Land.
Wir betreten das Restaurant und setzen uns in eine etwas abgeteilte Ecke, die nur von einer Kerze erhellt wird.
»Nett hier. Wie hast du das gefunden?«, frage ich.
»Das hat mir ein Freund vom Wasserball empfohlen. Er wohnt hier in der Nähe. Er leiht mir auch seine Wohnung«, erklärt Marco mit leuchtenden Augen

und schwenkt einen Schlüsselbund vor meiner Nase. Ich versuche ein Lächeln, doch es gelingt nicht besonders.

Wir bestellen Bruschetta, zwei Steaks und ein Bier für zwei. Ich beobachte ihn beim Essen. Er scheint auch etwas nervös zu sein. Wir reden die ganze Zeit. Ich erzähle, wie Giulia wächst und dass sich das Verhältnis zu meinen Eltern gebessert hat. Dann reden wir über Marta und Giacomo und ihre schwierige Beziehung. Doch plötzlich nimmt das Gespräch eine Wendung, die mich in Alarmbereitschaft versetzt.

»London hat dir wohl gutgetan«, sagt er, und ich möchte im Boden versinken.

»Es war eine gute Erfahrung.« Die Worte kommen einfach so aus meinem Mund und verraten meine Scham.

»Hör mal, ich weiß, dass du nervös bist wegen dessen, was gleich passiert«, fängt er an.

»Inwiefern?«, frage ich vorsichtig.

»Du hast Angst. Und irgendwie habe ich auch Angst«, erklärt er mit einem verlegenen Lächeln.

»Sonderbar. Für dich ist es nicht das erste Mal, oder?«

»Nein, ich habe es einmal gemacht. Aber es war der totale Reinfall. Und ich hab Angst, dass ich mich wieder so dämlich anstelle.«

Zärtlich blicke ich ihn an.

»Was machst du dir bloß für Gedanken. Und wenn dir nicht danach ist, können wir immer noch warten.

Schließlich hat uns das kein Arzt verschrieben!«, entgegne ich viel zu schnell.
»Kommt gar nicht in Frage. Von diesem Moment träume ich schon seit Monaten. Und dass ich aufgeregt bin, heißt doch nur, dass es für mich auch irgendwie wie das erste Mal ist. Wie für dich!«
Mir stockt das Blut, und rasch schlage ich die Augen nieder. Ich tue so, als zupfe ich etwas von der Serviette, die auf meinen Knien liegt.

»Ja«, antworte ich kaum wahrnehmbar, und einen Moment lang habe ich den Eindruck, dass er mich wirklich nicht gehört hat.
Ich kann ihm nicht ins Gesicht sehen. Ich starre auf meinen Teller, als wäre ich mit meinem Steak beschäftigt. Jetzt gesellt sich zu dem verkrampften Magen auch noch eine leichte Übelkeit. Ruckartig stehe ich auf, entschuldige mich und renne auf die Toilette. Ich klatsche mir Wasser ins Gesicht und starre den Wasserhahn an. Als sich mein Herzschlag wieder etwas verlangsamt hat und ich etwas ruhiger bin, kehre ich zum Tisch zurück.
»Fühlst du dich nicht wohl?«, will er wissen und nimmt meine Hand.
Ich möchte schreien, möchte ihm sagen … was? Die Wahrheit?
»Ich bin nur etwas nervös, aber jetzt ist es schon besser.«
Als Schauspielerin bin ich eine Niete.

»Vale, Vale, ich liebe dich! Du weißt gar nicht, wie glücklich ich bin. Zwischen uns ist alles so perfekt, wir haben uns gern, wir lieben uns. Du bist so schön, süß und zart. Du gefällst mir, weil du nicht wie meine Schwester bist, so ungestüm und unvorhersehbar. Mit dir fühle ich mich wohl. Du verstehst mich, und ich merke, wenn du nervös bist, wie jetzt. Auch wenn du es mir nicht sagst, erkenne ich an deinem Gesicht, dass du genauso Angst hast wie ich. Aber du musst dir keine Sorgen machen. Heute Abend wird alles wunderschön. Als du in London warst, hatte ich Angst, dass sich etwas an unserer Beziehung ändern könnte. Aber jedes Mal, wenn ich mit dir telefoniert habe, habe ich mich wieder beruhigt. Nichts und niemand kann uns je das nehmen, was wir füreinander empfinden. Ich weiß, dass du mich nie anlügen könntest, das habe ich vom ersten Augenblick an begriffen, als ich mich in dich verliebt habe.«
Schweigend betrachte ich ihn. Ohne eine Antwort zu erwarten, zieht er ein Päckchen vor und reicht es mir.
»Jetzt?«, frage ich zögernd.
»Ja, jetzt. Ich will auf unsere Liebe anstoßen.«
Er hebt sein Glas, während ich ihm mein Geschenk übergebe.
Aufgeregt öffnet er es und zieht den Schlüsselanhänger mit der Widmung heraus.
»Vale, das ist das schönste Geschenk, das du mir je

machen konntest«, sagt er gerührt, beugt sich herüber und küsst mich.

Mit zitternden Händen öffne ich sein Geschenk und finde ein Armband, auf dem unsere beiden Namen stehen: *Marco und Vale. Für immer.*

Wie ein Wasserfall fange ich zu weinen an.

»O Marco«, setze ich an, doch ich komme nicht weiter. Die Schluchzer ersticken meine Stimme.

»Vale, was ist? Gefällt es dir nicht?«

Ich schließe die Augen, öffne sie wieder. Alles sieht verschwommen aus.

»Es ist wunderbar. Nur ich verdiene es nicht. Ich bin nicht so, wie du mich beschrieben hast.«

»Warum sagst du so was?«

Schluchzend vergrabe ich das Gesicht in den Händen.

»Verzeih mir, Marco, verzeih mir.«

Unmerklich rückt er von mir ab.

»Vale, ich versteh nicht. Was soll ich dir verzeihen?«

Mein Magen dreht sich um, es ist, als ob mir jemand spitze Nadeln hineinsticht. Ich höre Martas Stimme, die mir zuruft aufzuhören, nicht alles kaputt zu machen, dass noch alles in Ordnung ist. Doch es ist, als seien die Dämme gebrochen und der Fluss führt Hochwasser, nichts und niemand kann ihn aufhalten.

»Ich bin nicht die Person, die du denkst. Ich … ich bin ein Monster.«

In diesem Moment erscheint der Kellner und räumt die Teller ab. Ungeachtet dessen, was gerade vor sich geht, fragt er, ob wir Nachtisch möchten. Ich lasse den Kopf hängen, während Marco verwirrt etwas brabbelt, was wie ein Nein klingt, und die Rechnung verlangt.

»Vale, beruhige dich, ich verstehe wirklich nicht, warum du so redest.«

»Marco, bitte, hör mir zu. Was ich dir sagen will, ist sehr wichtig. Aber du sollst wissen, dass ich dich liebe. Ich liebe dich unendlich, und nie, ich sage nie, hätte ich dich verletzen oder dir wehtun wollen.«

Unruhig rutscht er auf dem Stuhl hin und her, während er die Servierte malträtiert. Er will was sagen, doch ich verhindere es mit einer Handbewegung.

»Bitte, lass mich ausreden. Unterbrich mich nicht. Sonst finde ich nie wieder den Mut, dir zu sagen, was ich sagen muss.«

Ich schließe noch einmal die Augen und erzähle dann in einem Atemzug: »Am Silvesterabend in London, nachdem Mashita mich geküsst hat, war ich so verwirrt, dass ich mich betrunken habe und dann … ich weiß auch nicht genau wie … aber … also … am nächsten Morgen bin ich im Bett eines Jungen aufgewacht. Marco, ich schwöre dir, ich kann mich an absolut nichts mehr erinnern. Auch wenn du mir nicht glaubst, aber ich weiß nicht mehr, was geschehen ist.«

Totenstille.

Der Kellner mit dem perfekten Zeitgespür bringt genau in diesem Moment die Rechnung.

Äußerlich völlig ruhig, zieht Marco das Portemonnaie aus der Jeanstasche, holt das Geld heraus und legt es auf den Tisch. Er wartet, bis der Kellner verschwunden ist, dann sieht er mich lange an, ohne auch nur zu atmen. Eine dünne Klinge durchsticht meine Brust, und das Blut strömt heraus.

Unbeweglich verharre ich unter dem Blick des Anklägers.

»Du bist mit einem anderen ins Bett gegangen? Wie konntest du nur?«, flüstert er schließlich.

»Marco … ich …«

»Wieso, Vale, wieso?«

»Entschuldige.«

»O Gott, ich kann es nicht glauben. Und ich hab mir so viele Gedanken und Vorhaltungen gemacht. Gott, Vale, warum … warum hast du alles kaputt gemacht?«

Ich schlage die Augen nieder.

»Dann hast du mich also die ganze Zeit angelogen. Und hast dir nie etwas aus mir gemacht. Du hast nur mit mir gespielt. Ich versteh das nicht. Ist das meine Schuld? Hab ich etwas verkehrt gemacht?«

»Neeein, du hast damit gar nichts zu tun. Das ist allein meine Schuld.«

Ich will seine Hand nehmen, doch er zieht sie ärgerlich weg.

»Du hast mir gesagt, dass du mich liebst. Ich dachte, dass du das ernst meinst.«

»Es stimmt auch. Ich liebe dich. Das war ein Fehler

und hat nichts zu bedeuten. Ich erinnere mich ja nicht mal.«

Er schlägt die Hände vors Gesicht.

»Ein Fehler? Was redest du da, wir sind hier doch nicht in der Schule. Und was heißt das, du erinnerst dich nicht? Gott, was war ich für ein Dummkopf. Ich bin echt so naiv. Ich lern es nie, nie, nie. Und dann hab ich auch noch diesen ganzen Abend vorbereitet. Du hast dich bestimmt die ganze Zeit gut hinter meinem Rücken darüber amüsiert.«

»Nein, das habe ich nicht. Das stimmt nicht, bitte, Marco. Du musst mir glauben …«

»Muss ich? Nach all dem soll ich dir noch glauben? Du bist ein Arschloch, ja, ein großes Arschloch, das bist du. Du hast mich mit einem Unbekannten betrogen, und dann hast du mich auch noch all die Zeit angelogen. Wie dumm. Und ich hielt dich für ehrlich. Ich dachte, ich kenne dich. Ganz zu schweigen von all den Skrupeln, die ich hatte, weil ich dich nicht drängen wollte. Ich wollte, dass es perfekt und ganz natürlich ist! Und dann dieses Geschenk! Das verzeihe ich dir nie, nie im Leben.«

Er steht auf, wirft mir mein Geschenk entgegen und rennt aus dem Restaurant.

Ich laufe ihm hinterher.

»Marco, bitte, warte, Marco … Ich wollte das nicht. Ich schwör's, ich wollte das nicht. An dem Abend war ich nur so durcheinander, weil Mashita mich geküsst

hatte und ich … ich war so verwirrt. Ich weiß, dass das keine Begründung ist, aber ich war betrunken und nicht bei Sinnen. Das ist mir noch nie passiert. Du weißt, dass ich nicht so ein Typ Mädchen bin. Marco, ich schwöre es dir! Marco, bitte, halt, Marco …«
Er hört mir nicht zu, läuft zum Mofa und schließt es auf.
Ich ergreife ihn an einem Arm.
»Marco, du musst mir verzeihen, ich …«
Seine Augen sind zwei eisige Schlitze, mein Blut gefriert in den Adern.
»Marco, ich liebe dich! Ich … kann nicht ohne dich leben. Marco, bitte, verzeih mir.«
Er steigt auf, stülpt sich den Helm über und sieht mich noch einmal an. Eine Träne läuft über seine Wange.
»Es ist vorbei, Vale. Ich will dich nie wieder sehen. Ich hasse dich für das, was du mir angetan hast. Hätte ich dich doch nur nie getroffen!«
Ohne ein weiteres Wort braust er davon.

»Marta, Marta, hörst du mich?«
»Vale? Wo bist du?«
Ich schließe die Augen und bemühe mich, ruhig zu sprechen.
»Ich weiß nicht, wo ich bin.«
»Aber was …«
Ich lasse sie nicht ausreden.
»Ich hab's vermasselt, Marta. Ich hab es ihm gesagt, ja.

Ich weiß, sag nichts, bitte … Es war ganz schrecklich. Er … zuerst war er ganz still, dann hat er mir mein Geschenk entgegengeschleudert und ist gegangen. Und dann hat er Sachen gesagt … es war fürchterlich, Marta. Ich spüre immer noch seinen Blick auf mir«, schluchze ich, während ich die Stirn an ein Auto lehne.

»Wieso hast du das nur gemacht?«

»Ich konnte nicht anders«, antworte ich mit erstickter Stimme.

»Aber wo bist du jetzt?«

»Ich weiß es nicht. Ich kenne die Gegend nicht. Wir sind mit dem Mofa hergefahren, und ich habe nicht auf die Straßen geachtet. Mir ist so schlecht, Marta, ich muss mich übergeben.«

»Beruhige dich, Vale! Atme mal tief durch. Dann rufst du deine Eltern an, damit sie dich abholen. Es ist schon spät, Vale, du kannst da nicht allein durch die Gegend laufen. Das ist gefährlich. Bitte, frag jemanden, wo du bist. Ich glaub's nicht, dass dich dieser Idiot alleine gelassen hat. Das sieht ihm gar nicht ähnlich. Was hast du ihm denn genau gesagt?«

»Ich weiß nicht mehr, Marta. Ich weiß es nicht. O Gott, ist mir schlecht … ich schaff das nicht, ich kriege keine Luft mehr, ich fühle mich ganz elend«, sage ich mehr zu mir selbst.

»Vale! Vale, sag mir, wo du bist! Bitte, leg nicht auf, wo bist du …«, doch plötzlich ist Martas Stimme weg.

Der Handyakku ist leer! Langsam rutsche ich auf den Boden.
Minuten vergehen, vielleicht Stunden, ich bleibe sitzen, so als wäre ich in einer anderen Dimension.
Das kann nicht wahr sein, bitte sag, dass das nur ein Albtraum ist. Er kommt gleich wieder, und alles ist wie vorher.
Stille, nur der Wind säuselt leicht und in der Ferne bellt ein Hund. Plötzlich höre ich eine Stimme aus einem Nachbarhaus:
»Gut, meine Herrschaften, wer kann mir sagen, was Gelseminum ist? A, ein Vogel, B, eine Pflanze, C, eine Käsesorte … Piep. Signora Carla war am schnellsten, herzlichen Glückwunsch! … Also, Antwort C. Ganz sicher? Augenblick noch, dann kommt die Auflösung. Wenn Signora Carla recht hat, bekommt sie 1200 Punkte.«
Das ist kein Käse, sondern eine Pflanze, denke ich und schüttele den Kopf. Schwerfällig erhebe ich mich vom Bürgersteig und versuche, mich zu orientieren. Doch es ist dunkel und die Laternen sind so zugewachsen, dass sie nur wenig Licht spenden. Ich verharre am Straßenrand, versuche, mich zu entscheiden, als mich ein Auto überholt, abbremst, zurücksetzt und direkt auf mich zufährt. Das Blut gefriert mir in den Adern, panisch drehe ich mich zur anderen Seite und renne los, ohne mich umzuschauen. In meinen Schläfen hämmert es, und mein Herz pocht mir bis zum Hals.

Ich bin eine Idiotin, ja, ich bin echt eine Idiotin. Blind renne ich weiter, und als ich nach links abbiege, bemerke ich aus dem Augenwinkel, dass die Scheinwerfer des Autos mir Zeichen geben. Meine Beine geben nach, wer kann das sein? Und was will der von mir? O Gott … und was mache ich jetzt?

Ich bin so dumm. Warum bin ich nicht in das Restaurant zurückgekehrt? Ich laufe weiter, biege nochmal nach links ab, dann nach rechts, während die Scheinwerfer des Autos immer noch hinter mir sind. Ich sehe die Straße nicht, also stolpere ich, falle auf die Knie, der Rucksack rutscht mir aus den Händen und fliegt auf die Straße. Einen Moment verharre ich, dann stehe ich ohne nachzudenken auf, überquere die Straße und hole ihn mir. Genau in diesem Moment hält das Auto einen Zentimeter von mir entfernt.

»Vale!«, schreit jemand aus dem Autofenster.

Ich schirme die Augen mit der Hand ab, um etwas erkennen zu können. Das ist Giacomos Auto.

Ich lasse mich auf den Boden fallen.

»Marta, Giacomo, ich habe euch nicht erkannt. Ich bin so froh, dass ihr da seid. Als das Auto näher kam, habe ich mich zu Tode erschrocken. Ich habe nicht daran gedacht, dass ihr das sein könntet. Wie habt ihr mich gefunden?«

»Ich habe Marco gefragt, wo er dich hat sitzen lassen.«

Kaum dass ich seinen Namen höre, breche ich erneut in Tränen aus und schlage die Hände vors Gesicht.
»Schsch, Vale, beruhig dich. Denk jetzt nicht daran. Komm hoch, wir fahren nach Hause. Es ist vorbei«, fügt Giacomo hinzu, nimmt mich mit einer liebevollen Geste unter dem Arm und hilft mir, ins Auto einzusteigen.
Er hat recht, es ist vorbei!

Fünf Monate später.

Mit meiner Mutter kaufe ich im Supermarkt ein. Ich schiebe die Karre von meiner Schwester, die nicht still sitzen kann.

»Giulia, fass nicht alles an«, ermahne ich sie und nehme ihr eine Tomatendose weg, die sie im Vorbeigehen aus dem Regal gezogen hat. Mittlerweile ist sie ein echter Wirbelwind, mit dem man kaum mehr mitkommt. Sie greift nach allem, was in Reichweite ist. Zu Hause muss man jetzt immer auf sie aufpassen, da sie schon durch die Gegend krabbelt.

Gestern habe ich eine Postkarte von Miguel bekommen, ja, genau der. Der spanische Junge aus der Silvesternacht. Vor drei Monaten konnte ich nicht mehr widerstehen und habe eine SMS an die Nummer geschickt, die mir Anneke zugesteckt hat. Darin habe ich mich dafür entschuldigt, wie ich ihn behandelt habe. Denn im Grunde traf ihn ja keine Schuld. Wie sollte er denn wissen, was in mir gerade vorging? Also habe ich allen Mut zusammengenommen und ihm ein paar Zeilen geschrieben. Ich dachte nicht, dass er sich an mich erinnern würde. Es war ja schon so viel Zeit vergangen, doch stattdessen … war er superglücklich, von mir zu hören, und hat mich nach Spanien eingeladen.

Meine Mutter ist schon weiter vorne mit dem Einkaufswagen. Zum Glück fahren wir in ein paar Tagen ans Meer. In Rom ist es gerade unerträglich heiß, und kaum noch ein Bewohner ist mehr in der Stadt.

Wir stellen uns in die Schlange vor der Kasse, als mir einfällt, dass wir die Cornflakes vergessen haben. Also laufe ich los, während Mama und Giulia weiter warten. Ich schnappe mir eine Packung, drehe mich um und stoße gegen den Rücken eines Jungen. Er dreht sich um … Marco. Peinliches Schweigen macht sich zwischen uns breit.

»Ciao.«

»Hallo, was machst du denn hier?«, frage ich, um meine Verlegenheit zu überspielen.

»Ich hole Bier. Heute Abend geh ich zu einem Essen, und ich bin dran mit dem Bier«, sagt er und hält die Dosen in die Höhe.

Er ist schön wie immer.

»Wir haben uns ja ziemlich lang nicht gesehen. Wie geht's dir?«

»Gut. Du bist immer noch in der Stadt?«

»In ein paar Tagen fahre ich weg.«

Ich möchte ihm so viele Dinge sagen, ich möchte so sehr … stattdessen reden wir dieses dumme Zeug. Doch es ist ja mittlerweile eh sinnlos. Außerdem ist so viel Zeit vergangen. Was soll man sich da noch sagen? Nach diesem heftigen Streit haben wir uns wochenlang nicht gesprochen. Er hat sich geweigert, mit mir zu reden. Schließlich haben wir uns vertragen, und ich dachte, ich hoffte, dass alles wieder so wie vorher würde. Aber da lag ich falsch. Etwas zwischen uns hatte sich verändert. Ich spürte immer seinen anklagenden Blick auf mir, und mein Schuldgefühl hat mich bis heute nicht verlassen. Es war definitiv vorbei. Es war alles anders. Wir waren zwei völlig verschiedene Personen. Unsere Anstrengungen, unsere Versuche, die alte Stimmung wieder herzustellen, waren vergebens. Wir haben es beide mit aller Kraft versucht, aber die Liebe, die uns einst verbunden hatte, schien nicht mehr auszureichen.

»Und was gibt's bei dir so?«, fahre ich fort.

»Ich fahre in zehn Tagen mit ein paar Freunden nach Sardinien zum Campen.«

Jemand ruft seinen Namen, ich drehe mich um und sehe ein Mädchen, das auf ihn zugeht.

»Marco, ich hab auch noch Chips genommen, okay?«

Ich verspüre einen Stich in der Brust.

»Martina, das ist Valentina.«

»Hallo.«

»Ciao«, sage ich. Wer ist die denn?

»Du, wir sind schon spät dran. Können wir jetzt los? Wir müssen noch bei mir vorbei«, sagt sie.

Sind die etwa zusammen? Ich mustere sie vom Kopf bis zu den Füßen. Sie ist größer als ich, dünn, hat lange schwarze Haare und braune Augen. So wie sie an seinem Arm hängt, würde ich sagen, ja. Gehässige Eifersucht quält mich. So besonders ist die ja nicht. Was er wohl an so einer findet?

»Wir müssen jetzt. Schön, dass ich dich getroffen habe. Viel Spaß dann!«, verabschiedet sich Marco und schaut mir in die Augen.

»Tschüs«, erwidere ich.

»Ciao«, sagt sie.

Ich sehe ihnen nach, und Traurigkeit und Einsamkeit überkommen mich.

»War das nicht Marco?«, fragt meine Mutter.

»Ja, das war er. Mit seiner neuen Freundin«, füge ich hinzu.

»Die sieht nett aus.«

»Hatte ich nicht den Eindruck.«

»Ach, komm schon, Vale. Hast du nicht gerade heute eine Karte von Miguel bekommen?«

Während wir die Einkaufstüten im Auto verstauen, bekomme ich eine SMS.

Marco.

Es war trotzdem schön.

Ich drehe mich weg, damit meine Mutter nicht die Träne sieht, die mir über die Wange läuft.

Sehr schön. Und mein Herz gehört für immer dir!

Inhalt